バド・グレース
BUD GRACE
ハートランド・パブロ
HARTLAND PABLO
カプチノ
CAPPUCCINO

デリリウム・グレース
DELIRIUM GRACE
……黒犬と申します。
〈火と鉄の国キャンパスフェロー〉に
仕える者です。
ロロ・デュベル
ROLLO DUVEL

魔女と猟犬

Witch and Hound

– Mirror, mirror –

I

カミツキレイニー

Illust **LAM**

CHARACTER
登場人物

ロロ・デュベル	“黒犬”。キャンパスフェローの暗殺者
バド・グレース	キャンパスフェローの領主
デリリウム・グレース	バドの一人娘
シメイ	キャンパスフェローの学匠
エーデルワイス	キャンパスフェローの外務大臣
ハートランド・パブロ	キャンパスフェロー＜鉄火の騎士団＞の団長
カプチノ	グレース家に仕えるメイド
プリウス・レーヴェ	“獅子王”。レーヴェの国王
テレサリサ・レーヴェ	レーヴェの王妃
スノーホワイト・レーヴェ	プリウスの一人娘
オムラ・レーヴェ	獅子王の弟
フィガロ・キンバリー	レーヴェ＜金獅子の騎士団＞の近衛隊長
ディートヘルム	猟師
ラッジーニ	尋問官
アネモネ	尋問官
フェロカクタス	尋問官
鏡の魔女	鏡の魔法を使う魔女

北の国
< NORTHLAND >
HEROI
火と鉄の国
キャンパスフェロー
キャンパス
フェロー城
Campusfellow
< CAMPUSFELLOW >
CAMPUSFELLOW CASTLE
ブラッディ・リバー
（血塗れ川）
BLOODY RIVER
< KINGDOM OF LOWE >
LOWENSTEIN CASTLE
レーヴェン
シュテイン城
騎士の国レーヴェ
竜と魔法の国
アメリア
LADY AMELIA'S CASTLE
< KINGDOM OF AMELIA >
レディ・アメリア城
KINGDOM OF AMELIA
TREMOLO
SAUL
WORLD
Witch and Hound

序章

ギリー婦人の証言

1

――魔女は痛みを感じない。

そう言い伝えられておりますから、奥様は私たちメイドに、ムチを用意させたのです。先の短い、乗馬用のムチでございました。

それでペチペチと手のひらを打ちながら、奥様はノアの前に立ったのです。さあて、どうしてやろうかしら――。そんな声が聞こえてきそうな、いじわるな笑みをたたえて。

イスに縛りつけられていたノアは、身体《からだ》を捻《ひね》って暴れました。ウオォだとか、グオォだとか、獣みたいに唸《うな》り声を上げて。あれは怒っていたのか、怯《おび》えていたのか。

何かを叫んでいたけれど、口枷《くちかせ》をされていたのでよく聞き取れなかった……。目をひん剝《む》いて、頰《ほお》を赤くして。ものすごい形相で奥様や、壁際に立つ私たちを睨《にら》みつけるのです。

その部屋は普段、メイドたちの支度《したく》部屋として使われておりました。壁際には三面鏡が並び、その台の上には、おしろいやクシが片付けられぬまま散乱しております。

部屋には私たちメイドの他に、執事《しつじ》長や街の警吏《けいり》様方、そして神父様がおりました。

しかし誰もが口を噤《つぐ》んだまま。ガタッ、ガタッとイスに縛られたノアが身をよじる音だけが、部屋中に響いていました。

こうして、奥様による私的な魔女裁判は始まったのです。

「あなたが魔女か、魔女でないか。このムチで打って確かめてあげるわ」

奥様はそう、おっしゃいました。

魔女は痛みを感じない――だから自身の疑惑を晴らしたいのなら、思いきり叫んで痛がってごらんなさい。そう言ってノアの給仕服の裾《すそ》をめくり上げ、太ももを露わにさせたのです。

白い肌がムチに弾かれて、まるで馬のいななきのような悲鳴が上がりました。

あの子は……ノアは、痛がっていた。

演技なんかじゃなく、本当に。

ますます頰を赤くして、目に涙を浮かべて、泣き叫んでいた。

それでも奥様は、ムチを振るい続けました。何度も、何度も。

見かねた神父様が一度、奥様の手首を摑《つか》んだのです。

「おやめなさい。じきに魔術師《ウィザード》たちが到着します。魔女の尋問は彼らに任せるべきだ」

そう進言なさいましたが、あの奥様が、旦那様以外の人の言葉に耳を貸すはずがございません。神父様の手を振り払い、ますます強くムチを振り下ろしました。

痛いの？　痛くないの？　ちゃんと叫ばなくちゃ、わからないじゃないの――。

私は泣きじゃくるノアをとても見ていられず、固く目をつむりました。

怖くて、恐ろしくて。あの子の隠していた秘密を、奥様にバラしてしまったことを、ひどく後悔していました。あの子の味方になってあげられたのは、きっと私だけだったのに。

ノアはもともと、旦那様が買ってきた奴隷の子でした。

あの私的な魔女裁判から遡ること二週間ほど前に、旦那様に連れられてやって来たのです。布の服一枚を身にまとい、自分の持ち物として一つだけ、手鏡を胸に抱いておりました。

奴隷というのは、普段から乱暴に扱われたり、薄汚れていたりするものだと、私はそう思っておりました。けれどノアは、そうではなかった。

彼女の身体《からだ》には痣《あざ》一つなく、切り揃《そろ》えられたその髪は、丁寧に梳《す》かれておりました。ぱちくりと、つぶらな瞳に輝く赤い虹彩はまるでルビーのよう。

白い肌は、搾《しぼ》りたてのミルクのようでした。

歳はまだ、十二歳を過ぎたばかりだといいます。いかにも上等な奴隷でしたから、よほど高値で売られていたことでしょう。

「どうだい、美しいだろう」

旦那様はそう言って、ノアを奥様の前に立たせました。

旅先で見つけたアンティークを自慢するみたいに、「掘り出し物だぞ」と。

奥様は怒りを露わにしました。香辛料を買いつけに出た旦那様が、二袋の胡椒《こしょう》と一緒に奴隷の少女まで買ってきたものですから、そのお怒りはごもっともなことでした。

しかし結局は旦那様の一存で、ノアは屋敷のメイドとして働くことになったのです。

あれはまさか情婦ではないのか――。どこからか、そんな噂が立ちました。旦那様は旅先であの子を情婦として購入し、私たちメイドの中に潜ませているのではないかと。下劣な噂話です。得体《えたい》の知れない奴隷の子を、屋敷の誰もがよく思ってはいませんでした。

けれど私には、あの子がとてもそんなふうには見えなかった。

ノアはノアなりに作法や家のルールを学ぼうとしていましたし、いつもはムスッとして無愛想なあの子が、褒《ほ》めれば年相応にはにかむことも、私は知っておりました。

あるとき、ノアがランチに出されたミルクとパンを、エプロンのポケットに隠すのを、偶然に見つけたことがあったのです。人目を忍んでこそこそと、屋敷を抜け出していくものですから、私はその後ろ姿が気になってしまい、どこへ行くのかと後をつけたのです。

ノアは、庭の一角にしゃがみ込みました。

覗《のぞ》いてみると、草むらの陰に猫の家族が潜んでいて、横たわった母猫が、腹に仔猫たちを抱えているではありませんか。ノアはこの猫たちのために、自分のミルクとパンを分け与えていたのでした。

私に気づき、慌《あわ》てて立ち上がったノアは、ばつが悪そうにうつむいて「このことは秘密にしていて」と、小さな声でそう言いました。

私が「もちろん」とうなずくと、彼女はほっとして笑ったのです。

まるでアンティーク人形のように無口で、無愛想で、そして美しい彼女が、笑うと口の端に八重歯を覗《のぞ》かせることを、私はそのとき初めて知りました。

それからは、猫にあげるミルクとパンは、二人で半分ずつ出し合うようになりました。

ノアは私よりも歳下だったけれど、上品で大人びていて、とても奴隷出身には見えなかった。長いまつげの横顔に見とれて、彼女はもしかして没落した貴族のお嬢様なのではないかなんて……そんな空想をしたくらいです。

私がこの空想をあの子に披露《ひろう》しますと、ノアは私にだけ、手鏡を見せてくれました。

屋敷に来たとき胸に抱いていた、白い手鏡です。それはよく見ると、とても高級な品であることがわかりました。鏡面はキレイに磨かれていて、柄には美しい白蛇の飾りが巻きついております。

手鏡を裏返してみますと、下のほうに小さく〝A.Fygi〟という名前が刻まれておりました。この〈フィジィ家〉というのが自分の本当の家系なんだと、ノアはそう主張しました。昔は貴族であったものの、今は没落してなくなってしまったのだと。

彼女が本当のことを言っていたのか、あるいは私の妄想に付き合ってくれただけなのか。確かめようのない事柄の真偽は、どうでも良かったのです。だって嘘であろうが本当であろうが、ノアが美しいことに変わりはなかったし、彼女とのおしゃべりは、とても楽しいものだったから。

けれど私はもっと、辺りを警戒するべきでした。この私の浅はかさが、ノアを屋敷から追い出したい奥様に、その口実を与えてしまったのですから。

当時私は、ピギーと呼ばれておりました。

「ピギー、あなたあれと隠れて何をしているの？」

奥様にそう尋ねられたのは、宮廷サロンへお出かけになる奥様のブロンドの髪を、頭のてっぺんに束ねていたときのことです。

「あなたお食事のあと、度々《たびたび》いなくなるそうじゃないの。あれと一緒にこそこそと、屋敷の外へ出ているみたいね。どうして？」

「……それは、その」

私は迷いました。庭に迷い込んだ猫たちに、ミルクとパンを与えているのだと、私たちの隠しごとを打ち明けるべきか、否か――。

けれど奥様はおそらく、この秘密をすでに知っていたのです。

「あなたたちまさか、野良猫なんかに食べ物を与えていたりはしないでしょうね？」

「えっ……」

ノアと旦那様との関係を疑っていた奥様は、ずっときっかけを探していました。ノアを正当に傷つけ、屋敷から追い出すための口実を。

「ねえピギー、私思うのね。あの子、魔女なんじゃないかって」

三面鏡に映るご自身のお顔に、泣きぼくろを描き足しながら、奥様はついでのようにおっしゃいました。

魔女――。言わずもがな、洗礼なく魔法を乱用し、私利私欲の限りを尽くす悪女。人々に不幸をもたらす厄災《やくさい》でございます。

おののく私に奥様は、先日サロンで耳にしたというお話をされました。南の国で騒がれている、赤紫色《マゼンタ》の舌を持つ魔女のお話です。

南に位置するイナテラ共和国――その港町サウロにて。

奴隷として買われた一人の少女が、屋敷に住まう者たちを惨殺《ざんさつ》し、金品財宝を強奪したという事件が起こりました。惨劇《さんげき》を生き残った者の証言によれば、少女は無数に転がる死体の真ん中で、銀の大鎌を抱いて立っていたのだとか。べろりと出したその舌は、毒々しい赤紫色をしていたといいます――。

その事件の舞台となった港町サウロこそ、旦那様が香辛料の買いつけに行ってきた土地だったのです。

奥様いわく、旦那様が買ってきた奴隷少女ノアは、まさにその〝赤紫色の舌の魔女《マゼンタ》〟であるに違いないと。

「そんなはずは……」と私は訴えました。「だってノアの舌は赤紫ではありません」と。

けれど奥様はそんな私を見て、「おバカなピギー」と笑ったのです。

「あの子が本当に魔女だとしたら、舌の色を変えて隠すことくらい簡単じゃないの」

「それでは……ノアが魔女か魔女でないか、確認のしようがございません」

「そうよ。舌の色では確認しようがない……。けれど魔女の特徴は他にもあるでしょう？　痛みを感じないだとか、水に沈まないだとか……」

奥様はあごに人差し指を当てて、小首を傾《かし》げました。

「確かこういうのもあったわねえ。魔女は隠れて、使い魔を育てている……とか。ほら、だから尋ねているのよ、ピギー。あなた、あれと隠れて何をしているの？」

私は自然と震えていて、クシを取り落としてしまいました。

「言えないの？　ピギー」

奥様は床に落ちたクシを拾い、私に差し出しながら、耳元でささやいたのです。

「それじゃあ、あなたも……魔女ってことでいいのね？」

「違っ、私は」

「私は？」

「私は……ただ――」

「言われたのね？　あの魔女に。使い魔にエサをやるから、ランチを分けるようにと」

「……――」

私には、奥様に刃向かう勇気などありませんでした。

ムチを打たれ続けたノアは、頭を深くうなだれていました。乱れた髪で表情はうかがえませんでしたが、つうっと唇から垂れたよだれが、真っ赤に腫《は》れ上がった太ももへ落ちていく光景を覚えています。

そこへ乱暴にドアを開け放ち、三人の魔術師様方《ウイザード》がやって参りました。

まず真っ先に入ってきたのは、フードを被《かぶ》った中年の魔術師様。ひげを蓄《たくわ》え、彫りの深い顔立ちをされています。

早歩きでノアへ向かって歩きながら、ローブの隙間《すきま》から腕を出しました。そのまま、くいっと指先を天井へ向けますと、なんとノアが縛られたイスごと、ふわりと宙へ浮き上がったではありませんか。

続けて魔術師様は、手のひらで目の前の空間を押したのです。ノアを乗せたイスはその手の動きに合わせ、すーっと宙をすべり、独りでに窓際へと着地しました。

魔法を見るのは、このときが初めてでした。邪道に会得《えとく》される魔女のそれとは違い、正しい洗礼を受けた魔術師様の魔法は、本物の奇跡です。

残り二人の魔術師様のうち、女性の魔術師様が、奥様や私たちに、もっと魔女から離れて壁際に寄るよう言いつけました。その方の両肩には赤・青・黄色の小鳥が三羽留まっていて、なんだか不思議な光景に感じられました。

「……あなた、まさか私的制裁を加えたの？」

女性の魔術師様は、奥様の持っていたムチを見て、咎《とが》めるように尋ねました。

奥様は不機嫌なご様子で、肩をすくめるばかりです。

「愚かな」と吐き捨てるように言ったのは、背が高くて若い魔術師様です。彼は肩から大きなバッグを提げていました。ひげの魔術師様へ「誤報っぽいですね」と続けます。

「この少女が〝赤紫色《マゼンタ》の舌の魔女〟なら、こいつら、とっくに皆殺しにされてますよ」

若い魔術師様はノアのそばに歩み寄ると、その口枷《くちかせ》をナイフで切り外しました。気絶したノアのあごを摑《つか》んで、口の中をのぞき込みます。

「……ほらやっぱり。舌だって赤紫色《マゼンタ》じゃない。かわいそうに」

「気を緩めるな。それはお前の悪い癖だ」

ひげの魔術師様は、眉間にしわを刻んだ鋭い眼光で、若い魔術師様をじろりと睨《にら》みます。

「相手が魔女である可能性を忘れるな。魔法で舌の色を変えているのかもしれん。サイレンスで確かめてみろ」

「はいはい、了解です」

若い魔術師様は、バッグから小瓶を一つ取り出しました。

これは後にわかったことですが、魔術師様が取り出した赤色の液体は〝サイレンス・ポーシヨン〟といって、魔法の源であるマナを消滅させる効果があるのだそうです。

魔術師様《ウィザード》はそのお薬を使って、ノアの舌に変色の魔法がかけられていないかどうかを、調べようとなさったのでした。

若い魔術師様は、小瓶を振って泡立ててから、ポーションをノアの口に注ぎ入れます。

もしもこれで魔法が解けて、舌の色が赤紫色《マゼンタ》に変色すれば、ノアは魔女であったと証明されます。逆に舌の色が変わらないままであれば、彼女はただの哀れなメイドであったということが証明できる。

はたして……どのような変化が見られるのか、私たちは固唾《かたず》を呑《の》んで状況を見守りました。

ノアの口内から溢《あふ》れた赤色の液体が、頬《ほお》を伝ってしたたり落ちます。

その直後――イスに縛られたノアの全身から、蒸気が噴き上がったのです。

私はそのとき、あの赤色の液体を垂らすと、誰もがそのようになるのだと思っていました。液体をかけられた者は、全身が蒸気に包まれるのが仕様なのだと。

しかし三人の魔術師様方が一斉に身構えて、部屋の空気が、ピリッと張り詰めたのです。

やがて蒸気は晴れていき、部屋にどよめきが起こりました。

舌の色がどうこう以前に、イスに縛られていたのは、ノアではなかったのです。

蒸気が消えて見えてきたのは、スカートの裾《すそ》に施された、きめ細かなレース。キツく締められたコルセットに、こぼれんばかりの胸元。そして乱れたブロンドの髪でした。白目を剝《む》いた目尻の下には、いつも奥様が好んで描き足す、泣きぼくろが確認できます。

私たちは息を呑み、混乱しました。だってそうでしょう。イスに縛られていたはずのノアが、一瞬のうちに奥様へと姿を変えてしまったのですから。

次に考えることは一つです。

では、もう一人の奥様は……？　部屋のほぼ中央に立ち、ムチを握って立つ奥様に、自然と視線が集まりました。――彼女は、いったい誰なのか？

直後、ひげの魔術師様が叫びました。

「お前らっ、その女から離れ――」

その言葉を言い終えるよりも早く、魔術師様の喉《のど》は一筋の針金に貫かれ、破れてしまいました。それはまるで槍《やり》のように長い、銀色の針金でした。

針金は奥様の姿をした、何者かの手元から伸びております。彼女は白い手鏡を持っていました。ノアが私にだけこっそり見せてくれた、蛇の飾りが巻きついた手鏡です。

奥様の姿をした何者かは、その手鏡の頭の先で魔術師様を指すようにして、腕を伸ばしていたのです。銀の針金は、手鏡の先端から伸びているように見えました。

彼女が腕を横に払いますと、突き刺さった針金が魔術師様の喉を裂いて、まるで噴水みたいに、大量の血しぶきが上がりました。

しぶきは天井にまで及びました。三面鏡と絨毯《じゅうたん》と、イスに縛られた奥様が鮮血に濡れて、喉《のど》を破かれた魔術師様《ウィザード》が、膝《ひざ》から崩れ落ちます。

部屋に、悲鳴と絶叫が響き渡りました。

皆がドアへと殺到する中、二人の魔術師様が前に出て、その何者かと対峙《たいじ》します。

奥様の姿をした何者かは、手鏡を大きく振るいました。すると銀色の針金がムチのようになって、彼女の手元に戻っていきます。針金は、鏡の中に吸い込まれていきました。

続いて彼女は、手鏡を頭上で振り回したのです。

次に鏡面から発生したのは、シルクのように煌《きら》めく布地でした。いったいどんな仕組みなのか。大きな銀色のカーテンが手鏡から出現して、彼女の全身を覆い隠したのです。

ひるがえったカーテンの向こうに現れたのは、エプロンを付けた給仕服に、肩の上で切り揃《そろ》えられた髪。そこにはノアが、赤い瞳をしばたたかせて、立っていたのでした。

いったい、いつの間に入れ替わっていたのでしょう。

少なくとも私的な魔女裁判が始まったときにはすでに、奥様はノアだったのです。

「魔女めっ……！」

若い魔術師様が憎々しげに言って、肩にかけていたバッグを床に落としました。

そうして両腕を頭上に振り上げます。バッグ以外は何も持っていなかったはずなのに、腕を振り下ろしたときには、その手に大きな剣が握られていました。

いいえ、それだけではありません。何もない空間から次々と剣が発生し、若い魔術師様を取り囲むようにして、床へと突き刺さっていくのです。その数は五本か、六本か。もしかしたら、十本近くあったかもしれません。

そしてもう一人、女性の魔術師様の肩からは、三羽の小鳥が飛び立ちました。それぞれが仔犬ほどの大きさに膨らんだかと思うと、体毛はそのままに形状を歪《ゆが》めて、鋭いツノや牙《きば》を有する怪鳥へと変身いたします。女性の魔術師様の頭上で二羽の怪鳥が羽を広げ、足元には羽を前足のように使い、四《よ》つん這《ば》いとなったもう一羽の怪鳥が牙を剝《む》いておりました。

魔法だ――と私は息を吞《の》みました。

けれど先ほどのように、奇跡を前にして感動している場合ではありませんでした。ドアへと殺到するメイドたちに押《お》し退《の》けられて、私は床に倒れてしまっていたのです。

見上げた先に、ノアが立っておりました。

二人の魔術師に敵意を向けられているというのに。彼女は危機的状況をまったく理解していないみたいに、平然と立っていたのです。

ノアは手鏡を振るいました。すると鏡面から、今度は水銀のような液体が出現します。液体は空中に舞い上がり、ノアの頭上で弧を描きました。銀色のアーチに、蔓《つる》や葉の絡み合うきめ細かなレリーフが施されていきます。硬化して光り輝くそれは、鎌でした。まるで死神が胸に抱くような、大鎌だったのです。

あれもまた、魔法だったのでしょう。

邪道に使用される魔女の魔法は、卑《いや》しく醜《みにく》いものだと教えられてきました。けれど実際に目の前で見て。あの小柄な少女が大鎌を抱いて立つその光景は、不謹慎ではありますが……一枚の絵画のように美しかった。

ふと、視線を落としたノアと目が合いました。

私は、殺されると思いました。我が身可愛《かわい》さにあの子を裏切って、あの子の秘密を——隠していた仔猫たちの存在を、奥様に告げ口してしまった。私も仔猫にエサをあげていたのに、自分は知らないフリをして、ノアにだけ罪を押しつけてしまった。

罪悪感に胸が締めつけられました。

「……ごめんなさい」

自然と謝罪が口をつきました。するとあの子は、ばつが悪そうに肩をすくめたのです。隠れて仔猫にパンをあげているのを、私に見つかってしまったときみたいに。

赤い瞳を細めて、小さく舌を出したのです。その表情や雰囲気は私のよく知るノアだったのに、その舌の色は確かに、毒々しい赤紫色《マゼンタ》に染まっていたのでした。

2

「——奥様のご心配どおり、ノアは魔女でした。あの子は——〝赤紫色の舌の魔女《マゼンタ》〟は、私たちを殺して金品を奪うため、そのために屋敷へとやって来たのです」

ロングテーブルの端に立つギリー婦人は、ふくよかな身体《からだ》の前に手を重ねていた。

その瞳は、じっと卓上のロウソクを見つめている。

テーブルの両側に居並ぶ男たちは、黙って婦人の証言に耳を傾けていた。

「魔術師《ウィザード》様方と魔女との戦いは、凄惨《せいさん》を極めました。部屋中が血に濡れて……落とされた腕が転がって。私は……。私は腰を抜かしてしまって、魔女があの部屋を去るまで、身動きすることさえ……できずにいました――」

火の灯りを映すギリー婦人の瞳が、どんな光景を思い返しているのか、男たちには想像もつかない。しかし、ひどく残酷なものであるに違いないだろう。

「……すみません。ここからのことは、よく覚えていなくて……」

ここまで淡々《たんたん》と証言していたギリー婦人が、目を伏せて言いよどむ。

キャンパスフェロー城の一室に、沈黙が下りた。重苦しい沈黙だった。

証言は終わった。しかしロングテーブルに向かい合う十人の男たちの誰も、口を開こうとしなかった。沈鬱《ちんうつ》な表情を浮かべたまま、口を固く結んでいる。まるでギリー婦人の証言を通して、魔女の瘴気《しょうき》に当てられてしまったかのように。

卓上に並ぶロウソクが、男たちの顔を照らしている。

彼らは、キャンパスフェローの政治を担う重臣や要人たちだ。筆頭執政官である宰相《さいしょう》や、外交や財政などを司る各部門の大臣たち。キャンパスフェローを守護する騎士団〈鉄火の騎士団〉の団長も、末席に参加していた。

ただ秘密会議という性質がゆえ、議事内容を記す書記官は同席していなかった。

「ここからは私が——」

咳払いをして沈黙を破ったのは、ぶかぶかのローブを着た老人シメイだ。席から立ち上がり、長すぎるローブの裾《すそ》を引きずって、ギリー婦人のそばに立った。

スミレ色のローブは文官・学匠《メイスター》の証である。その身体《からだ》は枯れ枝のように細くとも、白髪の後退した頭の中には、様々な知識や経験、難問の解決法が詰め込まれている。魔女災害の体験者であるギリー婦人を他国から連れてきたのも、この学匠シメイであった。

「魔女は部屋で三人の魔術師《ウィザード》を殺した後、屋敷の外で待機していた修道士《モンク》二人とも交戦。これらを殺害し、屋敷を離れました。戦闘に巻き込まれた警吏《けいり》が二名と、それから神父や屋敷のメイドが六名、負傷しております」

シメイはロングテーブルの端から真っ直《ます》ぐに、部屋の奥へと視線を向けた。

「これが七年前、貿易都市トレモロで起きた魔女災害〝トレモロの白昼夢《はくちゅうむ》〟の詳細になります。いかがですかな、マイロード——」

そこには、十人の男たちを束ねるキャンパスフェローの主君が鎮座している。

「まだこの〝赤紫色の舌の魔女《マゼンタ》〟が、話せばわかる相手だとお思いで？」

領主バド・グレースは、肘《ひじ》掛けに頬杖《ほおづえ》をついていた。

無精《ぶしょう》ひげを撫《な》でて「ふうむ」と唸《うな》る。歳は三十代半ば。稲穂色をした柔らかい長髪に、筋張った太い首。無骨で荒々しく、腕に覚えのある騎士《ナイト》のような体つきをしている。

馬の背こそ、自分の最も尻の据わりがいい場所と自覚しながら、グレース家の跡継ぎという立場がゆえに、キャンパスフェローの領主としてそのイスに甘んじている男だった。

バドの背後には、剣とハリネズミが大きく描かれた、グレース家の家紋が垂れている。

「まずは貴重な話をありがとう、レディ」

バドは、怜悧《れいり》な視線をギリー婦人に向け、人差し指を立てる。

「一点だけ、気になることがあるんだが」

ロングテーブルに座る男たちが、一斉にバドへと視線を移した。

「戦いの一部始終を見届けたあなたは、ケガ一つ負わなかったのか？」

「はい……。竜のご加護か、幸運にも」

「なるほど。ではもうあと一点。仔猫は？」

領主の質問に、ギリー婦人は恐々として答えた。

「仔猫……？」

「魔女が隠れてパンとミルクをやっていた仔猫の家族だ。どうなった？」

「え……と。魔女の飼っていた使い魔ですから、教会よりいらした魔術師の方々に――」

「まさか殺されたのか？」

「……いえ、そうなるかと思って私、魔女災害の起きた日の夜のうちに……逃がしてしまいました……」

「よくやった！」

「グレース公！」

学匠《メイスター》シメイが口を挟む。

「いったい何の心配をしておられる？　我々は今、恐るべき魔女の脅威について話しておるのです。ちゃんと聞いておられたか？　婦人の体験された悲劇を」

「聞いてたさ。ただ悲劇というよりも、俺には、胸のすく復讐《ふくしゅう》劇に感じられたがね」

「胸のすく……？　いったい今の話のどこが」

「婦人が、生きている」

バドは、ギリー婦人を手で指し示した。

「魔女を裏切り密告したのに、彼女はこうして生きている。腰を抜かして逃げ遅れていたのにだ。戦闘に巻き込まれた他のメイドたち何人かは負傷したが、彼女は傷一つ負わなかった。むしろ魔女に護《まも》られていた可能性すらある」

バドは、「な？」とギリー婦人に笑みを注いだ。

「つまり魔女は、彼女を許したんだよ」

そう言って、ふくよかなシルエットの婦人に続ける。

「涙ながらに語ってはいても、〝ピギー《子ブタちゃん》〟などと蔑《さげす》まれていたあんたにとって、これは胸のすくお話なんじゃないのか？」

「……そんなことは」

「本当は惹《ひ》かれているはずだ。魔術師《ウィザード》ではなく、魔女のほうに。だから、使い魔かもしれない仔猫を逃がした。それはあんた自身が心のどこかで、あの魔女は〝話せばわかる〟と感じていたからだろう？」

「それは……」

ギリー婦人はうつむき、黙ってしまった。彼女は、竜を信仰する敬虔なルーシー教徒《ルシアン》である。教会が悪と定める魔女に心惹かれたなど、とても言えるはずがない。

「……もうよいでしょう」

シメイは、ギリー婦人へ退出を促した。婦人は深く一礼し、ドアへと向かう。シメイはそれに付き添って、婦人をドアの向こうの兵に預けた。

ドアが完全に閉まってから、バドはイスの背もたれに深く身体《からだ》を沈ませる。

「奴隷として屋敷に入り込み、その家族を殺して金品財宝を奪う少女〝赤紫色の舌の魔女《マゼンタ》〟か……。当時十二歳を過ぎたばかりなら、今は十九歳くらいだな」

「七年の時を経て、現在は〝鏡の魔女〟と呼ばれております」

応えたのは、バドの左斜め前に座る男、ブラッセリーだ。金糸銀糸に縁取られた、肩の尖《とが》った制服を着ている。キャンパスフェローの、歴代の宰相《さいしょう》が着る黒の制服である。彼は鋭い口ひげを蓄《たくわ》えた、厳格な男だった。

「やはり似ておりますな、〝血の婚礼〟のあらましと。……メイドとして忍び込み、そこに住む者たちを殺す。魔女の手口は、七年前と変わってはいないようだ」

宰相ブラッセリーの言及した事件〝血の婚礼〟とは、キャンパスフェローより早馬を走らせれば、二日と半日ほどの距離にある王国、レーヴェで発生した魔女災害のことだ。

事件はレーヴェの王・獅子《しし》王が、城で働くメイドを見初《みそ》めたところから語られる。

獅子王とメイドの婚礼式は、城内の礼拝堂で行われたという。しかしその式の最中、メイドの正体が魔女だと発覚。式に参列していた公族や王の重臣、騎士《ナイト》たちなど五十名以上が、魔女によって惨殺《ざんさつ》されたのだという。

今よりわずか、九日前に起きた事件だ。

「くくっ……。豪気じゃないか」

バドは、肘《ひじ》掛けに頰杖《ほおづえ》をついて笑う。

「金持ちの屋敷を狙って暴れ回っていた魔女が、いよいよその標的を、一国の城に向けたというんだからな」

切り刻まれた死体の転がる礼拝堂で、ドレスを真っ赤な血に染めた魔女は、銀色の大鎌を抱いて立っていたという。つまりはそれが、ギリー婦人の語った〝赤紫色の舌の魔女《マゼンタ》〟の今だ。

「何が豪気なものですか。笑い事ではありませんぞ」

自身の席に戻った学匠《メイスター》シメイが、渋い顔で咎《とが》める。

宰相ブラッセリーは腕を組み、バドを一瞥《いちべつ》した。

「バド様、礼拝堂の有り様をお聞きになりましたか？　首や手足のない遺体が、そこかしこに血だまりを作って転がっていたとか……。祝いの場が、まるで地獄絵図ですよ」

「中には、燃えて黒こげになった遺体もあったとか……」

言葉を重ねたのは、バドの右斜め前に座るスキンヘッドの中年男性、エーデルワイスだ。

「人間の所業ではありません。考えただけで怖気《おぞけ》が立ちます」

エーデルワイスは、自身の身体《からだ》を抱くようにして二の腕をさする。中肉中背の彼は、大きな灰色のローブをまとっている。胸元につけた羽根のバッジは、外務大臣であることの証だ。

「しかし、魔女はなぜレーヴェを狙ったんだろうな？」

バドはひげを撫《な》でて、つぶやくように言った。

エーデルワイスはしかめっ面のまま首を振る。

「王国レーヴェは、ルーシー教圏外ですから、魔女の天敵である魔術師《ウィザード》が存在しておりません。魔女にとっては動きやすい環境だったのでしょう。……そしてそれは、このキャンパスフェローだって同じこと。ここだってルーシー教圏外なのですから、魔女を押さえつけられる魔術師《ウィザード》はおりません。私は反対ですよ、バド様」

エーデルワイスは居住まいを正し、バドを正面にして言葉に力を込めた。

「魔女を仲間にするなんて、無茶です。あれは災害。人を不幸にする厄災《やくさい》ですよ？　魔女が危険なことくらい、ルーシー教徒《ルシアン》ではない我々でも、先ほどの話を聞けばわかるではありませんか。厄災を国に招きなどすれば、最悪キャンパスフェローは滅びてしまいます！」

「ああ、滅びるさ」

バドは、今にも泣き出しそうなエーデルワイスの訴えを、うなずいて受け止める。

「どっちみちこのままじゃあ、キャパスフェローは王国アメリアに滅ぼされる」

「……っ」

その避けることのできない事実に、エーデルワイスは言葉を呑《の》み込む。

女王アメリアによって統治される王国アメリアは、強大な兵力をもって領土拡大を続けていた。その戦火は、キャンパスフェローの目の前にまで迫っている。

アメリア兵たちが、キャンパスフェローの貿易の要である〈血塗れ川《ブラッディ・リバー》〉を実効支配し始めたのは、三ヶ月ほど前のことだ。様々な国籍の船が行き交う川には、これまで関税がかけられたことなど一度もなかった。そこにアメリアは多くの兵を配置し、水門を建設した。川を利用する国々に、不当に高い関税を課し始めたのだ。

こと武具の輸入輸出に関しては、理不尽極まりない苛税《かぜい》を求めてきた。

当然、キャンパスフェローは抗議を行ったが、アメリアからの減税条件は、グレース家よりも爵位の高い公族を、キャンパスフェローに迎え入れろというものだった。つまりはグレース家に、領地を渡せと言っているのだ。とても呑むことのできない条件である。

「経済状況はどうなってる？　帳簿は真っ赤だろう」

バドが尋ねると、財政大臣は力なく首を振る。

「船を出すたびに税を取られる現状では、貿易を続けるほど困窮していく一方です。このままでは、半年ほどでキャンパスフェローは破産しますよ」

多くの鍛冶《かじ》職人が暮らし、武器や防具の製作をメイン産業にしているキャンパスフェローにとって、武具の輸出は大きな収入源である。それを封じられてしまえば、国が弱体化していくのは目に見えている。

今、キャンパスフェローは真綿で首を締められているような状態だった。

「お前もひしひしと感じているだろう？　エーデルワイス。戦《いくさ》はもう始まっているんだ」

「…………」

この国が、王国アメリアによってじわじわと追い詰められている状況は、外務大臣であるエーデルワイスにも、痛いほどよくわかっている。

キャンパスフェローは、決して裕福とは言えない国だ。領主の住むキャンパスフェロー城でさえ古く、隙間風《すきまかぜ》が吹く。バドの着ている革の上着も、領主にしては質素で、旅の商人たちとさほど変わらない代物だった。

　領主がそんな有り様なのだから、庶民たちなどはもっと貧しい。しかしそれでも、キャンパスフェローの人々は日々を精一杯生きていた。農園や鍛冶《かじ》や貿易で懸命に財を作り、平和に暮らしていたのだ。

　そこに突如降りかかった大国アメリアからの圧制は、厳しいものがある。

　バドは確信している。

「アメリアは必ずここに攻めてくる。この圧制は、その足掛かりだ。俺たちが横暴だと声を上げれば、それにかこつけて兵を差し向けてくるつもりだろう。だから俺たちは、北の国《ノース・ランド》と手を組んだわけだ」

　バドたちキャンパスフェローも、アメリアの侵略をただ黙って見ているだけではない。抵抗する手立てはあった。それは、アメリアの敵対国と手を組むこと。

　北の国は、キャンパスフェローの貿易相手でもあった。密約は、すでに交わされている。

「野蛮と名高いヴァーシア人だが、北の男たちはそれだけに屈強だぞ。味方に付ければ、これほど頼もしいものはない。しかしそれでも──」

　バドはイスに背をもたれた。

「それでもまだ、俺たちはアメリアには勝てない」

　そう、勝てないのだ。確実に。キャンパスフェローの作る最強の武器と、屈強なヴァーシア人で構成された最強の兵をもってしても、アメリアには勝てない。

「なぜだ、ブラッセリー？」

バドは足を組み、左斜め前に座るブラッセリーへ手を広げる。

「……王国アメリアには、魔術師《ウィザード》がいるからでしょう」

「そうだ。問題は魔術師さ。やつらの使う、魔法だ」

王国アメリアは、宗教国家でもあった。アメリアが国教と定めた宗教——竜を信仰するルーシー教。その教徒のみが就《つ》ける職業こそ、魔術師だ。その数は三百から四百人程度。一国の兵として数えれば少ないが、それでも彼らの力は充分な脅威となる。

〝魔法〟なる奇跡を使う彼らは負傷した兵を回復させ、カタパルトもなしに火球を放ち、空を飛び回る者までいるらしい。王国アメリアは、この魔術師たちを独占している。それがゆえに、かの国は〈竜と魔法の国アメリア〉と呼ばれていた。

「そいつらとやり合うため、俺たちに必要なのは何だ？　自慢の武器はある。最強の兵もいる。不条理と戦う怒りも覚悟もある。あとは何が足りない——」

バドは、今度は右斜め前に座るエーデルワイスへと、手を広げる。

「わかるだろう、エーデルワイス」

「……魔法、ですか」

「そうさ。必要なのは魔術師以外に、魔法を使える者たちだ」

核心に迫り、バドは身体《からだ》を起こした。

「魔法ってのは、自然にある〝マナ〟という不思議な力を源泉とするらしいな。魔術師《ウィザード》のヤツらは修道院で修行して、それを使いこなす方法——魔法を会得《えとく》するんだ。だが世の中には、修行も教えもすっ飛ばして、自然と魔法を使えてしまう天才たちがいる——」

言ってバドは、にやりと笑った。

「当然、魔法を自分らの教授する奇跡と位置づけたいルーシー教としては、面白くない。洗礼なく魔法を使う彼女たちを、忌《い》むべき厄災《やくさい》だと人々に教え、〝魔女〟と呼んで迫害した。俺たちに必要なのは、こいつらだ」

「……正気じゃない……」

誰かがぽつりと、つぶやいた。

それを皮切りに、テーブルにつく者たちが、次々と意見を交わし始める。

「魔術師に滅ぼされるか、魔女に滅ぼされるかのどちらかを選べというのですか」

「魔女をコントロールできるという保証がない限り、民を危険に晒《さら》すことになる」

「アメリアとの話し合いはもう望めないのですか？　何も攻勢に打って出なくとも」

室内に、再び熱がこもり始めた。

しかしそれらの意見の中に、魔女を仲間に付けるというバドの策に賛同するものはない。

「いっそアメリアの属国になるというのは？　共存の道として悪くないのでは」

「バカな。アメリアに搾取《さくしゅ》されて滅びた国を知らんのか？　一度頭《こうべ》を垂れてしまえば、やつらどれほど傲慢《ごうまん》な要求をしてくるか」

「アメリアは戦争国家だ。武器はいくらあっても足りまい。あれの属国になるというのなら、剣や盾《たて》を残らず寄越せと言ってくるでしょうな」

「しかし、魔女という災害を味方につけるなど、そんな戦略、聞いたことがない」

「ここは慎重になるべきです。国の存続を左右する大事な局面であることをもっと――」

ゴンッ――！

部屋に地鳴りのような打撃音が鳴り響いて、紛糾していた者たちは肩をすくめた。

「各々、口を噤《つぐ》まれよ！　バド様が発言の途中だ」

ロングテーブルの末席で、大柄な男が声を轟《とどろ》かせる。鍛《きた》え上げられた厚い胸板に、太い首。あごは四角く、口元はキュッと固く結ばれていた。室内で着席していてさえ愛槍を手放さないこの男はまだ、二十代前半。部屋にいる者の中では最も若かったが、その迫力は論客たちを黙らせるのに充分だった。

騎士団長ハートランド。その太い二の腕と背中には、〝背中の燃えたハリネズミ《ファイヤー・ヘッジホッグ》〟のワッペンが縫い付けられている。グレース家の家紋とよく似たそれは、〈鉄火の騎士団〉の紋章である。

「ありがとう、ハートランド。だがな」

しん、と静まり返った室内で、バドが再び口を開いた。

「そのゴンッ、ってヤツもうやるなって言ってるだろう。床えぐれてんだよ、お前の席んとこだけ」

バドはハートランドの足元を指差した。

常に末席に座るハートランドが、談義が紛糾するたびに槍《やり》の石突きを振り下ろすため、足元の床石は削れている。「はッ！」とハートランドは小気味いい返事をくれるが、それも毎度のことだ。どうせまたやるのだろう。

「さて」と場を仕切り直すように言って、バドは席を立ち上がった。

「お前たちの懸念は尤《もっと》もだ。シメイは、魔女の恐ろしさを知らしめるためにギリー婦人をここへ連れてきたんだろうが、逆に俺は彼女の話を聞いて、確信した。魔女は、話せばわかる相手だ」

バドは席を離れ、着席する男たちの背後を歩き出した。

「この国をアメリアの侵略から護《まも》るため、俺は魔女が欲しい。大陸中に散らばる魔女がな」

テーブルの周りを歩くバドの姿を、着席する男たちが目で追いかける。

「魔女を悪者にしたいルーシー教徒《ルシアン》たちは、そりゃあ大げさに語り広めるだろうさ。魔女とはこんなにも恐ろしい存在だと。危険だ、近づいてはいけない厄災《やくさい》だ、と――」

くっくっくっ――歩きながらバドは、愉快そうに笑う。

「いいじゃないか、厄災で結構。災害で構わない。魔女にまつわる物語は、残酷であればあるほどいい。それだけルーシー教徒たちが──魔術師《ウィザード》たちが、その魔女を恐れているという証じゃないか。さあ教えてくれ。──お前は、どんな〝魔女〟の物語を知っている？」

ぽん、と肩に手を置かれた文官は「ええと、確か……」と戸惑いながら答えた。

「貧しい村エイドルホルンでは飢饉《ききん》のとき、飢えた魔女が、人や家畜を魔法でお菓子に変えて……」

「食っちまった。〝お菓子の魔女〟だな。いいね」

バドは続いて、テーブルの向こう側に座る別の文官を指差した。

「じゃあお前はどうだ？　聞かせてくれ、お前の知っている〝魔女〟はどんなだ？」

「私は──そうですね……イナテラ共和国の海の底には、どんな願いも叶《かな》えてくれるという〝海の魔女〟が住んでいると聞いたことがあります。ただし願いを叶える代わりに、その人にとって最も大切なものを要求されるとか……」

「オズの国に関してでしたら」と、また別の文官が小さく手を挙げた。

「同じ魔女である姉妹を殺した、妹殺しの〝西の魔女〟が有名ですね……」

「そうだな」とバドはテーブルを回り込みながら、相づちを打つ。

「有名といえば、北の国《ノース・ランド》には人の住めない〝凍った城〟があるだろう？　あれは何の魔女の仕《し》業《わざ》だったか……？」

バドに軽く肩を叩かれて、学匠《メイスター》シメイはため息をついた。

「……〝雪の魔女〟です、マイロード。城を一つ滅ぼした魔女を挙げるのであれば、他にも〝茨《いばら》の魔女〟がおる。あれはどこの森に言い伝えられている逸話であったか……」

「滅ぼされたのが、城だけであればまだ、可愛《かわい》いもの」

口を挟んだのは、宰相《さいしょう》ブラッセリーだ。

「夜の町ロンドクリフは、大陸の向こうより現れた空飛ぶ一団に滅ぼされたと聞く。奇っ怪な格好をした兵たちを率いる女帝は、自らを〝月の魔女〟と称していたとか」

「あるじゃないか、たくさんの物語が」

ロングテーブルを一周したバドは、自身のイスに再び腰かけた。

「そして〈騎士《ナイト》の国レーヴェ〉には、〝鏡の魔女〟が囚《とら》われている――」

テーブルに座る男たちの視線を一身に受けて、バドは不敵に微笑《ほほえ》んだ。

「まずはこいつを仲間に入れよう」

「しかしその〝鏡の魔女〟は、罪人として捕らえられておるのですぞ？　獅子《しし》王を殺した女を、レーヴェが容易《たやす》く渡してくれるでしょうか？」

シメイは、片方の眉《まゆ》を吊り上げた。バドは首を振る。

「心配するな、手は打ってある。エーデルワイス」

バドの合図を受けて、エーデルワイスは封書をテーブルの上に置く。

レーヴェ家の家紋、獅子の紋章が捺《お》された印は、すでに破られている。

「先日レーヴェに送った手紙の返事が、今朝届いたんだ。殺された獅子王の弟オムラ・レーヴェは、捕らえた魔女の売買を了承してくれた。ただしその条件として、俺が直々にレーヴェへ引き取りに行かなきゃならん」

「一国一城の主であるバド・グレースを、使者も寄越さず手紙一つで呼びだそうというのか？」シメイは勢い余って立ち上がった。「無礼な！　レーヴェは昔から傲慢《ごうまん》だ」

「まあそう怒るな、シメイ」

バドは手のひらを向け、シメイを落ち着かせる。

「獅子王の亡き今、レーヴェは次の王座に誰が座るかで揺れている。継承権のあるオムラとしては、他国の領主を呼びつけることで、その権威や交友関係の広さを示したいんだろう」

「信用できますか？」とはブラッセリーだ。

「レーヴェは、かつて敵対した相手ですよ」

「五十年以上も前の話さ。だが一応、騎士は相当数連れて行こう」

バドは、テーブルの末席に視線を滑らせた。

「ハートランド、手練《てだ》れの騎士を、そうだな……二十名ほど選んでおいてくれ。相手は多くの騎士を抱える国だ。こっちも負けてらんないぜ、派手にいこう」

「はッ！　ダイアウルフの討伐が終わり次第、すぐにでも」

ハートランドが部屋に声を響かせる。

「ああ、そうだな。ダイアウルフか……」

熊のように大きく、群れをなすオオカミの一種ダイアウルフが、キャンパスフェローの西区に現れたのは、つい昨日《さくじつ》のことだ。柵を越えて田畑へ侵入した三頭のダイアウルフによって、多くの農民たちが惨殺《ざんさつ》された。

その群れがまだ、集落近くの森に潜んでいるかもしれない。ダイアウルフの恐怖に住民たちは震えている。〈鉄火の騎士団〉は現在、ダイアウルフ討伐のために編成を組んでいるところだった。

「討伐隊はいつ出発するんだ？」

「はッ！　準備はできております。昨夜からの雨が上がり次第、森へ入る予定です」

「そうか。……レーヴェ遠征は、討伐が終わってからだな。まったく、問題が山積みだ」

イスに背をもたれ、バドは天井を仰ぐ。

しかしすぐ思い出したように身体《からだ》を起こした。

「〝黒犬〟はどうしてる。あいつも討伐に参加するのか？」

黒犬――。その名を聞いてハートランドは、露骨《ろこつ》にイヤな顔をした。

「まさか。やつは騎士団員ではありません。鎧《よろい》を着たがらず、剣すら持ちたがらない。そんな男は貧弱すぎて、とても騎士《ナイト》とは呼べませんからな」

「やれやれ……。本当に仲が悪いもんだな、お前たちは」

「やつには森の手前で見張りをさせております。本当はそれすら任せたくないのですがね。正直なところ信用なりません。暗殺者《アサシン》などという、得体《えたい》の知れない職業は──」

3

カアカア、カアカア──。

雨上がりの空を、カラスの群れが旋回していた。

空は厚い雲で覆われているため、辺りは薄暗い。

数え切れないほどのカラスが木々の枝に留《と》まり、耳障りな鳴き声を上げている。カラスたちの視線の先には、カカシが一本たたずんでいた。地面に突き立てられた杭の先に、大きな頭を刺しただけの、シンプルなカカシだ。しかしそのサイズは、見上げるほどに大きい。

その巨大な頭部の上に、男が一人、片膝《かたひざ》を抱いて座っていた。

毛先のゆるくカールした黒髪に、黒の手甲《てっこう》。十代後半の青年ではあるものの、その顔立ちは幼く、女性と見まがうほどの華奢《きゃしゃ》なシルエットをしている。深緑色の瞳は、正面に広がる森をじっと見つめたまま。手持ち無沙汰なのか、手の中でころころと、湾曲したオオカミの爪を転がしていた。

周囲にひと気はない。この辺りは、昨日《さくじつ》ダイアウルフの現れた田畑とほど近い。住民たちは再びダイアウルフが現れることを恐れて、避難していた。

男は一人、深い森を見つめ続ける。

今年はやけに雨が降る。それが秋の実りを減少させているのか、キャンパスフェローを訪れた旅人が言うには、腹を空かせた野生の動物たちが、山を下りてきているらしい。

普段は森の奥深くに生息し、群れのテリトリーから出ることのないダイアウルフが三頭、キャンパスフェローの敷地内へ入ってきたのも、エサを求めてだったのかもしれない。

田畑で収穫作業中の農民たちが十一名、騒ぎを聞きつけ駆けつけた門兵が八名殺され、肉の柔らかさを選《よ》りすぐりしたのか、女子供が合わせて五名、連れ去られた。

現場は凄惨《せいさん》な状況だった。食いちぎられた死体に、泣き叫ぶ遺族たち。男は昨日、雨の中で見た光景を思い返す。

「…………」

ふと足音が聞こえて、男は田畑へと振り返った。

「ぎゃあああ……！　べちゃべちゃ！　靴が汚れちまいましたよ、まったく！」

メイド服の裾《すそ》を持ち上げて、泥をびちゃびちゃ撥《は》ねさせながら、小柄な少女がやって来る。

不機嫌に眉根《まゆね》を寄せるカプチノは、グレース家に仕えるメイドだった。

目尻のつり上がった生意気そうな目に、肩の上で切り揃《そろ》えられた黒髪。小柄でスレンダーな体つきのせいか、十五歳にしては幼く見える。その頬《ほお》にはそばかすがある。

「うへえ……何ですか、それ……？」

カプチノは大きなカカシを見上げ、ただでさえ愛想のない表情を、さらにしかめた。

「まさか、昨日のダイアウルフの……？」

カカシの頭部に座る男は、カールした黒髪の隙間《すきま》から、じろりと少女を見下ろした。

「やるよ」

無造作《むぞうさ》に放ったのは、男が手の中で転がしていた、オオカミの爪だ。

「わ、わ」

慌《あわ》ててそれを受け取るカプチノ。

「うええ、血が付いてんじゃないですか、気持ち悪っ」

「ダイアウルフの爪はお守りになる。高値で売れるよ」

「え、ほんとう？」

途端に瞳を輝かせたカプチノだったが、すぐに訝《いぶか》しげに目を細めた。

「さっき騎士団の人から聞きましたよ？　見張り役を放棄して、一人で森に入ってったそうじゃないですか。ダイアウルフ退治に行ってたんですね」

「別に、あいつらの指示に従う必要はないだろ。俺は騎士団員じゃないんだから」

「だからって、危ないじゃないですか。行くなら騎士《ナイト》のみんなと一緒に行けばいいのに」

「やだよ。なぜあんな足手まといの連中を待たなきゃならん」

「うーわ、ひどい言い方。そんなんだから嫌われるんですよ」

「いいんだよ。嫌われるのも暗殺者《アサシン》の仕事さ」

「ひねくれた職業ですね！」

カプチノはもらった爪を指の間に挟み、シュッシュッと振ってみせる。

「爪なんか引っこ抜いちゃって……。そんなことして大丈夫ですか？　群れのボスが仲間引き連れて復讐《ふくしゅう》しに来たらどうすんです」

「ダイアウルフは頭がいい。柵を越えてキャンパスフェローの土地に足を踏み入れれば、どんな目に遭うか。住人を食い殺せばどんな報いを受けるのか。身の程を知り、分をわきまえることができる。ボスを倒した相手に逆らうほど、愚かじゃないのさ」

「……え？　じゃあそれって、群れのボスの……？」

「カプ。お前、何か用があって来たんじゃないのか」

「あっ、そうそう。バド様からロロさんへ伝言。〝至急、城まで来られたし〟とのこと」

「至急？　早く言え、それを」

カカシの頭から飛び降りた男――ロロは、地面に音もなく着地した。

「これ、しばらくここに立てておくから、触るなと騎士《ナイト》たちに言っといてくれ」

ロロがカカシのそばを離れた途端、木々に留まっていたカラスたちが、一斉にカカシの頭部へと群がる。

カアカア、カアカア、カアカア――！

「やですよ。自分で言ってくださいよ……」

カプチノはカラスに啄《ついば》まれる頭部を見上げ、身震いを一つ。確かに、群れのボスのこのようなものを掲げられては、ダイアウルフたちも心折れてしまうだろうが――。

「まったく……悪趣味なカカシですね」

森の覇者たるダイアウルフのボスは、死の間際に何を見たのか。

でろりと舌を垂らしたその死に顔は、まるで恐怖に歪《ゆが》んでいるかのようだった。

第一章
黒犬

1

生まれてすぐに、一匹の犬を与えられた。

自分と同じ〝ロロ〟と名付けられた仔犬だ。

デュベル家では、生まれたばかりの子どもに犬を育てさせる習わしがあった。子どもと同じ年齢、同じ名前の犬をである。

ロロに与えられた犬は、耳が垂れていた。頭と背中が焦げ茶色で、その他の部分は白い犬だった。目元がいつも濡れていて、知性あるその優しい眼差しが、ロロは大好きだった。

少年ロロと犬のロロは、どこに行くにも一緒だった。

ころころと丸かった犬のロロは、すぐに身体《からだ》が大きくなり、少年ロロを護《まも》るようになった。

生まれたと同時に母親を亡くしたロロにとって、犬のロロこそが最も甘えることのできる家族だった。彼のお腹を枕にして眠るときが、幼いロロにとって、一番の幸せな時間。そのお腹は温かく、柔らかい。日差しをたくさん浴びて遊んだ日などは、とてもいい匂いがした。

ロロが五歳のとき、父親が死んだ。

病気がちの父親とは、ほとんど一緒に過ごした記憶がない。

祖父の家で育ったロロにとっては、たまに会う近所の人、くらいの認識でしかなかった。無口で気が小さく、睨《にら》みつけるように見てくるその人が、ロロは苦手だった。

だから、父親が死んだと聞いても悲しくはなかったけれど、多くの慰問者たちが彼を偲《しの》んで涙するのを見ていると、何だか胸が苦しくなって、つと頬《ほお》を流れ落ちた涙に、ロロ自身が戸惑った。

死んだ人にはもう会えない。触れることもできないし、話すこともできない。

好きな人ではなかったけれど、生活の一部が欠けてしまったような喪失感を覚えた。

思えばロロにとって、それが初めて肌で感じた死だったのかもしれない。

そのときロロの頬を舐《な》め、慰めてくれたのも、犬のロロだった。ロロはぎゅっと、ロロを抱きしめた。生き物は死から逃れられない。例えばこの大好きな犬とも、いつかは別れなくてはならないのだろう。ロロの死を想像するだけで、涙は止めどなく溢《あふ》れた。

ロロのかたわらには、いつだってロロがいた。

ご飯を食べる場所も、時間も同じだ。少年ロロがベッドで眠るとき、犬のロロは同じ部屋の寝床で丸くなる。湯浴みのときもトイレをするときも、彼は外で待っていた。

森で野ウサギを追いかけるときも。様々な武器の使い方を実践するときも。歴史や医療、暗殺術の座学を受けるときでさえ、ロロはロロのそばであごを前足に乗せ、眠っていた。

両親のいないロロだったが、寂しいと感じたことは一度もなかった。それはきっと、犬のロロがいつでもそばにいてくれたからだ。

一人と一匹は兄弟であり、親友であり、そして同じ名前を持つ、自分自身だった。

十歳を迎えた誕生日。ロロは一人前の暗殺者《アサシン》になるべく、初任務を与えられた。これを無事クリアすることで、デュベル家の子供たちは立派な暗殺者として巣立っていく。

いわば、大人になるために必要な通過儀礼だ。

祖父に言い渡された暗殺のターゲットは、犬のロロだった。

暗殺者は暗殺対象を選べない。仕事に私情を持ち込んではいけない。主《あるじ》の命に従い、どんなに困難な任務でもスマートに終えなければならない。それが暗殺者の矜持《きょうじ》であり、誇りである。少なくとも、古くから暗殺者一族としてグレース家に仕えるデュベル家にとっては。

わずか十歳の少年にとって、家や家族は世界のすべてだ。

家のルールは、世界のルールに等しい。

生まれたときからそばにいる、自分と同じ名前の犬を殺す——ロロの生きる世界において、それは一人前の暗殺者となるための常識であり、当たり前だった。

デュベル家の者たちは、みなそうやって大人になっていったのだ。

厳しい修行の最中、思わぬケガをしたり、挫《くじ》けそうになったりして涙を堪《こら》えるロロに、祖父はよく「泣け」と言った。痛みを誤魔化《ごまか》すな。きちんと苦しめ、受け入れろと。

——『暗殺者は慟哭《どうこく》より生まれる』

デュベル家のモットーはそう示す。

身を裂かれるような痛みや、思い出したくもない苦しい経験を乗り越えた人間は、より強くなる。暗殺者という、誰かの命を理不尽に奪う職業は、それほどの覚悟と精神力を培《つちか》わなければ務まらないのだ——ロロはそう、祖父から教わった。

「殺せない」と首を振るロロの頬《ほお》を、祖父は容赦なくはたいた。

「泣いても構わん。思い切り叫んでもいい。ただしそれは今日までだ。家族同然に過ごしてきた半身を、自らの手で屠《ほふ》る痛みは、お前を一人前の暗殺者にするだろう」

バウワウ、バウワウと犬たちが鳴く犬舎の前で、ロロは滂沱《ぼうだ》と涙を流し、歯を打ち鳴らしていた。その手には、鞘《さや》に収められたダガーナイフが握りしめられている。

少年ロロのかたわらに、犬のロロが身を寄せていた。殺される運命を知ってか知らずか、涙を流して立ちすくむロロを心配し、その太ももに頭を擦《こす》りつけていた。

少年ロロは膝《ひざ》を曲げ、犬のロロを抱きしめた。

「大丈夫だよ」と垂れた耳にささやいて、焦げ茶色の背中を撫《な》でる。

殺すのなら、ひと思いに。苦しませたくない。死の恐怖を感じる刹那《せつな》さえ与えたくない。ほんの一瞬で絶命させる方法を、ロロは知っている。その術《すべ》をこれまで、学んできたのだから。

祖父をはじめとするデュベル家の一族が、少年ロロと犬のロロを取り囲んでいた。彼らの仕えるグレース家の者たちまでもが、新しい暗殺者の誕生を見守っていた。

逃げることは許されない。

さあ殺せ。任務を遂行しろ。それがルールなのだから。それがデュベル家にとっての〝普通〟なのだから。ロロは震える歯を噛《か》みしめて、ダガーナイフを鞘《さや》から引き抜く。

これが、ロロ・デュベルの生きていく世界——。

「……くそ食らえだ」

ロロは祖父を睨《にら》みつけながら、世界に急かされダガーを振るった。

2

キャンパスフェローを出発した一行は、列を作って南下していく。

目指すは王国レーヴェである。

馬車には、バドの重臣である外務大臣や学匠《メイスター》たちの他にも、多くの外交官を含む文官たちが乗っていた。パーティーに出席することを見越して、仕立屋や調香師まで引き連れている。

その総勢は五十九名。列の半分は、甲冑《かっちゅう》を着て馬に跨《また》がる〈鉄火の騎士団〉の騎士《ナイト》たちだ。

早馬を一日中走らせれば二日と半日で到着できる距離でも、馬車や荷馬車を率いて列を成していては、そうはいかない。一行は宿を取りながら、五日ほどかけてレーヴェへとたどり着いた。

草原に伸びる道の先に、高くそびえる街壁が見えてくる。大きな街の外周を高い壁で囲んだ、まるでそれ自体が要塞のような国、レーヴェだ。

草原の一本道は、見上げるほど高い街門に続いていた。

門の両脇に、驚くほど大きな垂れ幕が垂れている。そこには後ろ足で立ち上がり、牙《きば》を剝《む》いたライオンが向かい合って描かれていた。立派なたてがみを誇る獅子《しし》の紋章は、はるか昔からこの地を治める獅子王の一族、レーヴェ家の家紋である。

一行の先頭を行く騎士団長ハートランドが振り返った。

「旗を掲げよ！」

レーヴェの街門をくぐる直前に、キャンパスフェローも負けじと旗を風に踊らせる。

掲げた旗は二種類。グレース家の家紋であるハリネズミが描かれた旗と、〈鉄火の騎士団〉の紋章である〝背中の燃えたハリネズミ《ファイヤー・ヘッジホッグ》〟の描かれた軍旗だ。

一行を歓迎するかのように、街門のてっぺんにあるやぐらから、ラッパの音が高々と鳴り響いた。太鼓が跳ねるように打ち鳴らされ、ハトの群れが秋晴れの空に飛び立つ。

「っきゃあああっ！　なんて大きな門かしら……！」

行列の中心に位置する馬車の窓から、一人の少女が身を乗り出した。

風にそよがせる柔らかな髪は、バドよりも少し明るい稲穂色。煌《きら》めくその青い瞳は、イナテラの海のように澄んでいる。領主バドの一人娘、デリリウム・グレースの肌は透き通るように白いため、その頰《ほお》は高揚するとすぐに赤くなった。

この十四歳になるキャンパスフェローの姫は、しつけが厳しかった母を早くに亡くしたせいか、城の誰よりもワガママで、自由だ。地味な旅装束を嫌がり、すでにパーティー用のカクテルドレスを着ているのも、鮮やかな色をしたこのドレスでなくては、馬車に乗りたくないと駄々をこねたせいだった。ただそのワガママが圧《お》し通るのも、愛嬌《あいきょう》ある彼女が城の誰からも愛されているがゆえのこと。

デリリウムは、近づくにつれて迫力を増していくレーヴェの街門を見上げ、長いまつげをしばたたかせた。キャンパスフェローの一行は、大きな街門の下をくぐっていく。

「ふぉおおおっ……！」

真上に掛かる街門を、仰ぎ見るデリリウム。

大きく口を開けたその顔に、影が落ちる。

「ご機嫌で何よりだがな、デリィ。浮かれて馬車から落っこちるなよ」

デリリウムが身を乗り出す窓とは反対側で、バドは窓枠に肘《ひじ》をついていた。

「けれどお父様！　こんなにも華やかな街を前にして、浮かれるなというのは難しい相談だわ！」

デリリウムは窓から身を乗り出したまま、振り返った。

「だって〝騎士《ナイト》の国〟なのよっ？　すすけた職人だらけで野暮《やぼ》ったいキャンパスフェローとは、街の大きさも華やかさも、全然違うんだもの！」

「姫が民を悲しませることを言うんじゃないよ……。その野暮ったい国こそが、お前の国だってことを忘れるなよ」

「もちろんよ、お父様っ」

愛嬌たっぷりの笑顔は、まだあどけない。

「デリィはちゃんと、キャンパスフェローも愛しているわっ」

レーヴェの北に位置する街門をくぐり抜けると、目の前に市場が広がった。

黄色い天幕を広げた露店が、街のメインストリートである〈凱旋道《がいせんどう》〉の両脇に、所狭しと並んでいる。この市場は、露店の天幕が黄色一色で統一されていることから、〈イエローマーケット〉と呼ばれていた。レーヴェ一の大きな市場である。

西側が海に面したレーヴェの街は、港も有している。立地がよく、人や物資がよく集まるため、王国レーヴェは貿易や観光も盛んな国だった。市場には、北の工芸品から南の果物まで、珍しい品々が並んでいる。行き交う人々の衣装を見れば、様々な国からの訪問者であることがわかる。〈イエローマーケット〉は、今日も活気に溢《あふ》れていた。

バドとデリリウムが乗る馬車のそばを、ロロが馬で併走している。

「ロロ」とバドはこの忠実な暗殺者《アサシン》をそばに呼んだ。

窓に近づいた馬上のロロを見上げ、バドは三つ折りにした羊皮紙を差し出す。

「目を通しておけ」

馬の手綱を握りながら、ロロはそれを広げた。

「これは……魔女の情報ですか」

「そうだ。噂や事件、寝物語になっているものまで、魔女に関する情報をシメイにまとめさせた。信憑性《しんぴょうせい》が怪しいものもいくつかあるが、火のないところに煙は立たないって言うしな。シメイが言うには、調べてみる価値はあるだろうとのことだ。お前はどう思う？」

「学匠様《メイスター》がそう言うのであれば、そうなのでしょう」

「お前自身はどう思うかと聞いているんだ。そこに書かれている魔女七人、集められると思うか？」

「犬は意見を持ちません」

ロロはすげなく答え、丁寧にたたんだ羊皮紙をバドに返した。

「主《あるじ》が魔女を欲しいと言うのであれば、犬はそれを集めるまでです」

「つまらんヤツだな。忠義心が高すぎて話にならん」

「結構です。主人に意見などすれば、祖父に叱られます」

「はっはっ。老犬は病床に伏してまだなお、恐ろしいか？」

「恐ろしいですよ。あの人、体調いい日なんかいまだに暗器磨いてますからね。いったい誰を殺すつもりなのか……」

「そいつあ頼もしいな。いずれ戦《いくさ》になったら、先代の〝黒犬〟にも働いてもらうかもしれん。

王国レーヴェは養蜂でも有名だ。土産《みやげ》にとびきり甘いハチミツでも買って帰ってやれ」

言ってバドは、再び羊皮紙をロロへ渡した。

「これはお前が持っていろ」

「大切な情報なのでは?」

「だからお前に預けるんだろうが。いいか、そこに書かれた七人の魔女が、キャンパスフェローを救うカギとなる。お前言ったな? 俺が欲しいと言えば集めるまでだと」

馬車の窓から併走するロロへ、バドは命令を下した。

「俺は魔女が欲しい。一人残らず、俺の前に連れてこい」

「御意」

ロロが目を伏せると、バドは満足してうなずく。

「よし。それじゃあまずは一人目、〝鏡の魔女〟をゲットしに行くとしよう」

「ねえお父様っ。あとで市場を歩いてもいい?」

デリリウムが、向かい合う座席の、バドの正面に座る。

「城に着いて何もなければな。だがまあ普通は、招待した賓客《ひんきゃく》を到着初日から放っておくようなことはしない。食事会なりが開かれるんなら、お前も出るんだぞ」

「えぇー……じゃあ市場行けないじゃない」

唇を尖《とが》らせてデリリウムは食い下がる。

「じゃ明日は？　明日だったらいいでしょ？」

「明日だったら……。まあ時間があればな」

「ホント!?　約束だからね！」

弾けるような笑顔を見せたデリリウムは、馬車の中で立ち上がった。

そうして突然、走る馬車のドアを開け放つ。

「ぅおい、デリィっ！」

「ロロ、受け止めて！」

バドの制止を振り切って、デリリウムは両腕をロロへと伸ばし、ジャンプした。

鮮やかな色をしたスカートが、風に大きくひるがえる。

「おっ……とっ」

ロロは慌《あわ》てて腕を伸ばし、デリリウムの身体《からだ》を摑《つか》んで馬上へと引き上げる。

「こら、デリィっ！　危ないぞ、ケガしないとわからんのか!!」

馬車から背に飛ぶ怒声を無視して、デリリウムはロロの首にしがみついた。

「ふふ。ありがと、ロロ。愛してるわっ」

「じゃじゃ馬が過ぎますね、あなたは」

デリリウムは、器用にロロの背中へと回る。ロロの肩に手を置いて、鞍《くら》の上に立った。

「ねえ、ロロ。もっと列の前のほうに行って！」

ロロは、窓枠に肘《ひじ》を乗せたバドへ視線を落とし、許可を求めた。バドが、あっちへ行けというふうに手のひらを振ったのを確認し、デリリウムを見上げる。

「しっかり摑まっていてくださいね」

ロロは馬の腹を蹴《け》り、列の前方へと走らせた。

キャンパスフェローの一行は〈イエローマーケット〉を抜けて、赤レンガの家々が並ぶ住宅街に入っていく。貿易商で成功した、商人たちの住む区画だ。二階建てや三階建ての立派な建物が多い。

道に面したバルコニーでは、様々な住人たちの暮らしを垣間見《かいまみ》ることができる。

あるバルコニーでは、絨毯《じゆうたん》売りが美しい絨毯を並べて干していた。また別のバルコニーでは、理髪店が客を道に向かって座らせ、髪を整えていたりする。まるでバルコニーの一つ一つが、小さな舞台のようだ。

バイオリンや、アコーディオンを奏でる人たちのいるバルコニーもあった。手すりに括《くく》りつけたロープの先に、花瓶を垂らしている。あの中にチップを入れるのだろう。

国王が魔女に殺されたばかりとはいえ、人々の暮らしがガラリと変わるわけではないらしい。街には陽気な音楽が流れ、賑やかな喧噪《けんそう》に溢《あふ》れている。

街の中心に近づいていくに従い、〈凱旋道《がいせん》〉は上り坂になっていく。

「あちこちに騎士《ナイト》がいるのね」

街を見回すデリリウムが、ロロの頭上でつぶやいた。

彼女の言うとおり、街のいたるところで騎士《ナイト》の姿を見かける。レーヴェの騎士はみな金色の鎧《よろい》を着けているため、彼らは街中でもよく目立つ。兜《かぶと》も小手もすね当ても、すべてが金色だ。

「ご存じですか」

ロロはデリリウムを見上げた。

「レーヴェの騎士団の人数は、二千人を超えるそうですよ」

「へぇ！　あんな金ピカの騎士たちが、二千人もいるの？」

「ええ。この〈凱旋道《がいせんどう》〉は、かなり幅が広く作られているでしょう？　大規模な騎士団が、凱旋パレードを行うためなのだそうです。迫力ありそうですよね。金色の騎士たちが行進する様は」

「んー……。想像するだけで眩《まぶ》しいわ」

デリリウムは目を細める。

「では彼ら、〈金獅子《きんじし》の騎士団〉の団長は誰か、ご存じですか？」

「それはもちろん！　〝獅子王〟でしょ？」

「さすがのご明察、恐れ入ります」

王国レーヴェの王は代々〝獅子王〟と称される。この王が〈金獅子の騎士団〉の団長を兼任し、騎士たちを率いるというのが、レーヴェの伝統である。

獅子王が魔女に殺された今、騎士団の団長も不在の状態だ。

「デリィは、この国が気に入ったわ」

「おや。まだ道を真《ま》っ直《す》ぐ進んだだけなのに」

「年頃の王子様はいらっしゃらないの？　ハンサムで、清潔感があって、優しい感じの」

「おお、早くもご結婚まで考えていらっしゃる……。しかし残念ながら、王子様はおりません。ただ獅子王には、前妻との娘である八歳のお姫様がいたようですよ」

「その子知ってるわ。スノーホワイトでしょ？　行方不明になってるっていう」

スノーホワイト・レーヴェは、獅子王を含む重臣たち五十人以上が殺された〝血の婚礼〟において、生き延びた数少ない生存者だと言われている。ただ、その行方は惨劇《さんげき》のあった日から不明となっており、十日が経《た》った今でもわからないままだ。

「もし見つかったら、その子が次の獅子王になるの？　女の子なのに？」

「どうでしょう。他国の事情ですから……。ただ歴代の獅子王には、女性もいたようです」

「ふぅん」

「デリリウム様も気をつけてくださいね。よそ見していると、さらわれちゃいますよ」

「あら、ロロ。あなたが護《まも》ってくれるんでしょ？」

「善処はしますけれど。あちこち動き回るものは護れません」

「安心なさい。ちゃんと〝黒犬〟を連れて動き回るわっ」

「……犬だって忙しいんだけどなあ」

「見て、ロロ！　素敵なお城っ！」

デリリウムが指差した先は坂の上。立ち並ぶ赤レンガの屋根の向こうに、円錐の屋根がいくつも見える。〝獅子《しし》の根城〟として名高いレーヴェンシュテイン城がそびえ立っていた。

3

バドやキャンパスフェローの重臣たちは、迎えてくれた儀典官により、城の中へと案内された。常に槍《やり》を手放さない騎士団長ハートランドが同行し、彼に続いて鉄火の騎士《ナイト》が六名、献上品である二つの木箱を手車で運ぶ。ロロは従者の格好をして、一行の最後尾をついて歩いた。

初めて入った建物では、出入り口の把握を怠るべからず――そんな祖父の教えどおり、城門からの道筋を記憶しながらついていく。

レーヴェンシュテイン城は、その外観どおりに広かった。

儀典官に先導された一行は、開けた中庭に差し掛かる。陽の光が差し込む、だだっ広い中庭である。よく手入れのされた芝生が敷かれていて、ところどころにある花壇では、色とりどりの花々が咲き乱れていた。花びらの近くで蝶が舞っている。

中庭の中央付近には、一本の大きな樫《かし》の木が立っていた。

「ほう。城の中にこんな立派な庭が……」

一行は中庭を取り囲む回廊を進んでいた。支柱が何本も立ち並ぶ回廊である。中庭を目にしてバドが足を止めたので、その他の者たちもみな立ち止まった。

儀典官がバドのそばに歩み寄る。

「あちらの大きな樫の木は、初代獅子王がこの地にたどり着いたときから立っていると言われております。このレーヴェンシュテイン城は、あの大樹を囲むようにして建設されているのです。つまりこの庭こそ、城の中心。〈王の箱庭〉と呼ばれております」

よく見ると、大樹のそばの芝生は禿《は》げていて、土のむき出したグラウンドとなっていた。

儀典官によると、そこは剣を打ち合うためのフィールドとなっているそうだ。年に二度、騎士団員たちによって季節ごとのチャンピオンを決める剣術大会が、そのフィールドを使って開催されるのだとか。

「その戦績は騎士団内の等級に大きく影響致しますから、騎士のみなさんは大会でいい戦績を残すべく、日々鍛錬《たんれん》を欠かしません」

「へえ……。いかにも〝騎士の国〟って感じだな」

「さあ〈王座の間〉はすぐそこです。オムラ・レーヴェ様がお待ちです」

一行は〈王の箱庭〉を横目に進み、建物の中に入っていく。

オムラ・レーヴェは肥満体だった。

太い指にはいくつも宝石が煌《きら》めき、強い香水の香りを放っている。左右で色の違う奇抜な服装は、少し前に貴族の間で流行ったファッションである。あごに金色のひげを薄く蓄《たくわ》えていたが、威厳の象徴としては心許《こころもと》ない。王族というよりも、豪商といった印象のほうが強かった。

その肩には、首輪で繋《つな》がれたカメレオンが留まっている。これもまたファッションの一環として、一部の貴族たちの間で流行っているペットである。

「いやいや、ようこそ〈騎士《ナイト》の国〉レーヴェへ！」

バドたち一行を、オムラ・レーヴェは両腕を広げて歓迎した。本来は獅子《しし》王が座るべき王座に腰かけていたが、バドたちがやって来たと同時に席を立ち、王壇から下りてくる。

〈王座の間〉は非常に広かった。天井は高く、見上げた先には、獅子や太陽を描いたステンドグラスが何枚も並んでいる。それが明かり窓となっていて、キラキラ輝く日光を透過させていた。

ロロは広間の壁際に、合わせて十人ほどの男たちが立っていることに気づく。

城の中枢にいるのだから〈金獅子の騎士団〉かと思われたが、しかし彼らは金色の鎧《よろい》を着ていない。一般的な灰色のプレートアーマーを着用していた。その立ち姿や緩んだ表情を見ても、とても洗練された騎士には見えない。〈王座の間〉には相応《ふさわ》しくない連中である。何者だろうか。

　この広間で金色の鎧を着ているのは、ただ一人。オムラの背後に立っている男だけだった。兜《かぶと》は被《かぶ》ってはいなかったが、その背に白いマントを羽織っている。〈金獅子の騎士団〉の中でもエリートに数えられる近衛兵《このえへい》である証だ。

　王壇から下りてきたオムラは、バドと固い握手を交わした。

「やっとお会いできましたなあ、グレース公！　わざわざ来ていただいて恐縮です。旅はいかがでした？　大事はありませんでしたか？」

「お陰様でよき旅路でした。領主という職業はいけませんなあ、つい城に引きこもりがちになってしまう。外に出る機会をくださったレーヴェ公には、大変感謝しております」

　バドは眉根《まゆね》を寄せて悲しい顔を作り、握ったオムラの手に、もう一方の手を重ねた。

「このたびは魔女災害による獅子王殿の突然のご逝去《せいきょ》、心よりお悔やみ申し上げます」

「……不幸な事件でした。私はたまたま式場への到着が遅れて助かったものの……多くの優秀な文官や武官を失った……。しかし王の弟として、悲しみに暮れてばかりもいられませんからな。今は私が、一時的にではありますが、政治を執《と》り行っております。レーヴェは魔女などに負けぬことを、周りの国に知らしめてやりたい」

「ご立派です」

　バドは、デリリウムをそばに呼んだ。

「これは私の一人娘です。母親がいないせいか、じゃじゃ馬に育ってしまったが」

デリリウムはドレスのスカートの端を摘《つま》み、恭《うやうや》しく頭《こうべ》を垂れる。

「お初にお目にかかります。デリリウム・グレースと申します。このたびはお城にご招待いただきまして、大変光栄に存じます」

「おほっ、美しいご令嬢だ。お幾つですかな？」

「春に十四を迎えました」

「十四歳！　いやいや何がじゃじゃ馬なものですか、グレース公。一顧傾城《いっこけいせい》の麗《うるわ》しさではございませんか！　これだけ美しいと、結婚の申し込みが後を絶たないのでは？　戦《いくさ》の火種にさえなり得ましょう！」

「いいえ。結婚などまだ早いです。なあ、デリィ」

「ええ、お父様。どの殿方も勇ましき獅子《しし》に比べれば、頼りない限りです」

デリリウムは楚々《そそ》として微笑《ほほえ》んで見せる。無論、よそ行きの笑顔である。

オムラは眉尻《まゆじり》を下げて、「ほほっ！」と甲高い声を上げて笑った。

「姫は屈強な騎士《ナイト》が好きと見えるな？」

「それよりも、レーヴェ公。貴公にお贈りしたいものが――」

鉄火の騎士たちが、木箱の載った手車をオムラの前に並べた。

持ってきた品々は、キャンパスフェローの誇る武器の数々だ。

「ご存じのとおり、キャンパスフェローで作られる武器は、そんじょそこらのものとは違います。戦局によって形状を変える〝変形武器〟と呼ばれるもの。今回はその中でも、選《よ》りすぐりを持って参りました」

バドは木箱の中から、無造作《むぞうさ》に小ぶりのメイス——先端に重りのついた打撃武器を手に取った。柄の部分をくるりとひねる、と——シャキンッ。重りのついた先端から、鋭く長い刃が飛び出す。叩いて鎧《よろい》を破壊するメイスから、鎧の隙間《すきま》を突いて殺傷する剣へと変形させたのだ。

「ほうっ。いやいや、実にユニークですな！」

オムラは手を叩いて喜んだ。

「さすがは多くの鍛冶《かじ》職人を抱える〈火と鉄の国キャンパスフェロー〉だ。私は外国貿易も少しかじっていたから、わかるんですけどね？　剣や武具なんか、キャンパスフェロー産というだけで、よく売れるんですわ。いやいや、これはますます楽しみですなあ、新作のほうも……ねえ？」

にやり、とオムラは口の端をつり上げる。

にやり、とバドも笑って応える。

「ええ。ぜひ期待していただきたい。新作の——〝魔法の剣〟も」

魔法の剣——。それは、レーヴェに魔女を売ってもらうための口実であった。

言わばバドの仕掛けた、罠《わな》だ。王を殺した罪人である〝鏡の魔女〟を、レーヴェがそう易々と売ってくれるはずがない。だからこそバドたちは、レーヴェにも利益が出る、それらしいニセの交渉を用意したのだ。

「〝魔法の剣〟が完成した暁《あかつき》には、剣を我々レーヴェに限定して卸してくださる……そういう取引でしたな？」

むほほ、と笑うオムラの顔は、まさに商人のそれ。

レーヴェは貿易にも強い国だ。〝魔法の剣〟が完成し、それを独占して卸売りできるのなら、〝魔力〟は王国アメリアの専売特許ではなくなる。アメリアと戦《いくさ》をしている国々はこぞってこの武器を欲しがるだろう。得られる利益は莫大《ばくだい》。つまり、魔女をキャンパスフェローに売り渡すというこの取引は、レーヴェにとっても悪い話ではないのだ。

ただしそれが本当の話であれば、だが。

実際には、魔力を帯びた剣など作れた試しがない。

魔女さえ手に入ればこっちのものなのだ。研究が遅れているだとか、失敗しただとか理由をつけて、成果を上げなければいいだけのこと。

バドは、よどみなく語り始める。

「我がキャンパスフェローの鍛冶《かじ》職人たちは、実に優秀です。彼らの打つ剣の精度には、領主である私でさえ、いつだって驚かされる。そんな彼らが今着手している武器こそ……〝魔法の剣〟」

ウソである。

「試作品はいくつか出来ているのですが……どうも魔力が安定しない」

これもウソ。

「職人たちが言うには、実際に魔力を使う者を解剖《かいぼう》し、その仕組みを解明するしかないと……。しかし困った。王国アメリアの魔術師《ウイザード》たちを、無理やり捕まえてくるわけにはいかないでしょう？　そんなときだ、貴国の悲劇を耳にしたのは」

「ふむ。このタイミングは、運命とも言えるかもしれませんな……」

「ええ、まさに運命でしょうな。我々の鍛冶職人が作り、あなたたち騎士《ナイト》が使う。〝魔法の剣〟は間違いなく、レーヴェとキャンパスフェローを繋《つな》ぐ架け橋になりましょう」

「素晴らしいっ。協力しましょう！」

オムラは満面の笑みを浮かべ、今一度バドと固い握手を交わした。しかし「ではさっそく魔女を……」とバドが引き渡しの段取りに入ろうとした途端、急に歯切れが悪くなる。

「あのぉ、実はその引き渡し……ちょっと待って欲しいんですわ」

「……待つ？」

「ええ……ほら、〝鏡の魔女〟は、獅子王《しし》を殺した大罪人でしょ？　いくら利益になるとはいえ、他国に売り渡すべきではないという声が後を絶たないんですわ。いや、私はね？　売ってレーヴェの利益になるのなら兄上も――あ、いや獅子王も許してくださると思ってはいるのですが」

オムラは苦い顔をして、頭の後ろをぼりぼりと掻《か》いた。

「どうも騎士《ナイト》たちがねえ……。どーしても裁きたいと。それで明日、ちょうどこの〈王座の間〉で、魔女裁判が開かれることになっているんです」

「魔女裁判……？」

オムラの口から出た意外な言葉に、バドは眉根《まゆね》を寄せた。

魔女裁判というのは、ルーシー教の文化である。容疑者が魔女か、そうでないかを審議するものなのだから、一般人が判断するのは難しい。普通は、魔術師《ウィザード》がその尋問官を務めるものだ。

しかしレーヴェは、ルーシー教圏外である。魔術師はいないはず。

「魔女裁判とは、また奇異なことを。レーヴェはいつからルーシー教徒《ルシアン》になったのでしょう？」

「いやいや違います、誤解なさらないで。裁判と言っても、形だけのものでしてな？」

オムラは、顔の前で手を振って弁解した。

「そもそも裁判にかけるまでもなく、〝鏡の魔女〟が本物の魔女であることは明白。明日の裁判は、魔女かどうかを審議するというよりも、〝獅子《しし》王殺し〟の罪人を裁くという意味合いのほうが強いのです」

「罪人を裁く……」

「ええ。だから裁判は形だけのもので、用意する尋問官も魔術師ではありません。つまりこれは、私的な魔女裁判でしかないということです。獅子王殺しに有罪を言い渡し、近隣諸国の公族や民衆代表たちにけじめを示さなくては、レーヴェは前へは進めない――というのが騎士たちの弁でしてな？」

「で、あれば――」

バドは眼光鋭くオムラを見つめ返す。彼の言葉に嘘はないか――その表情から読み取れる情報を見逃さないよう、つぶさに観察しながら続ける。

「魔女は裁判後、火あぶりにされるのですか？　火にくべられるまでが魔女裁判でしょう。有罪を言い渡された魔女が燃えるのを見なければ、騎士たちは納得しないのでは？」

「それはどうか、ご安心を」

オムラは、不穏な空気を和ませるように、破顔する。

「もちろん、グレース公との交渉は活きております！　手紙にも書きましたが明日の夜、裁判の後になりますが、キャンパスフェローとレーヴェとの親睦《しんぼく》を深める大規模なパーティーを用意させていただいております。魔女はその場でお渡ししようかと。魔女の引き渡しというイベントは、まさに二つの国を結ぶ象徴となりましょう！」

「……ふむ」

バドは、納得しかねる様子で腕を組む。

オムラは早口になった。

「何、騎士《ナイト》たちのことなら、明日の夜までに説得してみせます。〝魔法の剣〟を使うのは彼らだ。その凄《すご》さをアピールすれば、きっとこぞって欲しがるに決まっておりますから」

と、そこで二人の会話に割って入る声があった。

「申し訳ありませんが」

ぴしゃりと口を挟んだのは、オムラの後ろに控えていた男である。広間にいる兵たちの中で、唯一金色の鎧《よろい》を装備した〈金獅子《きんじし》の騎士団〉の近衛兵《このえへい》だ。

「王弟《おうてい》殿下が何を言おうとも、我々レーヴェに仕える騎士たちの気持ちは変わりません」

長身に金色の短髪。頬《ほお》の角張った、自信に満ちた顔つき。いかにも剣を振るに相応《ふさわ》しい、仕上がった肉体を有していることは、プレートアーマーの上からでも見て取れる。

「魔女に殺された獅子王様は、私たちの団長でもあるのです。……いや、殺されたのは団長だけではない――」

男は前に出て、オムラに並ぶ。

「結婚式に参列していた副団長や参謀、各部隊長たちもまた魔女によって惨殺《ざんさつ》されました。そんな女を処刑せず他国に売り渡すなど……忠義に厚い騎士は、決してそれを許しません。だからどうかグレース様には、王弟殿下に、怪しげな商談を持ち込まないでいただきたいのです」

バドは相好を崩さないまま、オムラへ視線を移した。

「レーヴェ公。彼は？」

騎士は、オムラが口を開くよりも早く「失礼しました」と頭を下げた。

「申し遅れました。私は〈金獅子の騎士団〉近衛隊長フィガロ・キンバリーと申します」

「キンバリー殿。君は私の持ってきた話が、〝怪しげな商談〟だとお考えか？」

「……恐れながら申し上げて」

フィガロは真っ直《ます》ぐにバドを見返した。

「〝魔法の剣〟とは……荒唐無稽《こうとうむけい》な代物で、この目で見なくてはとても信用できません。だいたい本当に〝魔力を帯びた剣〟というものが作れたとしても、騎士たちがそれを使うとは思えませんしね」

「ふぅん。興味深いな。聞かせてくれ。なぜだ？」

「そのような怪しげな剣を使わなくとも、我々騎士は充分に強いからです」

「そうは言うがな」

バドは腕を組み、あごを撫《な》でる。

「〝血の婚礼〟では、多くの騎士たちも参列していたそうじゃないか。しかし非常に申し上げにくいが、魔法を使う魔女には敵わなかった。だから多くの犠牲者を出したのだろう？」

「婚礼の場であったため、騎士たちは帯剣しておりませんでした。そのせいですよ」

フィガロは目を伏せて、至極《しごく》残念そうに首を振った。

「しかし魔女は、礼拝堂に駆けつけた私たち近衛兵《このえへい》によって捕らえられた。もちろん、私たちが使ったのは、一般的な両手剣です。魔力など帯びてはおりません」

「……ふむ」

「先ほど王弟殿下《おうていでんか》はおっしゃいました。剣や武具などは、キャンパスフェロー産というだけでよく売れると……ただしそれは、正しい剣や武具に限っての話。騎士《ナイト》たちはむしろ、キャンパスフェロー産の武器を勧められると、身を引いて警戒します。『それは、変形などしないだろうな？』――と」

キャンパスフェローの面々が、にわかにざわつく。

「これ、フィガロ」とオムラが慌《あわ》てて口を挟むが、バドがそれを制した。

「いや、構いませんよ。貴重な使い手側の言葉だ。忌憚《きたん》なき意見を聞かせてもらいたい。君たちはそんなに嫌いか？　我々の作る〝変形武器〟が」

「……嫌い、ですね」

話題は〝魔法の剣〟から、キャンパスフェローの〝変形武器〟へと移っていた。

フィガロはキャンパスフェローに贈られた木箱の中から、適当な剣を手にする。一見して普通の片手剣だ。それを矯《た》めつ眇《すが》めつ観察しながら、バドの問いに答える。

「私たち騎士は、血の滲《にじ》むような努力の果てに剣を振る技術を身につけます。我々が武器に望むのは、この培《つちか》った技を、遺憾《いかん》なく発揮できるかということ――っと」

誤って剣の装置を発動させてしまったのか、剣身が無数の節《ふし》となって分裂し、まるでバネのように飛び出した。先端がびよん、と床に垂れる。

剣身をムチのようにしならせて使える変形武器である。剣先の垂れた滑稽《こっけい》さに、くすくすと周囲で笑い声が漏《も》れた。広間にいる、灰色のプレートアーマーを着た兵たちのものだ。

「失礼」とフィガロは剣を箱に捨て置いた。

「主君を護《まも》るため、国を護るために、我々は真剣に戦っているのです。こうも遊び心たっぷりに変形されては、むしろ邪魔になる。我々〝本物〟の騎士が求めるのは実用的な剣です。このようなオモチャなどではなく――」

と、そのときだ――ガツンッと広間に打撃音が響き渡った。

人々の視線を一身に集めたのは、バドの後ろに控えていた〈鉄火の騎士団〉団長ハートランドである。

「聞き捨てならんなッ!!」

槍《やり》の石突きを床に叩きつけたハートランドは、顔を赤くして激昂《げきこう》していた。

「〝本物〟の騎士は変形武器を避けるだと!?　貴様は、変形武器を使う我々をニセモノだとバカにしているのか？　ならば試してみるがいいッ！　貴様がオモチャとあざけるその武器が、どれほどの強さを誇るかッ。実際に痛い目に遭ってこそわかろう!!」

バドはふっと小さく笑って、オムラへと目配せする。

「すみませんね、うちのは血の気が多くて」

「いやいや謝るのはこちらですわ。フィガロ、謝りなさい」

しかしフィガロはオムラを無視し、ハートランドに声を上げる。

「よろしい。ではエキシビションマッチといきましょうか。対戦相手は私が選んでいいのですか？」

「ふんっ！　望むところよ。その思い上がった傲慢《ごうまん》、燃やし尽くしてくれよう！　だが選ぶとは何だ？　選ぶまでもなく、貴様の相手は〈鉄火の騎士団〉団長のこの私、ハートランドだッ！」

「いや、すまない」

フィガロはハートランドから視線を外した。立ち並ぶキャンパスフェローの人々の前に歩を進め、一人一人の顔を吟味するように見ていく。そうしてぽつりとつぶやいた。

「……俺が気にしているのは、あんたじゃないんだよなあ」

「……？」

「グレース様」と、フィガロはバドへと振り返った。

「不躾《ぶしつけ》で申し訳ないのですが、教えていただけますでしょうか？　この中に〝黒犬〟はいますか」

「黒犬？」

「ええ、〝キャンパスフェローの猟犬〟です。諜報、暗殺、裏切り者の始末……黒犬は主《あるじ》のためならば、どんな非道もやってのけるとか。残忍で、恐ろしく強い暗殺者《アサシン》――。四獣《しし》戦争の際には、我々レーヴェもだいぶ苦しめられたと聞きます」

「ははっ」

　バドは吹き出した。

「これは失敬。確かにグレース家には〝黒犬〟という暗殺者が仕えていたが……四獣戦争は五十年以上も前の戦いだ。私が生まれるよりも前に活躍した暗殺者が、今も私に仕えているのなら、そいつはよぼよぼのジジイだろうな」

「そうですね……。今も現役で活躍されているのなら、老人なのでしょうが――」

　フィガロは一行の中で最も年老いた人物、学匠《メイスター》シメイの前に立つが、そのしわだらけの顔を見つめ、残念そうに首を振る。――「あなたではない」

「いてもおかしくはないと思うのですが。その暗殺技術や、〝黒犬〟という名を受け継いだ後継者が――」

「ふぅむ。キンバリー殿はずいぶんと想像がたくましい」

　バドは苦笑いを浮かべた。

「それでは、適当に選ばせていただきます」

　フィガロは、キャンパスフェローの者たちの間を縫うように歩き、一人一人の顔を見ていく。

「……決めた。俺の相手をしてもらうのは、あんただ」

フィガロが指を差したのは、後ろのほうに控えていたロロだった。

「……え、と。俺ですか？」

すかさずハートランドが、大股《おおまた》でフィガロへと詰め寄った。

「バカなっ！　臆したか金獅子《きんじし》ッ！　こいつは騎士《ナイト》ですらないぞッ!?」

「構わんだろう？　変形武器の性能を見るだけだ。相手は別に騎士じゃなくてもいい」

「殿下！」とフィガロはオムラへと振り返る。

「許可をください。彼と手合わせがしたい」

「ううむ。困ったやつだな……。いかがしましょう、グレース公。私としても変形武器の実戦は見てみたいところではあるが……？」

「はあ。レーヴェ公がそうおっしゃるのなら……」

戸惑うロロと目が合って、バドは肩をすくませた。

4

一同は〈王座の間〉を後にして、〈王の箱庭〉へと移動した。

つい先ほど横目に見た、樫《かし》の木のそばのグラウンドに集まっている。グラウンドの中央には枠線が引かれ、試合を行うためのフィールドとなっていた。キャンパスフェローとレーヴェ。それぞれの陣営が、フィールドを挟んで試合の準備を始めている。

広間にいた兵士たちもまた、中庭を取り囲む回廊に移動している。立ち並ぶ支柱に背を預けたり、談笑したりして試合が始まるのを待っていた。さらに、騒ぎを聞きつけた金獅子の騎士たちや、城で働く給仕たちまでもが、回廊に集まってきている。

防具を持たないロロのために、レーヴェ側からプレートアーマーが用意されていた。あちらこちらにヘコみのある、いかにも練習用の使い古された胴当てである。

防具を装備するとき、ロロはバドと会話する機会を得た。

「……どうして俺が選ばれたのでしょう？」

ロロは両脇を広げ、ハートランドに胴当てを装備してもらいながら、そばに立つバドへ疑問を投げかける。

「思い当たる節《ふし》はないのか？　変形武器をバカにされて殺気立ってたとか」

「まさか。あのくらいじゃ怒りませんよ」

「怒りなさいよっ！　ばか」

キャンパスフェローの姫デリリウムは、腰に手を当てて、ぷりぷりと怒っていた。

「デリィたち、バカにされたのよ⁉　武器も、職人たちも騎士団も！　あれで怒らないなんて、キャンパスフェローの民失格だわ！」

デリリウムは青い瞳を見開き、ロロの鼻先にずいと顔を近づける。

「負けたら許さないからね。あいつ殺しちゃいなさい！」

「ここで殺しちゃったら、外交問題勃発《ぼっぱつ》ですよ……」

「いや、姫の言うとおりだ！」

胴当ての装備が完了し、ハートランドがロロの背中をドンと叩く。

ロロはよろけてつんのめった。

「いいか貴様！　俺の代理として出るからには、絶対に負けは許さんぞ!?　忘れるなよ、この一戦にキャンパスフェローの誇りが掛かっていることを！」

「大げさだなあ……。まあ、やるだけやってはみますけど」

「何だその気のない返事は！　絶対に勝ってこいッ！」

押しつけられるように渡されたのは、先ほどフィガロが捨て置いた変形武器。剣身の伸びる片手剣だ。ロロは、サイズの合っていない、ぶかぶかの小手でそれを受け取る。

向こうの陣営は準備が終わったらしく、兜《かぶと》からすね当てまで、全身金色に輝くフィガロが、フィールドの中央に歩み出てきた。ロロも兜を被《かぶ》って出陣する。

「ロロ」とバドに呼ばれ、振り返った。

「正直、俺もあいつをぶん殴ってやりたいところだが、ケンカするとこはここじゃない。わかってるな？」

「……御意」

――チィィインッ！

フィガロの剣に弾かれて、ロロはあっけなく尻餅《しりもち》をついた。

「すみませんっ。降参です！」

追撃のため剣が振り上げられ、ロロは慌《あわ》てて手のひらを向ける。

「……降参？　冗談はやめろ」

その情けない姿を見て、フィガロは面当てをずらし、不機嫌な顔を晒《さら》した。

「俺に、その武器の素晴らしさを教えてくれるんじゃないのか？　一度くらい変形させてみろ。それとも、そいつはやっぱりオモチャってことでいいんだな？」

「勘弁してください。自分は騎士《ナイト》どころか、一兵卒ですらないんです。ただの従者にすぎない俺が、騎士様のお相手などできるはずが……」

チッ、とイラ立つフィガロは舌打ちをする。

「試合を早く終わらせたいんなら、俺に一撃でも入れてみせろ」

「……一撃」

ロロがよろよろと立ち上がり、構えた瞬間にフィガロの攻撃が再開される。

激しく振り下ろされるフィガロの剣を、ロロは後退しながら辛うじて弾く。

「さがるなっ」「殺せっ」と背中には、キャンパスフェロー側からの声援が届いていた。

かたや、中庭を取り囲む回廊には、一方的な試合にしらけたムードが流れ始めている。

振り下ろされたフィガロの一撃を、ロロは剣身を横にして受け止めた。

中庭に鋭い金属音が響き渡る。

「お前が〝黒犬〟の後継者だと思ったんだがな。俺の勘違いだったか？　あん？」

「…………」

「なあ、教えてくれ。四獣《しし》戦争で〝黒犬〟がやった、有名な〝三百人殺し〟ってのは本当なのか？　どうやって一夜にして三百人を殺したんだ？」

ロロは兜《かぶと》の面越しに、フィガロの顔を見つめ返した。

「……騎士《ナイト》様はどうして、俺を黒犬と思われるのでしょうか？」

「何、ただの勘さ」

フィガロは強く剣を押し出して、ロロを突き放す。

「強いて言うなら、お前が一番、怒っていなかった」

「……？」

「その変形武器は、お前らキャンパスフェローの誇りなんだろ？　それを笑われてるってのに、お前だけが無感情だった。怒ってもいないし、悲しんでもいない。なるほど暗殺者《アサシン》ってのは、むやみに感情を表に出したりはしないんだろうな？」

「……へえ」

悔しいことに、納得してしまった。感情を出してはいけない、常に冷静であるようにと祖父に叩き込まれてはいたが、まさかそれが、正体を露見させるきっかけになろうとは。

ロロがフィールドの中央に戻ってくるのを待って、フィガロは試合を再開させる。

二度、三度と剣の打ち合う音が響き、ロロの喉元《のどもと》に剣先が突きつけられた。

「どうだ、そろそろ本気になってみるか？」

あごを上げたまま、ロロはふるふると頭を振った。

「いいえ……降参です。参りました」

「いい加減にその情けねえ態度をやめねえと――」

――ガンッ。

「うっ……」

突如フィガロは腹部に衝撃を食らい、後退《あとずさ》りをした。いったい何が起きたのか――見下ろせばロロの剣身が、無数の節《ふし》となって分かれ、垂れている。バネのように発射された剣の切っ先が、フィガロのプレートアーマーに当たったのだ。

「おおー……。丈夫ですね。さすが金ピカの胴当て」

「……くだらねえ」

フィガロはすぐに体勢を整え、剣を構えた。

「教えてやろうか？　本物の騎士《ナイト》の剣の使い方ってやつを」

「……いや、いいです」

「まあそう言うな。こう使うのさ」

フィガロは両手で強く握った剣を、思いっきりスイングする。——ガィンッ！

胴を弾かれたロロの身体《からだ》は宙を舞い、周囲から歓声が上がった。

5

目の前に、水色の宝石が二個、ぼんやりと浮かんで見えた。

アクアマリンだろうか。なんと眩《まばゆ》い輝きだろう……などと耽美《たんび》な感傷に浸っていると、二個の宝石がぱちくりと瞬きをする。

「ロロっ。目を覚ましたのね！」

ぼやけていた視界が実像を結ぶ。ロロの鼻先にあったのは、こちらをのぞき込むデリリウムの顔だ。二個の青い宝石は、濡れた青い瞳だった。

上半身を起こすと、デリリウムがぎゅっと首に抱きついてくる。

「うわあああん、よかった！　あんな派手に吹っ飛ばされたから、死んだかと思ったじゃない。デリィは殺せと言ったのよ？　死ねとは言ってないわっ！　このばか犬。ばか！」

「痛いです、デリリウム様。胸が痛い」

身体が軋《きし》んで息が詰まる。肋骨《ろっこつ》にヒビでも入っているのではないだろうか。

ロロは辺りを見渡して、状況を確認した。どうやらデリリウムの膝《ひざ》を枕にして、眠っていたらしい。臣下としてはあるまじき有り様だ。祖父に知られたら殺されるかもしれない。

ロロは壁際のソファーに寝かされていたらしい。

部屋の中央にはテーブルを囲むソファーがあり、バドと外務大臣エーデルワイスが座っていた。ハートランドは槍《やり》を持ち、彼らのそばに立っている。

ロロが目を覚ましたと気づき、バドが振り返った。

「よう。起きたか」

「……すみません。俺、どれくらい寝ていましたか？」

「何、そう経《た》っちゃいないよ。気にするな」

ロロの見上げた天井に、ロウソクが灯るシャンデリアが吊《つる》されていた。

床にはいかにも高級そうな絨毯《じゅうたん》が敷かれていて、壁には、立派な角を持つシカの剝製《はくせい》が飾られている。この部屋は、バドにあてがわれた一等客室だった。

天井も壁も、すべてがキラキラと輝く金色の部屋である。

ハートランドが、大股《おおまた》でロロのそばまでやって来る。

「ロロ、貴様ッ。恥ずかしくないのか？　変形武器の性能を披露《ひろう》するどころか、逆に叩き飛ばされるとは。あのざまをキャンパスフェローの鍛冶《かじ》職人たちが見たらどう思うか……！」

デリリウムが、ロロの頭を胸に抱き寄せた。

「もういいじゃない。反省してるよね？　ロロ」

「してまーす」

「してないな、貴様ッ！」

「まあハートランド、そう熱くなるな」

バドもまた、ロロに助け船を出してくれる。

「わざと食らったんだろ？」

「食らわなきゃ、終わらなさそうだったので……」

受け身を取り損なうほどの強烈な一撃がくるとは思ってもみなかったが。

正体がバレそうになった自分への、自戒の意味も込めて攻撃を受けたのだが、それをあえて口にする必要はないだろう。主《あるじ》にみっともないところを見せてしまった。ロロはただ、うなだれる。

バドは無精《ぶしょう》ひげを撫《な》でながら、テーブルへと向き直った。

「しかし……フィガロ・キンバリーか。やっかいな男が出てきたもんだな」

「騎士団の実権は、ほぼ彼が握っているようですね」

エーデルワイスが、ポットからカップへティーを注ぎながら言う。

「その彼が魔女の引き渡しに反対、となると……この交渉は難しいかもしれませんね。レーヴェ公は騎士《ナイト》たちを説得するなんて言ってましたが、あの様子を見ると、逆に説得されてしまいそうです」

「ああ。あの男が、オムラの言葉なんて聞くとは思えねえしな。何もかも自分が一番だと思っている顔だよ、あれは。プライドもクソ高そうだしよ。まあハンサムではあったが」

言ってバドは、エーデルワイスをあごでしゃくる。

「お前、タイプだろ。ああいうの」

「私は……。誰かの大切にしているものをバカにするような人は、好きではありません」

エーデルワイスは下唇を突き出し、苦虫を嚙《か》みつぶしたような顔をする。中年男性ではあるが、仕草は乙女だ。

エーデルワイスは、ハーブティーを注いだティーカップの一つを、バドの前に滑らせた。湯気がほんのりと、柑橘《かんきつ》系の香りを立たせる。

バドは「サンキュー」とつぶやき、カップを持ち上げた。

「でも、どうするんですか？　魔女裁判だなんて……。レーヴェ公は本当に、裁判が終わったあと魔女を渡してくれるのでしょうか？　私にはとてもそうは思えませんけど」

「難しいだろうな。明日の魔女裁判も、魔女を葬りたいフィガロ・キンバリーが、オムラをそそのかして開かせようとしているのかもしれん。オムラは見る限り、次の〝獅子王《しし》〟を狙っているようだからな」

「……王の仇討《あだう》ちとなる魔女裁判は、次期獅子《しし》王になるための足固めとしては、絶好の舞台ですものね」

エーデルワイスは腕を組んだ。

「ああ。周辺国の公族や街の要人たちの前で、〝獅子王殺し〟を、快刀乱麻《かいとうらんま》を断つように断罪してみせる――それは次期獅子王になるための効果的な足掛かりになるだろう。そうフィガロに言いくるめられたのかもな。魔女は売るのでなく、あなたが獅子王になるために利用するべきだと……」

獅子王の娘スノーホワイトは、未だ行方不明中。オムラとしてはこの隙《すき》に、次期獅子王としての基盤を作っておきたいはずだ。そう考えれば、魔女裁判はオムラが周囲の評価を得るための格好のチャンスといえる。

「やはり、魔女は公衆の面前で火にくべられると考えたほうがよいのでは?」

エーデルワイスが、苦い顔で首を振った。

「民衆が最も沸くのは、悪人がむごたらしく死ぬ瞬間です。魔女を火あぶりにしてこそ、レーヴェ公の復讐劇《ふくしゅう》は完成するのだと思いますけど」

「ふむ……。それもあるが」

バドはティーカップを摘《つま》んだまま、ソファーに背中をあずけ足を組む。

「もう一つ俺が心配しているのは、魔術師《ウィザード》が現れないか、ということだ」

「魔術師ですか？」

エーデルワイスは目を丸くした。

「だって明日の裁判は、フリなのでしょ？　尋問官は、魔術師ではない者を使うのでは？　そもそも、レーヴェはルーシー教圏外です。魔術師なんているはずがありません」

「ああ、だが魔女災害が発生したという情報は、おそらくアメリアにも伝わっているだろう。レーヴェが勝手に魔女裁判を開き、魔女を裁くと聞いたら。ヤツら、それを黙って見過ごすと思うか？」

「……まさか、裁判を襲撃するなんてことは」

「どうかな。お前ならどうだ？　自分らの真似ごとをされたら、ムカつかないか？」

「あり得……ますかね」

　エーデルワイスは、不安な表情で唇に指を触れる。

「……ルーシー教は、魔女裁判を神事と位置づけております。ごっことはいえ神事をなぞるわけですから、彼らにとっては許しがたき〝異端〟……ということになりますか」

「アメリアと敵対する予定の俺たちとしては、こんなタイミングで魔術師なんかと会いたくねえだろ。〝嘘を暴《あば》く魔法〟なんてものがあるかどうかもわからんが、こっそり戦争の準備をしているなんて、バレるわけにはいかない。魔術師なんかとは、対面しないに越したことはないのさ」

「例えば……」

エーデルワイスはごくりと喉《のど》を鳴らす。

「〝九使徒〟が来るなんてことも……あり得るのですよね？」

「最悪、な」

「…………」

二人の間に、緊張の混じった沈黙が降りた。

「ねえ、ロロ」とバドたちの話を聞いていたデリリウムが横を向いた。

「きゅーしとって何？　魔術師《ウィザード》とは違うの？」

「九使徒も、広い意味で言えば魔術師ですよ。魔術師の、上位ランクに位置する称号です」

修道院で修行中の魔術師見習いは〝修道士《モンク》〟と呼ばれる。女であれば〝修道女《シスター》〟だ。洗礼を受けた彼らが修道院を出て〝魔術師〟となり、限られた者だけが〝九使徒〟になれる。

「九使徒はその名のとおり、九人しか存在しません。彼らは魔術師でありながら、それぞれ固有の職業を持っているんだとか」

「へえ。どんな職業？」

ロロは「確か……」と指を折って数えた。

「枢機卿《カーディナル》、聖騎士《パラディン》、精霊魔術師《エレメンタラー》。治癒魔術師《ヒーラー》、死霊魔術師《ネクロマンサー》、錬金術師《アルケミスト》――」

　修行中、祖父に教え込まれた職業を思い出していく。

「──召喚師《サマナー》、占い師《フォーチユンテラー》、そして道化師《アルルカン》……で、九人ですね」

　祖父からは、魔術師とはできるだけ戦うなと言われていた。もしも戦わなくてはならない状況に陥ったら、まずは相手の使う魔法の法則や性質を見極めなくてはならない。

　魔術師とは、そうして初めて五分五分に戦えるのだ。

　では〝九使徒〟と対峙《たいじ》することになったら、どうすればいいか。祖父の答えは、「全力で逃げろ」である。

「……ふぅん。強いの？」

「みたいですね。例えば、修道士一人で、並の兵士十人分の戦力を持っていると言われています。魔術師一人で兵士五十人分……。では九使徒一人で、何人分の戦力を持っていると思いますか？」

「魔術師の上なんだから、百人分でしょ？」

「いいえ。九使徒一人で、城一個分の戦力があるそうです」

「単位が違うじゃないっ。いんちき！」

「それだけ脅威だということです。実際に、一人で城を落としたという話もありますしね」

「大げさに言ってるだけじゃないの？」

　訝《いぶか》しげに眉根《まゆね》を寄せるデリリウム。そのとき、ドアが開いて学匠《メイスター》シメイが入ってきた。

「バド様。わかりましたぞ、魔女の拘束されている場所が」

シメイは、バドの斜向《はすむ》かいのソファーに座る。

「魔女は現在、街の外れにある牢獄におるようです。ひと気はなく、誰も近寄らぬ建物。その名も——〈鉄の牢獄〉」

「ずいぶんと堅牢なのでしょうね」

エーデルワイスが、その名の印象から苦い顔で言った。ポットから、シメイの分のハーブティーをティーカップに注ぐ。

「ああ。しかし魔女は今夜移送されるらしい。明日、開かれる魔女裁判のためにな」

「へえ。どこにです?」

「それがここ、城の敷地内にある〈幽閉塔〉よ」

言ってシメイは、テーブルを滑って差し出されたティーカップの取っ手を指で摘《つま》んだ。

「おや、レモンバームですな? よい香りだ」

バドはあごひげを一撫《な》でし、「うぅむ」と唸《うな》る。

そうして背後を振り返った。

「ロロ。奪えるか」

その言葉に驚き、ティーにむせたのはシメイだ。

「奪うって、魔女をですか? 本気で言っておられるのか、マイロード!」

「そうですよ！　今、魔女が強奪されたら、まず真っ先に私たちが疑われますよ？」

エーデルワイスもまた、声を裏返す。

しかしバドは悠々《ゆうゆう》と腕を組んだ。

「何、証拠を残さなきゃいいだけさ。だいたい、先に約束を破ったのは向こうだ」

頭をソファーの背もたれの上に乗せて、バドは今一度確認した。

「できるか？　ロロ」

「主《あるじ》が獲ってこいと言うのであれば、犬はただそれに従うまでです」

「それでは私も行きましょう！」

胸を張ったのはハートランドだ。

「戦闘になれば、必ずや私の腕が必要となるはずだ」

常に手に持つ愛槍を両手に構えるが、ロロは首を振る。

「いや要《い》らないですよ。隠密行動するのに、ハートランドさんのでかい身体《からだ》は邪魔です」

「じゃ……邪魔とか言うな、貴様ッ。こういう作戦はだな、一人より二人のほうが……」

ダイアウルフ討伐の一件といい、フィガロとのエキシビションマッチといい、活躍の場をことごとくロロに奪われているハートランドとしては、ここで名誉挽回《ばんかい》といきたいところだが――。

「お前は行かなくていいよ。ここで俺たちを護《まも》れ」

「バド様……いや、しかしっ」

「いけませんよー？　ハートランドさん。主の言葉には従わなくては」

ロロは勝ち誇ったように薄く笑った。

「騎士様《ナイト》はここでじっとしていてください。その一方で主《あるじ》の手となり足となり、忠義を尽くすのが暗殺者《アサシン》の仕事。あぁ忙しい」

「んむぅうッ！」

ハートランドは悔しさに鼻息を荒くして、槍《やり》の石突きで床を叩く。

「ロロ。お前は魔女を奪って、今夜中に国を出ろ。魔女が協力的かどうかにもよるが……可能なら、キャンパスフェローに先に戻っていてもいい」

「御意」

ロロの返事を確認し、バドは手を打ち鳴らす。

「さて、話は終わりだ。さっさと魔女を手に入れて帰ろう」

言って金色に輝く天井や壁を仰いだ。

「どこもかしこもキラキラしていて……落ち着かねえぜ、この国は」

6

夕日の沈む暮色《ぼしょく》の空に、カラスの鳴き声が響き渡っていた。

レーヴェのメインストリート〈凱旋道《がいせんどう》〉から遠く離れた雑木林。その奥に、〈鉄の牢獄〉はぽつんと建っている。五十三年前に勃発《ぼっぱつ》した四獣《しし》戦争では多くの敵兵を閉じ込め、拷問し、処刑した堅牢な牢獄だ。今は、重罪人を拘束するのに使われていた。

壁のレンガは一昔前の積み方で重ねられており、古びた外観はまるで古城のよう。残酷に殺された罪人たちの怨嗟《えんさ》が聞こえてきそうな、おどろおどろしい雰囲気をかもしている。

正面入り口から階段を下りた先の広場では、二頭立ての荷馬車が一台停まっていた。

荷台の屋根はアーチ状に湾曲し、幌《ほろ》がかかっている。その中へ長方形の四角い牢――カゴ牢が運び込まれようとしていた。

今のところカゴ牢の中には何も入っていないが、それでも充分に重たい。十名ちょっとの作業員たちは額に汗をかき、かけ声を合わせて牢を荷台に載せていた。

そのすぐかたわらで金色の鎧《よろい》を着た騎士が二人、作業を監督している。

被《かぶ》った兜《かぶと》には真っ白なトサカがついていて、背にはマントを羽織っていた。フィガロ・キンバリー率いるエリート集団、近衛兵《このえへい》である証だ。

騎士の数は全部で五人。残りの三人は離れたところで円になり、雑談を交わしていた。みな近衛兵だ。そばには、金色の馬鎧《うまよろい》を付けた軍馬が六頭、繋《つな》がれている。

作業を監督する騎士のうちの一人――わし鼻の中年騎士が、「おい」と一人の作業員を引き留めた。ロープを作業員に差し出し、「これで牢を固定しておけ」と指示を出す。

「荷台から落ちないように、厳重に括《くく》りつけろ」

「へえ」

若い作業員は気の抜けた返事をして、騎士《ナイト》に手を伸ばした。その態度の何が気に食わなかったのか、騎士はロープを手元に引いて、渡すのをやめる。

「何だその、やる気のない返事は？　報酬は減額だな、お前は」

「ああ、すいやせん、勘弁してください……」

華奢《きやしや》な身体《からだ》の若者は背中を丸め、手を合わせて許しを請うが、わし鼻の騎士は首を振る。

「ダメだ、お前は減給。これ以上減らされたくなかったら、さっさと牢を固定しろ」

言ってロープを作業員に投げつけた。慌《あわ》ててロープを拾う作業員を指差し、「後で確認するからな」と念を押す。

「斬《き》り殺されたくなかったら、しっかりやれ。走れっ！」

「へえっ！」

作業員が荷台に駆けていくのを見届けて、わし鼻の騎士はもう一人の騎士に笑った。

「ったく、初めからそうしろってんだ。下々の者は、騎士様に対する態度がなっとらんな」

「よく言うぜ。小遣い稼ぎしておいて」

赤いひげの中年騎士は、わし鼻の彼の言葉を聞いて顔をしかめる。

若い作業員の減俸分は、わし鼻の騎士の懐に入るのだろう。

「うるせえ。仕事終わりに遊ぶ金だよ。そんくらいの特別手当があったっていいだろ？　なんせ俺たちが移送するのは〝獅子《しし》王殺し〟の魔女なんだからよ」

わし鼻は胸を張ってそう言うが、赤ひげの表情には、緊張の色が見て取れる。

「しかし本当に大丈夫なのか？　魔女が暴れ出したりしたら……」

「ビビるこたねえよ、バカだな。今の魔女は、魔法が使えないんだから——」

と、そのとき。〈鉄の牢獄〉の正面扉が開き、二人は口を噤《つぐ》んだ。

雑談していた他の騎士たちも向き直り、作業員たちは手を止める。

扉の前の階段を、騎士に先導されて一人の女が下りてきた。

鳶色《とびいろ》のローブを着ており、フードを深く被《かぶ》ってうつむいている。そのため表情はうかがえなかった。両手首は、白い石枷《いしかせ》で固定されている。枷からは鎖が垂れていて、その先端は先導する騎士が握っていた。

魔女の右後ろと左後ろには、槍《やり》を立てて持つ二人の騎士がついて階段を下りてきていた。

先導する騎士が周囲に叫ぶ。

「誰もこの女に触れるな！　話しかけるな！　魔女は厄災《やくさい》だ。呪いが移るぞ！」

彼は近衛《このえ》兵《へい》の副隊長だった。フィガロの腹心である。投獄中の魔女の世話は、すべて彼が直々に行っており、他の者は近づくことさえできなかった。わし鼻の騎士と赤ひげの騎士が魔女の姿を見たのも、これが初めてのことである。

副隊長に先導され、魔女は裸足のまま広場へと降り立つ。騎士《ナイト》たちの視線を一身に浴びながら、荷馬車へと歩いていく。

魔女が、地面から荷台に渡された板に足をかけたとき、わし鼻の騎士は、荷台の上にまだ、あの若い作業員が乗っていることに気づいた。

ぼうっと突っ立って魔女を見つめるその作業員に、慌《あわ》てて「小僧っ」と声を上げる。

「作業が終わったら、さっさと下りろッ！」

「……へえ」

作業員はまたも気のない返事をして、荷台から飛び降りようとした。そのとき、緩くカーブした黒い前髪の隙間《すきま》から、深緑色の瞳を覗《のぞ》かせる。

作業員に扮《ふん》したロロは、魔女の顔を横目に見た。

フードに隠された魔女の顔には、銀の仮面が被《かぶ》せられていた。微笑《ほほえ》む女性の顔を象《かたど》った仮面には、両目を覗かせる穴がない。両耳も圧迫されていて、外界から遮断されるような作りになっている。〝聖女の仮面〟と呼ばれる拘束具の一種だ。

魔女は副隊長の手によって、カゴ牢の中に入れられた。副隊長は魔女の石枷《いしかせ》から伸びる鎖を、鉄格子に繋《つな》ぐ。魔女は牢の中に立ったまま。牢の扉が閉められた。

その様子を見届けてから、わし鼻の騎士は、ふうっと息をついた。強がってはいたものの、実際に魔女の姿を前にして、多少の緊張はしていたようだ。

「手首に付いてた石枷、白かったろ？　そんで、赤い筋が入ってた」

わし鼻は、赤ひげの騎士に小声で言った。

「あれが魔法を封じる魔導具なのさ。魔法を使えない魔女なんて、ただの女だ」

「……あれのどこが、ただの女だ。気味が悪いぜ……」

赤ひげの騎士は、苦い顔で応えた。

二人は移送中、荷台に乗り込んでカゴ牢を見張る手筈となっていた。レーヴェンシュテイン城までの短い間とはいえ、魔女と同じ空間にいなければならないというのは、気が滅入る。

二人の騎士は作業員たちに銀貨を配り、その場で解散させた。

雑談していた三人と、槍《やり》を握った二人、そして副隊長の六人の騎士たちは軍馬に跨《また》がる。

〈鉄の牢獄〉を背に馬車が走り出したころには、山の端《は》が紺色に染まり始めていた。

荷台の幌《ほろ》の中にはランタンが吊《つる》されていて、出入り口を閉じてもぼんやりと明るい。荷台の前方――御者台のすぐ後ろにカゴ牢がロープで固定されてあり、わし鼻の騎士と赤ひげの騎士は、荷台の後方に、屋根の縁を摑《つか》んで立っていた。

跳ねるような馬車の揺れに耐える。

カゴ牢の中で立っていた魔女は、揺れがひどくなってくると、静かに座り込んだ。

幌の外からは、林道を走る車輪の音と、地面を蹴《け》る馬の蹄《ひづめ》の音が聞こえてくる。ランタンが、カシャンカシャンと大きく揺れていた。

始め、見張りの二人はカゴ牢を正面にして、じっと魔女を監視していたが、仮面を付けた魔女を見続けるのにも気が滅入って、やがて背を向けた。

わし鼻の騎士《ナイト》が、ささやくように言う。

「なあ、お前聞いたか？　キンバリー隊長がキャンパスフェローの兵と立ち合ったたって話」

「ああ〈王の箱庭〉でだろ？　圧勝したらしいな」

「その隊長が圧勝した相手よ。誰だかお前知ってたか？　〝黒犬〟の後継者だったらしいぜ」

「はあ？　嘘だろ。あの〝三百人殺し〟のか？」

四獣《しし》戦争において暗躍した〝黒犬〟には、王国レーヴェもずいぶんと苦しめられてきた。

その逸話は五十年の時を経て、物語となって語り継がれている。特に三百人の敵兵を、たった一人で一夜にして皆殺しにしたという話は、黒犬の得体《えたい》の知れない恐ろしさを象徴する伝説として、騎士たちの間でも語り草だ。

本当にそのような暗殺者《アサシン》が存在していたのか――半信半疑の二人であるがその背後に、話題の〝黒犬〟の後継者が今、音もなく着地したことに気づいてはいなかった。

「けどよ」

赤ひげの騎士が顔をしかめる。

「隊長の圧勝ってことは……隊長は、黒犬より強いってことか？　マジかよ」

「いやそもそも、〝三百人殺し〟ってのが嘘なのかもしれんぜ？　尾ひれが付いて広まっちまっただけでよう、実際はまったく大したことなかったなんて話は、どこにでも……」

言いながら振り返ったわし鼻の騎士は、言葉を呑《の》み込んだ。

彼の異変に気づいた赤ひげの騎士も振り返る。

荷台の中央に、見知らぬ男が立っている。

黒い兜《かぶと》に、黒い手甲《てっこう》と黒いすね当て。胴当てだけは未装着で、黒の衣装に包まれた胸部と腹部は晒《さら》している。そのせいか、非常に華奢《きゃしゃ》な印象があった。背丈もさほど高くはなく、迫力や凄《すご》みを覚えるわけではないが、兜で顔を隠しているからなのか、生気や気配をまったく感じられない。まるで幽霊と対面しているかのような薄気味悪さを感じる。

「……何だ……こいつは？　いったいどこから――」

わし鼻の騎士は一歩足を踏み出した。

次の瞬間、手甲であごを弾かれ、意識を失う。ロロは、膝《ひざ》から崩れ落ちる彼のプレートアーマーの縁を掴《つか》み、そっと荷台の床板に寝かせた。

赤ひげの騎士が目を見開く。

「……なっ。賊かっ!?」

赤ひげの騎士は身を低くして、戦闘態勢を取った。腰に提げた剣を引き抜こうとする。しかし瞬時に足を踏み込んだロロに、柄の先を手のひらで押し戻された。

チン――と、小気味よい音が鳴る。

「くっ……！　誰か、敵しゅっ……!?」

喉《のど》をぐっと鷲《わし》づかみにされ、声が潰される。

ロロはするりと彼の背後に回り、その首に腕をかけた。的確に頸動脈《けいどうみゃく》を圧迫し、締め上げていく。顔を真っ赤にした騎士《ナイト》が白目を剝《む》き気絶するまで、そう時間はかからなかった。

意識を失った騎士の身体《からだ》を、ロロは再び音もなく、床板に寝かせる。

またたく間に騎士二人は気を失い、荷台は静けさを取り戻した。

「…………」

変わりなく走り続ける馬車の荷台で、ロロはカゴ牢の前に片膝《かたひざ》をついた。

兜《かぶと》の面当てを上げて、顔を晒《さら》す。

「……失礼いたします」

〝聖女の仮面〟を付けられている魔女は、ロロの言葉に反応を見せない。

ロロは鉄格子の中に手を差し入れた。魔女のフードを脱がし、手甲《てっこう》に仕込まれた刃で、仮面のベルトを切った。

はたして。婚礼の日に銀の大鎌を振るい、獅子《しし》王を含む五十名以上もの参列者を惨殺《ざんさつ》した〝鏡の魔女〟とは、いったいどんな顔をしているのか。いよいよ対面の時となり、ロロは小さく喉を鳴らした。

〝聖女の仮面〟を外すと、射貫くような視線がロロに向けられていた。

十日以上にも及ぶ投獄生活のせいか、彼女の頰《ほお》はこけ、肌は青白く、髪は傷んでいる。しかしその赤い瞳には、苦況に抗う強い意志を宿している。

まるでそれ自体が魔力を帯びているかのような、不思議な目をしていた。ランタンの灯火を受け、赤い虹彩が光り輝く。ロロを警戒してか、その瞳がわずかに揺れる。

「……誰？」

魔女は尋ねた。小さいが澄んだ声だった。

「……黒犬と申します。〈火と鉄の国キャンパスフェロー〉に仕える者です」

「……黒犬？」

魔女は小首を傾《かし》げた。黒犬の名を知らないのか、もしくは知っていて訝《いぶか》しがっているのか。

ロロは魔女の表情を見つめながら話す。

「あなたは、王国レーヴェの王妃にして〝鏡の魔女〟――テレサリサ・レーヴェとお見受け致します。間違いありませんか？」

じっと見開かれた瞳は、ロロの顔を映している。感情の読めない人だと、ロロは思った。

「魔女……」

テレサリサはゆっくりと一度、まばたきをした。

「……私が魔女に見える？」

ふと、テレサリサの帯びていた険がなくなったように感じた。警戒心を緩めたのか。次にその瞳に感じられた感情は、悲しみだった。

テレサリサは目を伏せる。その長いまつげが震えている。

「他国の人が、私に何か用？」

「あなたを助けに参ったのです」

「わからないわ。私に、キャンパスフェローに助けられる理由なんて――」

と、そのときだ。不意に荷台前方に垂れていた幌《ほろ》がめくられ、突風が吹き込んだ。

ロロは反射的に後方へ跳ね、面当てを下ろして顔を隠す。

吊り下げられていたランタンが、風に暴れた。ガシャン、と落下して火が消える。

幌に覆われた荷台の中は、一瞬にして暗がりに包まれた。

「待っていたぜ。〝黒犬〟」

御者台から姿を現した男の顔は、影に塗り潰されていて見えない。

しかし、傲岸不遜《ごうがんふそん》なその声を聞けば――現れた男が近衛《このえ》隊長フィガロ・キンバリーであることはすぐにわかった。夜空を背景に白いマントをなびかせて、肩に剣を担いでいる。

「〝鏡の魔女〟を奪いに来たのか？」

「…………」

ロロは応えない。戦うつもりはない。話し合うつもりもない。彼の言うとおり、ここへは魔女を奪うために来たのだ。見つかってしまったのなら、去るべきか。

「どうされましたか、キンバリー様！」

御者が振り返り、声を上げる。

「何でもない。お前は予定どおり、城まで馬車を走らせていろ」

御者にそう指示を出し、フィガロは全身黒ずくめのロロを観察する。指先から肘《ひじ》の手前までを手甲《てっこう》で覆ってはいるが、その手に武器は持っていない。〝黒犬〟は武器を持たない。物語として語られる特徴の一つだ。

「素手でいいんだよな？　お前は」

「…………」

「じゃあもう始めて、いいよな！」

言下に剣を振り上げて、フィガロは荷台へと足を踏み込んだ。

ロロはその剣筋を、手甲で弾いて受け流す。弾かれたフィガロの剣先が、幌を大きく切り裂いた。暗がりの中、フィガロは剣を振り回し続ける。ロロは後ろに跳ねてよけ、あるいは剣身を弾いて猛攻をいなした。鉄のぶつかる金属音が、幌の中で鳴り響く。

ロロは交差させた手甲でフィガロの剣を受け止め、横に寝かした。

フィガロは構わず、力任せに押してくる。その剣の切っ先が、幌を真一文字に切り裂いていく。

裂かれた幌《ほろ》が風を受け、大きく膨らんだ。そしてその勢いのままに破れ、留め具が次々と外れていく。ビリビリッ——バサッ！

次の瞬間、荷台を覆っていた幌は夜空へと舞い上がり、頭上に月が現れた。

夜空を溶かす丸い月だ。林道を挟む木々が、猛スピードで後方に流れていく。

荷馬車の周りには、六騎の騎馬が併走していた。槍《やり》を構えた騎士《ナイト》が二騎と、弓を持った騎士が四騎。敵襲は想定していたようで、おのおの武器を携えている。

「隊長ッ！　騎馬六騎いつでも戦えます！」

「構えていろ。合図は俺が出す」

カゴ牢に閉じ込められた魔女の前で、騎士と暗殺者《アサシン》は向かい合う。

フィガロは首をコキコキと鳴らし、肩を回した。

「さて、ここからが本番だ」

「お前は移送中の魔女を襲った賊だ。斬《き》り殺されても文句はないよな？」

「…………」

「……と、その前に。試しに使ってはみたが、やっぱりこんな軽い剣じゃ、ダメだな」

フィガロが床板に放り捨てたのは、今まで振るっていた片手剣。ロロが昼間エキシビションマッチで使ってみせた、キャンパスフェロー産の変形武器だ。

フィガロは改めて、自身の腰に提げた両手剣を抜いた。相手を斬るためではなく、叩っ斬るために作られた剣だ。ずっしりと重く、フィガロの両手に馴染《なじ》む。

「やはり騎士の剣ってのは、こうでなくちゃ……なぁ？」

「……」

ロロは足元に捨てられた剣を拾い、ここにきて初めて口を開いた。

「……はるか昔。トランスマーレ人の船団を、巨大な怪物が襲った――」

「あぁ……？」

フィガロは剣を構えたまま、片眉《かたまゆ》を上げる。

「目にも留まらぬ速さで、飛ぶように海を跳ねる怪物だ。勇敢な冒険者たちは夜通し戦ったが、船員の半分以上が食い殺され、船団は壊滅状態に陥った――」

語りながら、ロロは片手剣の柄に両手を触れた。

「やがて夜が明け、甲板に打ち上げられた怪物を見て、冒険者たちは青ざめた。自分たちが何と戦っていたのか。海の真ん中で何と出会ったのか。それはまるでクジラのように巨大なオオムカデだった。冒険者たちはそれを神の使いとして恐れ、畏敬の念を込めてこう呼んだ――」

カシャ、と剣の柄をひねると、両刃からいくつものトゲが飛び出した。一つ一つが菱形《ひしがた》のいびつなトゲ。ギザギザの突起が両刃に並ぶ形状は、まるでムカデのように禍々《まがまが》しい。

「〝ムカデクジラ《スコロペンドラ》〟――この剣の名の由来だ」

「……おいおい。そんなふうになるとは、聞いてなかったんだが？」

「そんなに知りたければ、ご覧に入れましょう。こいつの本当の使い方」

言下に剣を振り上げて、ロロは足を踏み込んだ。

7

一方で、レーヴェンシュテイン城のバドたちは、晩餐会《ばんさんかい》に招かれていた。

一行が通されたのは、部屋の中央にロングテーブルが置かれたダイニングルーム、〈賓客《ひんきゃく》の間〉である。薪《まき》のくべられた暖炉の上には、シカの首が掛けられている。壁には獅子《しし》の描かれた旗が垂れ、話の種にするのか、アンティーク雑貨の飾られた戸棚も並んでいた。

壁や天井は、やはり金色に輝いている。

料理の並んだロングテーブルを挟んで、レーヴェとキャンパスフェローの主要人物たちが向かい合っていた。上座に座るバドの向かいには、オムラがいる。

「いやいやいや」とオムラは申し訳なさそうに眉尻《まゆじり》を下げた。

「遠路はるばる来ていただいたというのに、ご期待に添えず申し訳ない。本当はすぐにでも魔女をお渡ししたかったのですが……ひとえに、騎士《ナイト》たちを説得できなかった私の責任だ」

ハト肉の詰まったパイにナイフを差し入れながら、バドは「なんの」と首を振る。

「レーヴェの騎士は忠義に厚いと聞きます。なればその気持ちも理解できる」

言って手を止め、顔を上げた。真っ直《まっす》ぐにオムラを見据える。

「しかしレーヴェ公は約束してくださった。魔女は裁判後の親睦《しんぼく》パーティーにて、必ず引き渡してくださると。私は何も心配してはおりませんよ。レーヴェを信用しておりますからな」

バドはナイフを置き、ブドウ酒の注がれたグラスを持ち上げた。

「レーヴェとキャンパスフェローの友情に」

オムラも乾杯に応じてグラスを掲げ、言葉を重ねた。

「そして莫大《ばくだい》な富を生む、〝魔法の剣〟に」

二人は満面の笑みを交わし、ブドウ酒に口をつける。

バドのそばには、デリリウムが着席している。その隣に学匠《メイスター》シメイ、外務大臣エーデルワイスなどの文官たちが続き、最も下座には、騎士団長ハートランドが座っていた。槍《やり》を抱えて食事するのはさすがに行儀が悪いため、愛槍は金色の壁に立てかけてある。

みな黙々と、ハト肉のパイを切り分けていた。

極端に口数が少ないのは、向かいに座るレーヴェの面々も同じだ。

オムラの紹介によれば、彼らは〝血の婚礼〟でこぞって死亡した獅子王の重臣たちの代わりに、臨時で政治を執《と》り行う者たちなのだという。行政が止まってしまうことを憂い、オムラが直々に集めたとのことだ。

スノーホワイトを出し抜き、次期獅子王になるための地盤固めは、順調に行われている様子である。

パイを切り分ける各々のナイフが、平皿に当たってカチリと鳴る。カチリ、カチリ——会話のない〈賓客の間《ひんきゃく》〉は、重苦しい静寂に包まれている。

オムラは、デリリウムがブドウジュースのグラスを傾けるのを、じっと見つめていた。

「お口に合いますかな？　デリリウム嬢」

デリリウムはそっと微笑《ほほえ》む。

「ええ、とても上品なお味」

「それはよかった！　デリリウム嬢のお飲みものには、エルダーフラワーのシロップを隠し味として混ぜさせてあるんですわ。甘酸っぱくて美味《おい》しいでしょう？」

「まあ、シロップを？　ありがとうございます」

なんでデリィのにだけ？　気持ち悪……とはおくびにも出さず、デリリウムは今一度、微笑んだ。先ほどから、斜向《はすむ》かいに座るオムラからのネチっこい視線を感じている。一挙手一投足を覗《のぞ》かれているようで、落ち着かない。

ふと視線を落としたテーブルの上に、カメレオンを見つけてギョッとした。のんびりと料理の間を縫って歩くそれは、オムラが装飾品として肩に乗せているやつだ。

デリリウムは食欲の減退を感じ、おえ、とこっそり舌を出した。

「ところでグレース公。部屋に用意させたハーブティーはお飲みになりましたかな？」

「ええ、いただきました。あの柑橘《かんきつ》系のさわやかな香りは……レモンバームですな？」

「おや。さすが、お詳しい。あのティーはエルダー地方から取り寄せた輸入品でね？　私のお気に入りなんですわ。あれにレーヴェのハチミツを垂らすとまた、甘みが加わって堪《たま》らんのです。用意させておきましょう」

「何から何まで、すみません」

バドは小さく頭を下げる。

「しかし改めて素晴らしい国ですな。どこを見てもキラキラと、黄金色に輝いていて」

「すべて我が兄上を含む、歴代獅子《しし》王の成した偉業です」

オムラは、暖炉の上に掛けられたシカの首を見上げた。

「あれは、兄上が狩ったシカなんですわ」

「ほう。とても立派な角をしている。私の部屋に飾られているのよりも大きいですね」

「レーヴェの騎士《ナイト》は自身を獅子に例えますから、獅子の剝製《はくせい》は飾りません。代わりにシカの頭を飾るんです。その角の大きさで、自身の強さを示すんですわ」

「なるほど……。あれほどの大きな角のシカを仕留めたとなると、亡くなられた獅子王殿はよほど勇ましき人物だったのでしょうな。一度お目に掛かりたかった……」

バドは、至極《しごく》残念そうに頭を振る。

オムラもまた、嘆き悲しむように声を小さくした。

「偉大だった兄上はもういない……この国はどうなってしまうのか……私は心配しておるんですわ。可愛《かわい》い姪《めい》っ子のスノーホワイトも行方不明のまま。このような状態では、〝獅子《しし》王〟の名が宙に浮いてしまう……」

「おや？　私はてっきり、貴公が次の獅子王を襲名するものとばかり思っておりましたが」

「いえいえ、私なんぞが兄上の代わりなど務まりません」

「いやしかし、実際に貴公は国を憂い、政治ができる者をこうしてお集めになっている。人徳ではありませんか。民も貴公の獅子王襲名を望んでおるのでは？」

「民に求められれば、やぶさかではありませんが。しかし一つ問題が……」

「ほう、問題……とは？」

「歴代の獅子に比べると、私は少々ふくよか過ぎて」

「あはははは」

「あはははは」

〈賓客《ひんきゃく》の間〉に笑い声が響き渡る。無論、笑っているのは二人だけである。

「ところで、近衛《このえ》隊長殿の姿が見えませんな？」

「ああ彼は、魔女移送の護衛の任に就《つ》いてもらってます。最近どうも賊が増えておりましてな」

「おや、賊が？　それは穏やかではありませんな」

「いやいや、大した問題ではありません。うちのキンバリーは〈金獅子の騎士団〉の中でも指折りの腕利きですからな。どんな賊も斬《き》り捨ててしまうでしょう。まあ、そんなもんが現れれば、の話ですがね？」

　そんなことよりも、とオムラは話題を変えた。

「こちらこそぜひ、黒犬殿に出席していただきたかったなあ。もしやうちのキンバリーに弾き飛ばされたのが響いておるのでしょうか……？　あれは実に申し訳ないことをした」

「いやレーヴェ公、勘違いなさっておられる。あれは黒犬じゃありませんよ？　まったく関係のない荷物持ちが運悪く目を付けられて、一方的に殴られただけです」

　しかし仮に……とバドは付け加えた。

「仮に我が陣営に今も〝黒犬〟が仕えているとして……。キンバリー殿と黒犬が本気で戦ったとしたら、どうなんでしょうね？　さすがのキンバリー殿も即死じゃないかなあ」

「いやいや本気出したとしても、即死は黒犬のほうでは？　だって昼間の決闘を見れば、ねえ？　……あぁ失礼。彼はただの荷物持ちでしたな？」

「ええ彼は荷物持ち。これは仮に、の話ですからな？」

「あはははは」

「あはははは」

　スコロペンドラを振るうロロの型は、どの剣術にも当てはまらない。

クセのありすぎる剣の形のせいだ。ノコギリ刃の片手剣でありながら、ある瞬間にはムチのようにしなり、上下左右どこからでも切っ先が伸びてくる。

フィガロは防戦一方となっていた。

——なんだ、こいつは。剣筋が読めない。

ロロはその剣を右手と左手、どちらでも使う。

頭上から振り下ろされた刃を弾いた次の瞬間には、眼下から切っ先がえぐるように伸びてくる。そのすべての攻撃が、速すぎるのだから堪《たま》らない。

「ぐあっ……！」

いよいよその刃は、フィガロの肉を裂いた。太ももをえぐられ、フィガロは転倒する。

その隙《すき》にロロは踵《きびす》を返し、カゴ牢の前に走った。

「……魔女様。このカゴ牢から出して差し上げたいのですが、俺はカギを持っていません。荷馬車ごと奪わせていただきます」

「ちょっと待ってよ！」

両腕を拘束されたまま、テレサリサは立ち上がった。

「助けて欲しいなんて言ってない。あなた勘違いしているわ。私は魔女じゃない」

「……あなたは、テレサリサ・レーヴェ様では？」

「それは、そうです」

「なら、銀色の鎌を振るう〝鏡の魔女〟なのでしょう？」

「違います。私は、そのような嫌疑を掛けられているだけの、ただの——後ろっ！」

ロロの首を目がけて、フィガロの剣が横薙《よこな》ぎに振られた。

ロロはしゃがんでそれを避ける。空振りした剣が、カゴ牢の鉄格子を叩いた。

「きゃ」

金属音が響き、カゴ牢の中のテレサリサは尻餅《しりもち》をついた。

「すばしっこいな、犬っころめ」

フィガロは攻撃の手を止めない。距離を取ろうと足を退《の》くロロに向かって、連続して剣を振るう。その切っ先が、カゴ牢を荷台に固定していたロープを切り裂いた。

荒れた林道に、車体が大きく跳ねた。固定ロープの一本切れたカゴ牢は、揺れに合わせて床板を滑る。御者台のすぐ後ろにあった牢が、荷台の中央近くまで滑っていく。

ロロはカゴ牢の鉄格子を掴《つか》み、フィガロの攻撃を避けて、その天板へとよじ登った。

「犬ころというよりは、猿のようか？」

「あんたは獅子《しし》というより猪《いのしし》のようだ。鼻息が荒すぎる」

「ふんっ。……弓矢、構えッ！」

フィガロの号令に、四騎の騎馬隊がロングボウを構えた。

矢尻の向けられた先は当然、カゴ牢の上にしゃがんだロロだ。

「放てッ！」

矢が放たれると同時に、ロロは天板から宙に跳ね、とんぼ返りする。きりもみして四本の矢を避け、荷台の床板に着地した。

間髪《かんはつ》容《い》れずに、荷馬車に近づく騎馬から槍《やり》が伸びてくる。

「ヤァァァアアッ!!」

その切っ先がロロの脇腹をかすめ、怯《ひる》んだところにフィガロが迫った。

頭上に降る一撃を、スコロペンドラの剣身で受け止める。金属音が夜空に散った。

顔を突き合わせるフィガロへ、ロロが言う。

「誇り高き獅子《しし》の騎士《ナイト》ってのは、一対一を好むもんだと思ってたけど」

「ふんッ。〝勝つべくして勝て〟──それがキンバリー家の騎士道でね。戦い方にはこだわらないのさ。負けさえしなければ」

「……なるほど、傲慢《ごうまん》だな」

ロロはフィガロの剣を弾き、切り返してこちらから剣を振るった。

今度はそれをフィガロが受け止める。ぐぐぐ、と力は拮抗《きっこう》している。

「聞いていいですか？　あの王妃様は本当に魔女？　本人が否定しているんだけど」

「魔女さ。欲しいんだろう？　燃やされたくなければ、奪ってみろッ！」

剣を押し返し、弾くフィガロ。

すかさずロロの頭上目がけて、剣身を振り下ろす。

ロロはフィガロの脇をすり抜けて、そのプレートアーマーの襟首《えりくび》へと手を掛けた。逆上《さかあ》がりの要領で身体《からだ》を宙に躍らせ、両太ももでフィガロの頭を挟む。前後が逆の肩車だ。

ロロはフィガロを足で挟んだまま、勢いをつけて前転。フィガロの身体を放《ほう》った。

「うおっ……！」

荷台後方の縁を突き破り、下半身が荷馬車の外へ放り出されたフィガロだったが、辛うじて荷台にしがみついていた。存外にしぶとい。フィガロの両手剣は地面に転がり、後方へと消えていく。

この隙《すき》を見て、ロロはまたもテレサリサの前に立つ。

「テレサリサ様。七年前、共に屋敷で働いたギリー婦人をご存じですか？」

「ギリー……？　知らない方ですね」

「……では〝ピギー〟は？」

ギリー夫人のあだ名を告げた瞬間、テレサリサの表情が一瞬だけ強《こわ》ばった。

その変化を、ロロは見逃さなかった。

「……ご存じなのですね？」

「待って――」

テレサリサの声に、フィガロの号令が重なる。

「放てぇッ！」

次々と矢が放たれ、ロロは荷台を駆け回る。トン、トンと床板や縁に矢が突き刺さる。

槍《やり》を構えた騎馬兵が、再び荷馬車へと距離を詰めてきた。

「オォォォオオッ!!」

「鬱陶《うっとう》しいな……まったく」

——そこまで、遊んで欲しいなら。

馬上より槍を突き伸ばしてきた騎士《ナイト》に向かって、ロロは跳ねた。走る勢いを殺さず、槍の柄を駆け上がる。その姿は、一瞬にして馬上の騎士の背後に——。

「……んなッ!?」

振り返った騎士の首に、スコロペンドラの剣身が巻きついた。

騎士は首を引かれ、落馬。地面へと身体《からだ》を打ちつける。

走る馬の鞍《くら》の上に立ったロロは、息つく間もなくスコロペンドラを振り回した。ムカデのようにうねる剣身は、縦横無尽に宙を這《は》う。

近くを走っていた弓兵のプレートアーマーを叩き、シンバルを打ち鳴らしたような音が雑木林に響き渡る。弓兵は悲鳴を上げて落馬。ほんのわずかの間に、二騎が潰れた。

「攻めろ、攻めろ！　そいつを絶対に逃がすなッ！」

荷台の上で、フィガロが騎士たちに発破をかける。

ロロにもう一騎、槍の騎馬が迫った。喚声と共に背後からの横薙《よこな》ぎ一閃《いっせん》。その刃はロロの背を取った——はずだった。なのに鞍の上にロロがいない。

振り上げた槍の先に、スコロペンドラを巻きつけてぶら下がっている。

「ひッ……！」

思わず槍を手放した騎士だったが、ロロはすでにその頭上に跳ねていて、うねるスコロペンドラが、騎士の身体を弾き飛ばす。三人目の落馬者が、後方に消えていった。

「逃がすな！　逃がせば近衛兵《このえへい》隊の恥と思えッ！　構えッ！」

「キンバリー様っ、林道を抜けます！」

荷台へと振り返った御者が叫んだ。

向かう先に、ぽつぽつとランタンの灯火が見える。荷馬車は繁華街に近づいていた。

8

「おいハートランド。こっち来て見てみろよ、すげえ高さだぜ！」

「……バド様、どうかお忘れなきよう。それが便座だということを」

ハートランドは、トイレに立ったバドに付き添っていた。

バドがのぞき込んでいるのは、土台に空いた穴である。そのトイレは城の出っ張りにあって、穴は野外へと繋《つな》がっている。真下の暗がりにあるのは、溜め池だ。

「一国の領主が便座をのぞき込む姿など、とても人には見せられん……」

「見ないだろう、別に。お前以外に誰もいないんだから」

バドはリネンのパンツを脱いで、ぽっかり開いた穴に尻をはめた。

ハートランドはその個室の前。暗いトイレで燭台《しょくだい》を手に立っている。

トイレにドアはない。だから一応、背を向けていた。

「うぅ……尻が冷えるぜ」

「落ちそうになったら、叫んでお知らせください」

ヒョウ、とどこからか隙間風《すきまかぜ》が吹いてくる。石造りのトイレはだいぶ冷える。

「ところでどうだ、お前。晩餐会《ばんさんかい》は楽しんでるか？」

「それなりには」

「ウソつけ。ちっとも楽しそうじゃねえよ、お前ら」

「……バド様は楽しそうで何よりです」

「どんな事だって楽しめるんだよ、俺は」

ハートランドはうつむき、揺れるロウソクの火を見つめていた。

「実のところ……こうしている場合かと、自問しております」

「晩餐会のことか？」

「あ……いえ、バド様をはじめ政治を担う方々はよいのです。外交の場である晩餐会は、政治をする方々にとっては戦場に等しいでしょう。しかし私の戦場は……騎士《ナイト》の戦場は、あそこではありません」

「……ふむ」

「……向こうの騎士フィガロ・キンバリーは、魔女移送の警護をしていると言っておりましたな。もしかして今、この瞬間にも、ロロはキンバリーと剣を交えているのかもしれない……。そんなときに、私はいったい何をしているのだろうと……。バド様、私は――」

ハートランドは、トイレへと振り返った。

「私はっ、バド様のご期待に応えられていますでしょうか?」

バドは便座に腰かけたまま、膝《ひざ》に頬杖《ほおづえ》をついていた。

「応えられてるよ。言っておくが、俺が、腹に一物ありそうなオムラとやんや談笑できてんのは、お前がそばで護《まも》ってくれているからだ。言わせんな、恥ずかしい」

「……すみません」

「とはいえ、暴れたくてしょうがないというお前の気持ちもわかるがな」

バドはひげを撫《な》で、くくっと笑った。

「……正直なところ、ロロを羨《うらや》ましく思います。私も存分に戦えるのに……」

「適材適所だよ。まったく、騎士と暗殺者《アサシン》ってのは……相容《あいい》れないもんかねえ?　お前んとこのパブロ家と、ロロんとこのデュベル家も昔から仲が悪かったな。二つ合わせて光と影だ。力を合わせれば、どんな敵でも倒せると思うんだがな、俺は」

「代々キャンパスフェローを護《まも》ってきたのは、我ら騎士《ナイト》だという矜持《きょうじ》がありますから……。だいたいあの家は、得体《えたい》が知れません。生まれは同じ土地であっても、育ち方がまるで違う。彼らには、犬を殺す習慣があるでしょう？」

「あるな。自分と同じ名前、同じ歳の犬を、十歳のときに殺しちまうってやつだろ」

「ええ。赤子のころから、兄弟のように過ごしてきた愛犬をですよ？　私には、とてもそんなことできません。ぞっとしますよ」

「……まあ、そうだな」

「四獣《しし》戦争で活躍したと聞く、やつの祖父もそうだったのでしょう？　非常に残酷で、心を持たない暗殺者《アサシン》だったとか。……騎士とは強い心を鍛《きた》え上げ、自分の意志でそうなるものです。しかし暗殺者は違う。あれは幼いころから、作られるものでしょう」

吹き込んだ隙間風《すきまかぜ》が燭台《しょくだい》の火を震わせ、壁に伸びる二人の影が揺れた。

ハートランドは続ける。

「あいつは……ロロは、一見ひょうひょうとした優男《やさおとこ》ですが、刃向かうものや気に入らないものを、徹底的に懲《こ》らしめるところがあります。こいつタガが外れてないか？　と。……時々、残酷に感じられることがあるのです」

私は、もしかして――と、ハートランドはつぶやいた。

「やつのことが、恐ろしいのかもしれません」


荷馬車は林道を抜け、レーヴェのメインストリート〈凱旋道《がいせん》〉を駆け抜けていた。

レーヴェの街は夜でも賑やかだ。

〈凱旋道〉を挟んだ両側では、食事処や酒場がランタンを灯している。辺りに聞こえる、陽気な音楽と笑い声。花売りの娘が通行人に花を差し出し、物乞いが同情を引こうと泣いている。

街角に立っているのは娼婦《しょうふ》たちだ。コルセットをキツく巻き、胸元を強調して酔っ払い相手に手招きをしていた。

そこへ荷馬車が騎馬三騎を引き連れ、猛スピードでやって来る。

路上にいる者たちは、蜘蛛《くも》の子を散らすように脇へと逃げる。

鞍《くら》の上に立つロロは、昼間〈王の箱庭〉でエキシビションマッチにのぞむ直前に、デリリウムに言われた言葉を思い出していた。確か「あいつ殺しちゃいなさい」――だったか。

「……御意」

「当たれェーっ！」

残り三騎となった騎馬隊の喚声は、いつしか悲鳴に近いものとなっていた。

放つ矢はロロに当たらない。なのにロロが振るムカデの足は、確実にこちらの肉を裂いてくる。肩口から血しぶきを上げて、騎士《ナイト》はロングボウを落とした。

「待て、待ってくれ……！」

空手となった騎士が叫ぶが、ムカデの巻きついた腕をぐん、と引かれ落馬。石畳の上で激しい打撃音を響かせ、後方に消えていく。

残る騎馬は、あと二騎――。ロロは奪った馬の手綱を握って、スピードを上げる。フィガロの立つ荷馬車を追い越して、狙うは先頭を走る弓の騎馬だ。

「ロングボウをよこせ！」

荷台のフィガロが、すぐそばを走るもう一騎の騎馬に叫んだ。

馬上から投げ渡されたロングボウを受け取り、ロロへと狙いを定める。

ロロは、先頭の騎馬に迫っている。追走する荷馬車からは、その背中が丸見えである。

ロロが鞍《くら》の上に立ち、前方の騎馬へと跳ねた。スコロペンドラを振り回し、騎馬へ放ったその瞬間を見計らい――フィガロは荷台の上から、弓を射た。

矢は真《ま》っ直《す》ぐに風を切り、ロロの肩口へと突き刺さる。

「っ……！」

空中で体勢を崩したロロは、石畳に身体《からだ》を打ちつけた。

――倒したっ！

荷馬車より後方へ流れていくロロを見て、フィガロはそう確信した。

しかし石畳をバウンドしたロロは、宙でぐるりと身体をひねった。伸ばしたスコロペンドラの剣先が、石畳を叩く。それをバネのように使って、ロロの身体はさらに高く跳ね上がる。

「……な」

月夜を背に、ロロはさらにもう一回転。スコロペンドラの剣身が伸びた先は、今度は石畳ではなく――荷馬車。その剣先は、フィガロの立つ荷台の床板を砕いて、突き刺さった。

伸縮する力を使い、ロロが荷台へと迫ってくる。

――ああ。ちくしょう。

広げたロロの手のひらに、フィガロは顔を鷲《わし》づかみにされる。

その身体は、後方へと押し倒された。

ロロが荷台の床板に足をついたと同時に、フィガロの背中は床板に叩きつけられていた。

砕けた荷台の木片が舞い上がる。金色の鎧《よろい》を装備していても、その衝撃に息が詰まった。

気がつくと、フィガロの喉元《のどもと》には、スコロペンドラの禍々《まがまが》しい刃が添えられていた。

――死んだか。

フィガロは直感的にそう思った。

目の前にいるこの男は、確かに〝黒犬〟だった。スコロペンドラにも劣らない、禍々しい空気をまとっていた。〝勝つべくして勝て〟――フィガロの脳裏に、キンバリー家のモットーがよぎる。言い換えれば、負ける戦《いくさ》には挑むなということだ。

黒犬には、挑むべきではなかったのかもしれない。

刃が首に押し当てられて、フィガロは固く目を閉じた。


「――ハートランド。お前は一つ、勘違いをしている」

バドはリネンのパンツを穿《は》いてから言う。

「勘違い……ですか？」

「確かにデュベル家には、犬を殺す習慣がある。先祖代々、連綿と引き継がれている風習だ。先代の黒犬から聞いたところによると、あれは暗殺者《アサシン》として〝自分を殺す〟という意味を持った、大切な通過儀礼なんだそうだ」

だが、とバドは首を振る。

「ロロは、犬を殺さなかった」

「殺さなかった……？　そんなことが許されるのですか？」

ハートランドのパブロ家もまた、古くから続く騎士《ナイト》の一族だ。だからこそわかる。家のルールを破るということは、家や祖先を軽んじるということ。決してあってはならない行為である。

「もちろん許されない。デュベル家の者たちは激昂《げきこう》した。それでもロロは抵抗したんだ。祖父の大切な者を人質にとって、な」

「大切な者……。黒犬にも、そんなものが……？」

「あったんだよそれが、意外にも」

バドは当時二十五歳だった。まだグレース家の当主ではなかったが、デュベル家の仕える主《あるじ》の家の一員として、ロロに課せられた初めての仕事を見守っていた。

バウワウ、バウワウと犬たちが鳴く犬舎の前で。鞘《さや》に収められたダガーナイフを握ったロロは、滂沱《ぼうだ》と涙を流し、歯を打ち鳴らしていた。ダガーを強く握りしめる。しかしロロは犬を殺すことができずにいる。

祖父は見かねて、ロロの前に歩み寄った。

「お前が殺せぬのなら、私が殺そう」

祖父が腕を振るうと、装着していた黒い手甲《てっこう》から刃が伸びた。

「お前には心底がっかりした。暗殺者には向かんわ」

感情のこもらない冷酷な視線が、ロロに注がれていた。

ロロは犬のロロを抱きしめ、「大丈夫だよ」とささやいた。立ち上がり、祖父と対峙《たいじ》する。

多くの人間を、容赦なく屠《ほふ》ってきた現役の〝黒犬〟と。

「どけ。その犬は殺処分だ」

「嫌だ……！　俺は、殺さない。殺す技術を、こんなことに使いたくないっ」

苦しませない殺し方なら知っている。死の恐怖を感じさせる間もなく、一瞬で絶命させる方法を、ロロはこれまで学んできたのだから。しかしロロは、それを強要されることを拒んだ。

「俺が学んだ技術は、俺のものだ。俺が使いたいときに使う……！」

一歩、足を踏み出した祖父に、ロロは声を震わせた。

「俺は、この技術を、殺すためじゃなくて、生かすために使いたい。大事な人を、護《まも》るために使いたい。けど今の俺じゃ、じいちゃんは倒せない、でも」

ロロは震える歯を噛《か》みしめて、ダガーナイフを鞘《さや》から引き抜く。

「でも俺なら、殺せる」

言って自らの首筋に、ナイフの刃を押し当てた。

ロロは自分の大切な者を護るために、祖父の大切な者を——自分自身を人質に取ったのだった。生半可《なまはんか》な脅しが通用する相手ではない。命を賭《と》しての交渉だった。

儀式を見守っていた者たちに動揺が走り、辺りは騒然とした。

ただ、祖父だけは微動だにしなかった。

「お前は、デュベル家を貶《おとし》めるつもりか？」

「おかしいと思わないの？」

ロロは顔を歪《ゆが》ませる。

「家族を殺さなきゃ生きてちゃいけない世界なんて——」

祖父が距離を詰めようと、地面を蹴《け》ったその次の瞬間、ロロは刃を滑らせた。

「——くそ食らえだ」

もう一歩のところで、祖父の手は届かない。

裂かれた喉《のど》から鮮血が噴き上がり、ロロは倒れた。

「……あいつのあごの下には、今もそのときの傷跡が残っている」

ロロは生死の境を彷徨《さまよ》った。しかし実は、自殺したわけではなかった。

この技術を、殺すためではなく生かすために使いたい――その言葉どおりに、ロロは致命傷を避けて、首を切っていた。殺す技術に長《た》ける者は、殺さない技術にも長けている。ただし失血死する可能性は、大いにあったが。

それから四日間眠り続け、目を覚ましたロロが発した言葉を、バドは彼の祖父から聞いた。

――……ロロは、生きてていいの？

それはどちらの〝ロロ〟を指して言ったのか。

孫に生きていていいかと許しを乞われ、ダメだと言える祖父は、少ない。

「それをきっかけに、あいつの祖父は現役を退き、〝黒犬〟をやめた。まあずっと戦《いくさ》はやってなかったしな。引退するにはいい機会だったのかもしれん。犬のロロは天寿をまっとうし、十七歳で死んだよ。クソ長生きだろ？」

「……では、ロロは最初の仕事を放棄したのですか……？」

「ああ。だからあいつは、暗殺者《アサシン》じゃない。そこを勘違いしてるって言っているのさ。殺しの依頼を放棄してしまったあいつは、厳密に言えば半端もの。〝暗殺者見習い〟なんだ」

「見習い……」

「豪気じゃねえか。十歳の少年にとって、家ってのは世界に等しい。確かにあいつは、何考えてるかわかんないところもあるが、それでも。俺はあいつが大切な者を護《まも》るため、ちっこいナイフとちっこい身体《からだ》で、世界を相手に戦った姿を見ちまってるからさ」

バドは廊下に向かいながら、からからと笑った。

「だからあいつが、好きなんだよな」

床板の砕けた荷台の上で、フィガロは仰向けに倒れていた。その身体の上に、ロロが馬乗りになっている。見上げた黒い兜《かぶと》の向こうから、荒い吐息が聞こえてきた。

「ふう……ふう……」

フィガロの首にはスコロペンドラの刃が押し当てられていたが、そのまま動きがない。

「……?」

ロロの殺気が、夜風に吹かれて消えていくのを感じた。鬼気迫るほどの勢いが萎《しぼ》んでいる。面当ての隙間《すきま》から、深緑色の瞳が揺れ動くのを見た。殺すか否かを迷っているのか？

――いや。

「……お前、まさか」

フィガロは、信じられないというふうに、眉根《まゆね》を寄せた。

「人を殺したことがないのか？」

「…………」

荷馬車はすでに限界の状態で走っていたのだろう。突如、車輪が片方外れ、傾いた荷台の底が石畳を削る。御者は慌《あわ》てて手綱を引き、馬を止めた。

馬のいななきが、夜の街にとどろいた。

荷台が傾いた衝撃で、フィガロと、床板の上で気絶していたその他二名の騎士《ナイト》たちは石畳へと投げ出された。ロロはスコロペンドラを床板に突き立て、踏みとどまる。

荷馬車は〈凱旋道《がいせんどう》〉の脇に停止した。

破砕した荷台にロープ一本で繋《つな》がっていたカゴ牢は、荷台にもたれかかるようにして立っていた。牢の中では、テレサリサが鉄格子に背を預け、ぐったりとしている。衝撃で頭でも打ったのか、意識がぼんやりとしている様子だった。

「ん……んぅ……」

ロロは、カゴ牢の前にしゃがみ込んだ。

「……失礼します」

鉄格子の隙間から腕を差し入れて、テレサリサの口を開かせる。

テレサリサの両手首を拘束する石枷《いしかせ》は、魔力を封じる魔導具だ。彼女は今、魔法が使えない状態。つまり魔法で舌の色を変えることは不可能である——しかし。

ロロの確認したテレサリサの舌は、普通の人間と同じような赤色。〝鏡の魔女〟の特徴とされる赤紫色《マゼンタ》ではなかった。

――どういうことだ？

テレサリサは魔女ではない？　ならば魔女を渡すという取引自体がブラフだったのか？

「…………」

考えを巡らせたほんの一瞬――ロロは周囲への警戒を緩めてしまった。

シュルシュルと風切り音を耳にして、反射的に構える。回転して飛んできた手斧《ておの》はロロではなく、ロロの背後に迫っていた人物に当たった。

「ぐぁあああっ……!!」

振り返った先で、フィガロが握っていた剣を落とし、石畳に倒れた。その右肩には、手斧が食い込んでいる。ロロはすぐに察した。背後から斬《き》りつけられそうになったところを、何者かによって救われたのだ。――しかし、いったい誰に？

手斧が飛んできた方向を確認するが、立ち並ぶレンガの家があるだけで、気配すら感じない。ただ、ほんのわずかだけ。夜風の中に独特な臭いを感じた。

――獣の臭い……？

残った騎馬が一騎、駆け戻ってくる。しかしテレサリサが魔女でない以上、ロロにはもう戦う理由がない。手斧の持ち主は気になるところだが、ここに留まる理由もなくなった。

馬車の周りに、人々が集まってきていた。

ロロは、スコロペンドラを振り上げた。伸びた剣身が、〈凱旋道《がいせん》〉沿いに並ぶ家の手すりに巻きつく。その伸縮性を利用して、ロロは大きく飛び跳ねた。

二階バルコニーの手すりに立ち、同じ要領でさらに上の階へ。

赤レンガの屋根の上までたどり着き、眼下の〈凱旋道〉を確認する。

壊れた荷馬車とカゴ牢の周りに、街の者たちが集まっていた。馬に跨《また》がった騎士《ナイト》が、「離れろ！」と野次馬を追い払っている。

顔を上げると、月の下にそびえるトンガリ屋根のレーヴェンシュテイン城が見えた。

ロロは赤レンガの上にしゃがみ込み、スコロペンドラの柄を回して、両刃のトゲを収めた。

それから肩に刺さったままの矢を、手甲《てっこう》の刃で切り落とす。

大立ち回りまで演じておいて、魔女を奪うことはできなかった。任務は失敗だ。

「っていうか、あの人、魔女じゃないの……？」

こんな結果を、主へ報告するのは気が重い。

「はぁー、しんどー……」

ロロは大きなため息をついて、仰向けに倒れる。

赤レンガの屋根の上を、冷たい夜風が吹き抜けていった。

9

その後テレサリサは、新たな荷馬車に乗せ替えられて、予定どおりレーヴェンシュテイン城へと移送された。連れて行かれたのは〈幽閉塔〉。五十年前の四獣《しし》戦争が終わってからは、そう多くない政治犯を拘束するのに使われている塔だ。

その最上階に、テレサリサの姿はあった。

フィガロの掲げる松明《たいまつ》によって、鉄格子の向こうに〝聖女の仮面〟が浮かび上がる。ロロに切られたベルトを新たに付け直したものである。テレサリサの手首は未だ石枷《いしかせ》で拘束されており、仮面によって両目と両耳、そして口も塞《ふさ》がれていた。

フィガロは掲げていた松明を、牢の入り口にある松明立てに差し込んだ。右腕は投擲《とうてき》された手斧《ておの》によって負傷し、応急処置を受けて三角巾で吊ってある。

左手だけを使って牢の扉を開け、ひざまずいたテレサリサの仮面を外す。

開けたテレサリサの視界に、鉄格子と、その向こうに立つオムラの姿が映った。

露わとなったテレサリサの顔を見て、オムラは「おほっ」と手を合わせる。

「さすがは兄上をたぶらかした女。もう十日以上も牢獄生活が続いておるというのに、いやいや、その美しさは損なわれないものですなあ？　〈鉄の牢獄〉での生活は快適でしたか？」

「……獅子《しし》王様はご無事なのですか？」

オムラを映すテレサリサの赤い瞳は、底知れぬ憎悪に燃えていた。

「彼に会わせてくださいっ。ここに幽閉されているのですか？」

「さあて、どうでしょうか」

オムラは肩をすくめる。ニヤニヤと、浮かべる笑みは下卑《げび》たるものだ。

「笑うなっ！」

テレサリサは膝《ひざ》を立てて、オムラへと迫った。

鉄格子越しとはいえ、その迫力にオムラは小さく声を上げ、上体を仰《の》け反《ぞ》らせる。

「大人しくしろっ」

フィガロが慌《あわ》ててテレサリサの肩を摑《つか》み、再びひざまずかせた。

「……お願い。王に会わせて」

うなだれたテレサリサを見下ろし、オムラは嗜虐《しぎゃく》的な笑みを浮かべる。

「ああ、可哀想《かわいそう》に……。結婚するところだったというのに、その寸前で離ればなれ……。私だってもちろん、会わせてやれるものなら、会わせてやりたい。しかしお忘れなきよう。あなたには魔女の嫌疑が掛かっているということ。そして兄上は魔女と結婚しようとした罪で、拘束されているということ――」

獅子王が自分のせいで拘束されている――テレサリサはそのことを聞かされるたび、胸が張り裂けそうになる。悔しさにこぼれ落ちそうになる涙を、下唇を噛《か》んで耐える。

「わかっていますね？　兄上を救う方法はたった一つ。明日の魔女裁判であなたが魔女であることを自白し、兄上を魔法でたぶらかしたと証言すること。そうすることで兄上は〝共犯者〟から〝被害者〟となり、失墜した獅子《しし》王としての威厳を取り戻すことができる」

「……わかっています」

テレサリサはうつむいたまま、か細い声で答える。

「私はどうなってもかまいません。魔女として燃やされようとも、受け入れましょう。けれどあの人だけは、助けてあげて。あの人には何の罪もないのだから――」

「うんうん、わかっているとも。愛ですねえ？」

オムラは満足そうにうなずく。

「私だって愛する兄上が、謂《いわ》れなき罪で投獄されているのを見るのは辛いんだ。早く出してやりたい。だからどうか、忘れないでくださいね？　私はあなたたちの味方だということを」

「………………」

オムラの合図を受けて、フィガロはテレサリサのいる牢を出た。カギをかけ、牢を後にする。

塔のらせん階段を下りながら、オムラはほくそ笑む。

「いやいや、本当に可哀想《かわいそう》な女だ。兄上がまだ生きていると信じているんだな」

フィガロは松明《たいまつ》を掲げ、オムラの後をついて階段を下りる。

「〈鉄の牢獄〉では世話人を限らせ、情報を入れないよう徹底しておりましたからね」

「よろしい。与える情報をコントロールすること――肝《きも》はここだよ？　フィガロ。他人を動かすには何が必要か、知っているかね？」

「……金、ですか？」

「違う。〝希望〟だ。金は、希望の一つに過ぎん。人間ってのは希望があるからこそ、何だってやろうとするのさ。あの女にとっての希望は、〝愛する獅子王がまだ生きている〟ということ――」

　カツン、カツンと足音を響かせて、二人は塔を下っていく。

「だからあの女に魔女だと証言させるには、兄上がまだ生きていると思わせなきゃならん。あの女にはきちんと〝魔女〟であってもらわなくてはね。そうじゃなきゃあ、このオムラ・レーヴェが魔女を倒すという構図が作れない」

「……承知しています。さすがは、知略に長《た》けた王弟《おうてい》殿下。キャンパスフェローの者どもも、我々の計画には気づいておりますまい」

「うん、万事順調だな。フィガロ、お前が黒犬を仕留め損ねた以外は」

「……申し訳ございません」

「まったく。エキシビションマッチまで仕掛けて黒犬をあぶり出したというのに、その危険度さえ測れず。今度は賊として向こうからやって来たというのに、仕留めることもできないなんてね。君のこと、過信してたかな？」

「……しかしご安心ください、殿下。〝三百人殺し〟と恐れられた先代の黒犬ならまだしも、今の黒犬は人を殺せない軟弱者。我々の脅威では――」

「黙りなさい。その軟弱者に負けたくせに」

「…………」

フィガロは言葉を呑《の》み込んだ。

「まあいいや。脅威ではないというその言葉、信じてあげよう。計画に変更はない」

一階にたどり着いた二人は、正面の扉から外へ出る。

「さて、明日は魔女裁判だ。忙しくなるぞう。くふふっ」

オムラは両手をすり合わせ、軽やかな足取りで〈幽閉塔〉を後にした。

魔女と猟犬

Witch and Hound

– Mirror, mirror –

第二章
魔女裁判

1

キャンパスフェローの姫デリリウム・グレースは、長い金髪を頭のてっぺんで束ねていた。

乳白色のうなじを晒《さら》し、普段はぎゅっとコルセットに押しつぶされている、意外に大きな胸を解放している。胸の曲線をつうっと水滴がなぞり、膝《ひざ》の上に垂れた。

デリリウムは、洗い場に腰かけている。

侍女であるカプチノを目の前に座らせ、その背をリネンのタオルで泡まみれにしていた。

「ちょっと、カプ！　動かないで！」

「やだぁ、や……！　勘弁してください。ふひっ」

大理石で作られた入浴場に、朝から二人の声が反響する。

デリリウムの執拗《しつよう》な手つきに、カプチノは身をよじって抵抗していた。

カプチノはデリリウムよりも一歳年上ではあるが、早熟なデリリウムと比べれば、だいぶ小柄で華奢《きやしや》な体つきをしている。自身ではまだまだ成長途中だと言い張っている小ぶりな胸は、浅く緩やかな稜線を描いていた。

切り揃《そろ》えられた黒髪ボブの毛先は、お湯に濡れている。身体《からだ》は泡だらけである。

「やだ、くすっぐったあい！　ふひひ」

身をよじって悶《もだ》えるカプチノの目には、涙さえ浮かんでいた。ぬるりん、とデリリウムの指先がカプチノの脇腹へ滑り「ひぃ！」と小さな悲鳴が上がった。

「大人しくなさいっ。洗えないじゃないの！」

「もういや！　姫の手つきは、やらしすぎますっ」

「そりゃあそうに決まってるわ。ワザとやらしくしてるんだもの！」

「はーあ!?　そいつあ、どーもでごぜえますですねえ！」

カプチノは身体中の泡をかき集め、デリリウムに向かって指をわきわきとさせた。

「姫に洗ってもらってばっかじゃ悪いですからっ。今度は私に洗わせてください。その柔らかそうなお胸、堪能させていただきますう！」

「きゃあ触らないで！　私はいいから。私は汚くないから！」

デリリウムは胸の前で腕を交差させ、湯船のほうへと逃げていく。

「なな、何ですかその私が汚いような言い草！　私だって汚くないしっ。キレイだし！」

カプチノもすかさず立ち上がる。

湯船に飛び込んだデリリウムを追いかけて、ざばんと大きな水柱を上げた。

一方ですぐ隣の男湯では、だだっ広い湯船の中、五人の男たちが円となっていた。

裸で向かい合うのは、キャンパスフェローの面々である。領主バドと学匠《メイスター》シメイ、そして外務大臣エーデルワイス。加えて〈鉄火の騎士団〉団長のハートランドと、ロロがいる。

ピカピカに磨かれた大理石の壁に、湯気の立ちこめる大浴場。

趣向を凝らした像の数々が、至るところに飾られている。レーヴェの市民が足繁く通うこの社交場は、今はキャンパスフェローが借り切っているため、五人以外に人影はなかった。

湯船の脇に獅子《しし》の像が座っていて、開かれたその口から吐き出されたお湯が、湯船の水面を叩いている。

「はあ。たまらんなあ、こいつは」

バドは湯船の縁に両肘《りょうひじ》を乗せ、感嘆のため息をつく。

「レーヴェの民は、毎朝こんな贅沢《ぜいたく》をしているのか？」

裸となったバドの身体《からだ》には、いくつか古傷が見え隠れする。剣を振り回していた若い頃の名残だった。かつては騎士《ナイト》のように鍛《きた》え上げられていた筋肉も今は衰え、飲み過ぎたエールのせいで、お腹周りがふくよかである。

「民とは言いましても、商売で成功した一部の上級市民に限っての贅沢でしょうな。街が潤えば潤うほど、貧富の差は激しくなるものです」

学匠《メイスター》シメイが応える。肩まで湯船に浸かり、頭のてっぺんに折りたたんだタオルを載せていた。

「しかし、あの像だけは気に食わんな」と、バドはお湯を吐き続ける獅子の像を指差した。

「あれを見ていると、ライオンのゲロに浸かってるような気分になる。あれは、どういう仕組みでお湯を吐き出し続けているんだ？」

「この浴場の隣にやぐらがありましてな。中を覗《のぞ》くと、奴隷たちがせっせと水車を回しておりました。おそらくそれを動力として、湯を流し込んでおるのでしょう」

「奴隷？　ここ、奴隷許可されていたっけか？」

「いいえ、マイロード。確か二代前の獅子王から禁じられております。しかし、抜け道があるようですな」

「はは。悪いヤツらはどこにでもいるねえ」

エーデルワイスがコホン、と咳払いをして、二人の無駄話を終わらせる。スキンヘッドの彼は、中肉中背の身体に胸までタオルを巻きつけ、湯船に浸かっていた。

「そんなことよりも。どうしてこのような場所で会議なのです？　城ではいけないのですか？」

「まあな」とバドはうなずいた。

昨夜から宿泊しているレーヴェンシュテイン城の中にも、入浴場は存在する。しかしバドはあえて街に下り、わざわざ商人たちが利用する大浴場を借り切った。もちろんそれには、理由があった。

それはロロからの報告に基因する。昨夜、魔女を奪うため荷馬車を襲ったロロの前に現れたのは、フィガロだった。彼はスコロペンドラまで用意して、黒犬の襲撃を予期していたかのように「待っていたぜ」とまで言ったのだ。

　移送中の魔女を奪うというのは、言わばバドの奇策。魔女売買の交渉はまだ生きているのだから、レーヴェ側が襲撃を予測するのは難しいはずだ。それなのに、待ち構えていた。

　つまり、こちらの情報がレーヴェ側へ漏《も》れていた可能性がある。

「まさか」

　シメイは顔をしかめた。

「少なくとも書記官をはじめ、私の連れてきた文官たちは、昨夜の作戦を知りませぬ」

「もちろん私のところの外交官も、誰一人として昨日の襲撃を知りませんよ」

　エーデルワイスが矢継ぎ早に言った。

「魔女を奪うなんて作戦は、あの部屋でのみ交わされたものでしょう。……となれば怪しいのは、部屋の前で警備していた騎士《ナイト》たちでしょうか？」

「あり得ませんなッ！」とハートトランドが声を荒らげる。

「バド様にはお伝えしてありますが、私は団員たちすべての親兄弟や妻、子どもたちの顔まで見知った仲です。彼らはみな忠義に厚い者たちだ。誰一人として裏切ったり、寝返ったりする者はいないと断言できる」

「ああ。俺だって、キャンパスフェローの中に裏切り者がいるなんて思いたくない」

バドは大きくうなずいた。

「となれば、だ。オムラに用意されたあのゲストルームに、何か細工がされているのかもしれん。だから一応、念のために城から離れたってわけだ」

当然、大浴場の外には、鉄火の騎士団員たちを配備してある。この浴場に至っては、入る前にロロとハートランドで、妙な箇所はないか隅々まで調べておいた。

「ロロ。昨夜の荷馬車襲撃の件、もう一度報告してくれるか」

「……御意」

ロロは、昨夜バドに報告した事の顚末《てんまつ》を、ここに集まった皆にも話した。

走る荷馬車の上で、フィガロ・キンバリーと戦闘になったこと。王妃テレサリサは自身が魔女であることを否定し、逃げる意思もなかったこと。そして彼女の舌の色は、赤紫色《マゼンタ》ではなかったこと。

「では〝王妃テレサリサは魔女ではない〟と——そう結論づけてよいのでしょうか？」

エーデルワイスは背筋を伸ばし、すっとロロへ視線を滑らせる。

「……対面した印象では」

ロロは、揺れる水面に視線を落として答える。

「彼女はあらぬ嫌疑を掛けられて憂えているだけの、普通の女性に見えました。あの人が五十名以上もの人々を残酷に虐殺する姿は……想像できません。ギリー婦人の名前を知っているようではありましたが……俺の勘違いだったのかも」

「だから連れてこなかったと?」

「まあそれも……ありますけど」

ロロは視線を逸《そ》らす。任務に失敗した負い目から、その口は重い。

華奢《きゃしゃ》ながら引き締まったロロの身体《からだ》は、満身創痍《まんしんそうい》の状態だった。昨夜、石畳に打ちつけた背中は動かすたびに痛みが走るし、右肩には、射られた矢の傷跡が痛々しく残っている。

「何、失敗を気に病むことはないぞ。ロロッ」

鋼の筋肉を誇る巨漢ハートランドが呵々大笑《かかたいしょう》し、ロロの肩を抱き寄せる。

ロロは痛みに表情を歪《ゆが》め、肩を回してその太い腕を振りほどいた。ロロの失敗が嬉《うれ》しいのか、それとも敵ながら騎士《ナイト》が暗殺者《アサシン》に勝ったのが誇らしいのか。何にせよ、今朝のハートランドはやけに馴《な》れ馴《な》れしい。

「騎士というのは強い……。今回のことでお前もわかっただろう?　次にヤツと対峙《たいじ》するときがあれば、迷うことなく俺を呼べ。力になってやる」

「いやです」

「いやですと言うなよ、お前は。可愛《かわい》くないヤツだな」

バドが「さて」と話を戻した。

「ここで問題が生じるな。王妃テレサリサが魔女でないとすると、〝血の婚礼〟を引き起こした犯人ではないということになる。……じゃあ、獅子王《しし》を殺したのは誰だ？」

「獅子王が死んで最も得をするのは……王の弟であるオムラ・レーヴェでしょうか」

エーデルワイスが、頬《ほお》に手を添え小首を傾《かし》げる。

「もしも彼が獅子王の座を狙っていたのだとしたら……兄である獅子王は邪魔ですものね。兄を殺し、王妃を魔女に仕立て上げて〝獅子王殺し〟の罪を被《かぶ》せた……？　あり得ますでしょうか？」

「充分にあり得るさ。現にやつは、次期獅子王への道を着実に進んでいる。今夜行われる魔女裁判は、まさにそのために用意された舞台と見ていいだろう。オムラはひょっとして、集まった公族や民衆たちの前で〝獅子王〟襲名を宣言する気なのかもしれん」

バドは腕を組む。

「もう一人の後継者であるスノーホワイトは、もうこの世にはいないのかもな」

獅子王の娘、スノーホワイト・レーヴェは〝血の婚礼〟から行方知れず。オムラにとっては獅子王に次いで邪魔な存在なのだから、人知れず殺されていてもおかしくはない。

「私からも一つ、報告しておきましょう」

シメイが湯船から手を出した。バド以外の三人に身体を向ける。

「バド様にはすでにお伝えしてあるが……覚えておるかな、お主ら。昨日〈王座の間〉にいた兵たちのことだ。彼らは金色の鎧《よろい》を装備していなかった。調べさせたところ、あれは港町のギルドを拠点にする傭兵《ようへい》たちのようだ。〈髑髏《どくろ》とサソリ団〉という連中らしい」

「ドクロ？　イヤですね。傭兵ですか……」

エーデルワイスが眉根《まゆね》を寄せる。

「言わば、金で雇われたオムラの私兵よ。興味深いのは〝血の婚礼〟の日、暴れた魔女を拘束したのが、彼らしいということ」

ハートランドが驚きの声を上げる。

「魔女は、駆けつけた近衛兵《このえへい》が取り押さえたのではないのですか？」

フィガロは昨日、確かにそう言っていた。自分たちが〝魔法の剣〟ではなく、一般的な騎士《ナイト》の剣で魔女を捕らえたと。

「取り押さえたのは傭兵よ。城の給仕たちがそう証言しておるそうな。間違いない。婚礼に出席するオムラの護衛という名目で、何人もの傭兵が城を出入りしていたそうだ。逆に近衛兵たちは、式の邪魔になるからと警護の任を解かれておった」

「……あまりに不自然な配置ですな」

婚礼の日、近衛兵たちが騒ぎを聞きつけ、式場である礼拝堂に現れたときには、魔女はすでに捕らえられたあとだった。礼拝堂には獅子《しし》王をはじめ、参列者たちの惨《むご》たらしい死体が転がっていたという。

エーデルワイスは、下唇を摘《つま》んで考える。

「フィガロ・キンバリー氏は嘘をついていたのですね……。彼も謀反《むほん》者の一人でしょうか？」

「だろうな」とバドが答えた。

「ヤツが何も知らないってことはあり得ないさ」

〝血の婚礼〟では、〈金獅子の騎士団〉の幹部たちもこぞって死亡している。フィガロが近衛隊長という地位では満足せず、副団長や参謀にまで上り詰めようとする野心家なのであれば、オムラの謀反に協力する旨味《うまみ》はあるはずだ。

シメイが唸《うな》り、疑問を口にした。

「しかし妙ですな。なぜオムラ・レーヴェ公は、我々に王妃テレサリサを売ろうとしたんだろうか？　王妃に罪を被《かぶ》せておるのなら、一刻も早く処刑して、口封じしておきたいところだろうに」

「それはおそらく、オムラ・レーヴェ公が商売人だからではないでしょうか……」

エーデルワイスは推測する。

「彼は金の亡者だと聞きます。いらなくなった王妃を他国に売って、それで〝魔法の剣〟の利益を得ることができるのなら――ということでは？」

「だが、フィガロがそれに反対した。せっかく〝獅子王殺し〟の罪を着せた罪人だ。下手によそへ渡すよりは、火刑に処して騎士団や民衆の心を摑《つか》むのに利用したほうがいい。俺だったらそうするよ。フィガロにしてみれば、オムラめ余計な交渉を始めやがって、といったところだろうな」

　バドは大きなため息をつく。

「王妃テレサリサが魔女でないのなら、俺たちがここまで来たのは、無駄足だったということだ。騙《だま》しているつもりが、騙されていたのはこっちのほうだったか」

「…………」

　誰も口を開かず、重い沈黙が生まれた。

　獅子《しし》の口から流れ続ける湯水の音が、やけに大きく反響して聞こえる。

「よし。帰ろう」

　バドは決断を下した。

「魔女裁判の結果は、まず間違いなく有罪だ。王妃テレサリサは火あぶりになるだろう。よしんばオムラがフィガロの説得になびかず、王妃が俺たちの手に渡ったところで、大金はたいて買ったそいつは魔女じゃない。それなら、俺たちがここにいる意味はない」

　バドは湯船から立ち上がる。

「まったく利益にならない遠征だったな。まあ、騙される前に気づいてよかったってことにしておくか」

「レーヴェには、何と言って商談を取り下げましょう？」

　バドに続いて、エーデルワイスも立ち上がった。胸元にタオルを寄せる。

「何も言う必要はないさ。レーヴェからすれば、俺たちはオムラが勝手に呼んだ招かれざる客だ。誰も止めやしないだろう。各々、みなに出発の準備をさせてくれ。今日中に発《た》つぞ」

「はッ！」

秘密会議は終わりだ。ハートランド、ロロ、シメイたちも返事をし、湯船から立ち上がった。

バドは、壁一枚で隔てられた女湯へ声を上げる。

「おいデリィ！　キャンパスフェローに帰るぞ。お前たちも支度《したく》しろ」

「えええ！　もう帰るの!?」

壁の向こうから、デリリウムの声が届く。

「まだレーヴェの市場も歩いていないのに!?　お父様が言ったのよ？　デリィが昨日、市場を歩きたいって言ったら、明日ならいいよって！　これから市場に行くの楽しみにしてたのに！

デリィとの約束を破るの!?」

「いや、事情が変わってだな――」

「デリィは以前、お父様からこう学んだわ！　〝約束を破っていいのは、二度と口を利かないと決めた相手に限ってだ〟って。つまりお父様は、デリィと二度と口を利かないのね！」

「確かにそう教えたが。事情が変わったんだよ、わかってくれ」

「…………」

「デリィ？」

返事がない。〝約束を破る者とは口を利かなくていい〟というバドの教えに則り、早くも抗議が始まっているのだろう。

バドはうなだれ、ロロに尋ねる。

「ロロ。お前身体《からだ》のほうはどうだ？　動けるようなら、デリィの警護を頼みたいんだが」

「ケガのことでしたら、ご心配には及びません。右肩はまだ動かせませんが、デュベル家の者は両利きですので」

「それじゃあレーヴェンシュテイン城に戻る前に、デリィを連れて市場に寄ってってくれ」

「御意」

「ハートランド、一応お前も頼む。付いててやってくれ」

「はッ！　了解しました」

「デリィ。太陽が昇りきるまでだぞ？　終わったら城に戻って帰り支度《じたく》だ」

「きゃあぁあっ！　ありがとうお父様、愛してるわっ」

壁の向こうで、水しぶきの跳ねる音がする。

「姫は交渉がお上手ですな」

シメイが笑い、バドはやれやれと肩をすくめた。

「まったく、将来が楽しみだよ」

2

「っきゃあ！　ねぇこれ見て？　黄金色に輝いているわ！」

昨日は馬車の中から眺めるだけだった市場〈イエローマーケット〉を、デリリウムは上機嫌な様子で歩いていた。ハチミツをたっぷり付けたライ麦パンのかけらを掲げ、跳ねるような足どりで後方を振り返る。

朝日を浴びてキラキラと輝くハチミツは、まるで宝石のようではないか。

パンを口いっぱいに頬張《ほおば》ったデリリウムは、紅潮させた頬に手を当てた。

「んん～っ、幸せぇっ」

後ろ歩きするデリリウム。その後を、ロロとカプチノが二列になって付いて歩く。

「もう食べてるんですか、姫」カプチノが目を細めて咎《とが》めるように言う。

「食べ歩きなど、はしたないですよ」とロロが言葉を重ねた。

最後尾を歩くハートランドが、二人の頭上からデリリウムを注意する。

「姫、前を向いて歩いてくださいッ。転んでしまいます」

デリリウムは素直に「はーい」とくるり反転して歩き続ける。

その胸には、ハチミツのたっぷり入った瓶を抱いている。先ほど市場で買ったばかりのハチミツだ。城に戻るまで我慢できず、すでに開けてしまったようだ。

余計なトラブルを避けるため、デリリウムは町娘風の格好をしていた。

裾《すそ》に唐草模様の施されたロングスカート。人目を引く美しい金髪は、頭巾の中に隠してある。ただし、それでも彼女の魅力を覆い隠すことは難しいらしく、ハチミツをほっぺに付けた天真爛漫《てんしんらんまん》な笑顔に、すれ違う男たちの多くが振り返った。そのたびにハートトランドがキッと睨《にら》みつけ、追い払う。

市場の中通りは、多くの人々が往来していた。

小道の両端に並ぶ露店には、派手な色の果物や、奇妙な形の魚などが並んでいる。ダーツやくじ引きなど、遊べる露店もいくつかあった。店主が、手を叩いて客を呼び込んでいる。市場は、喧噪《けんそう》と雑踏でがやがやと賑わっている。

「……あーあ。市場を歩くんなら、私も普通の服持ってくればよかったなあ」

カプチノは、自身のメイド服を見下ろして、唇をとがらせる。その切り揃《そろ》えられた黒髪は、入浴後間もないためまだ濡れていた。

「私だけこんな格好じゃ、いやに目立っちまいますよ」

カプチノのそばを歩くロロは、町民に扮《ふん》している。地味な色のシャツに、手には麻袋。ハートランドもまた、槍《やり》の先端に布を巻いて肩に担いでいるが、それでもやはり生地の薄い服を着ていた。力持ちの町民風だ。

カプチノだけいつものように、フリルの付いた白エプロンに、スカート丈の長いメイド服を着ていた。頭にはホワイトブリムを載せている。

「いいんじゃないか？　別に」

ロロは、しょんぼりするカプチノを慰めるように言う。

「近所の屋敷で働く、ちんちくりんなメイドですって感じで」

「ちんちくりんとか言うな」

ムスッとしてロロを横目に見るカプチノ。ロロの歩き方に、わずかだが、いつもとは違うぎこちなさを感じた。

「……身体《からだ》、まだ痛むんですか？」

「まあな。たぶん、肋骨《ろっこつ》にヒビでも入ってんじゃないかなあ……。実は、足を踏み出すたび泣きそうになるほど痛い」

「アホですか……。姫様の警護くらい騎士《ナイト》に任せて、寝て休んでりゃあいいのに」

「いいんだよ。主《あるじ》が行けと言うのなら、どこにだって向かうのが犬さ」

ロロは平気だと笑ってみせる。

「それに俺も、ちょうどじーちゃんの土産《みやげ》にハチミツ買っておきたかったし」

「ハチミツくらい……言ってくれれば、私が代わりに買ってってあげたのに」

「おお。今日は不気味なくらい優しいな。どうした、ご機嫌か？」

「ぶっ刺しますよ？　私だって、ケガ人にくらいは優しいんです」

カプチノはじろりとロロを睨《にら》み上げる。その手には、ロロから貰《もら》ったダイアウルフの爪が握られてる。

「まだ持ってるのか、それ。早く売っちまえばいいのに」

「お金が必要になったらね。これ、お守りになるんでしょ？　ちょっとした武器にもなりそうじゃないですか。けっこう気に入ってるんです」

カプチノは爪を指の間に挟み、シュッ、シュと振ってみせた。

「ねえ見て、ロロっ！　変なのがいるわ！」

デリリウムが振り返る。彼女が指差したのは、四本脚の大きな動物。背中にコブを持っていた。手綱を引く行商人は、頭全体を布で覆っている。

「あれはラクダという動物です。行商人は、キャラバンを組んで商品を売り歩く〝放浪の民《ドリフター》〟のようですね。南のほうから来たのではないでしょうか」

「へえ。あれ美味《おい》しいのかしら？」

「食べはしませんよ。基本的に、砂漠で馬のように乗って使う動物だと聞きます」

「へえ！」

デリリウムは、不思議なものや興味を惹《ひ》くものを見つけるたびに、ロロへと振り返った。

帽子や衣装、髪の毛まで全身が緑色の夫婦とすれ違ったときは、「わあ」と感嘆の声を上げる。

「今の見た？　爪の先まで緑色に塗っていたわ！」

「オズの国からの旅行者なのかもしれません。かの国のとある都では、全身を緑色に染めるファッションが流行っているのだとか……。街全体が緑らしいですよ」

ロロはデリリウムが振り返るたびに、自分の知っている範囲で説明した。

「ロロ、あれ見て！　不思議な人が立ってるわ！」

デリリウムは足を止めた。指差した先にいたのは、仮面にフードの怪しい男。大きすぎるローブの袖口《そでぐち》をヒラヒラとさせて「はばかりませんかぁ、はばかりませんかぁ」と声を上げている。

「あれは人間公衆トイレです」

「人間公衆トイレ⁉　わーお」

「ほら、彼の足元に桶《おけ》が二つ、置かれているでしょう？　あれに跨《また》がって用を足すのです。それを彼が、あの大きなローブの袖口で、囲むようにして隠して――」

ロロは、ふと言葉を止めた。

「へえ。……デリィは死んでも使いたくないわ」

「そうですね」

ロロは微笑《ほほえ》みながら応える。その一方で、視界の端に、ある人物の姿を捕らえている。露店の前でライ麦パンをかじりながら、半身をこちらに向けている大男だ。市場を訪れてから、ロロがその男の姿を見かけたのは、三度目だった。市場の入り口で。中通りを歩き始めて。そして、今。わずかな時間の中、偶然にしては多く感じる。つけられている可能性がある。

「そんなことよりも、姫ぇ……」

カプチノがデリリウムに甘えた声を出す。

「お腹空きませんか？　そろそろランチ時ではないでしょうか？」

「私、全然お腹空いてないけど」

「姫は食べ歩きしてたからですよっ！」

ぷりぷり怒るカプチノを見て、デリリウムは面白そうに笑う。

「仕方ないわね。じゃあどこか、レストランに行きましょうか」

「やったあ、お肉！　私お肉が食べたいですっ」

「先ほど、道の脇に三角看板が置かれてありましたな」

ハートランドが、二人の会話に割って入る。

「『真っ赤なトサカ亭』というレストランが、この道を真っ直《ます》ぐ行った先にあるはずです」

「あの……すみません」

ロロはそっと手を挙げた。

「ちょっと買い忘れたものがあって。ハートランドさん、姫を頼めますか？」

「買い忘れ？　何だ。付き合うぞ？」

「あー……いえ、大丈夫です。先にレストランへ行っていてください」

「ううん……？　何を買う気だ？」

ロロの曖昧な態度をいぶかるハートランド。

「察しなさいよ、ハートランド」と助け船を出してくれたのは、デリリウムだった。

ロロに近づき、そっと耳打ちする。

「……ロロ、はばかり終わったらすぐに戻るのよ？」

「はは……」

「さあ、先に行ってましょ」

ロロがトイレに行きたいのだと思い込んだらしいデリリウムは、ハートランドとカプチノの腕を取って歩き出した。遠ざかっていく三人の背に、ロロは小さく手を振る。

──さて。

ロロは視界の端に捕らえた大男が、どう動くか様子をうかがう。

大男は、デリリウムたちが去って行くのを目で追っていたが、追跡しようとはしなかった。つけられている気配はロロの思い過ごしだったのか。あるいは──。

──ターゲットは、俺か……？

ロロは方向を変え、露店に向かって歩いた。ライ麦パンをかじる大男へと距離を詰める。

大男は、明らかに動揺を見せた。ハートランドに匹敵するほどの身長。大きな肩幅に、でっぷりと膨らんだ腹。顔の下半分を覆うあごひげのせいで、その表情は読み取りにくいが、近づいてくるロロを見て驚いていた。一気にパンを飲み込み、露店を離れて走りだす。

「……！」

確信する。大男は自分をつけていたのだ。

ロロは大きく息を吸い、肋骨《ろっこつ》に響く痛みに耐えて足を踏み出した。

人通りの多い通りを、大男は人の間を縫うように駆けていく。そのスピードは相当なものだ。ステップを踏み、身体《からだ》を横にして障害物を避けていく。巨体であることを感じさせない軽やかな動き。彼はいったい何者なのか――。

ロロはその大きな背中を追って、黄色い天幕が並ぶ市場を駆け抜けた。

そのとき、覚えのあるにおいを感じ取る。これは――昨夜、馬車を襲撃したときに嗅《か》いだ獣臭。フィガロに手斧《ておの》を投げた者のにおい――。大男の腰には、二本の手斧が提げられている。

大男は中通りを曲がり、露店と露店との間にある細道を駆け抜けていく。ロロもその後を追う。距離はどんどん縮まっていく。細道を抜けると、開けた道路に出た。レーヴェのメインストリート〈凱旋道《がいせんどう》〉だ。大男は、馬車の往来する通りを渡り始める。

ロロもそれを追って通りに出た。腕を伸ばし、男の大きな背に追いつきそうになった次の瞬間――大男はすぐ脇を通り過ぎていく馬車の尻に摑《つか》まり、飛び乗った。

ロロの手は空《くう》を切る。

大男は馬車にしがみつく形で、〈凱旋道〉を真《ま》っ直《す》ぐに進んで去っていく。とても走って追いつけるスピードではない。〈凱旋道〉の真ん中に佇《たたず》むロロは、馬車を見送る形となる。

「…………」

だが、ここで諦めるのは癪《しゃく》だ。ロロは、持っていた麻袋を手早く腰に括《くく》りつける。そして右肩や肋骨の痛みを無視し、馬車を追って駆けだした。

〈凱旋道〉を走るロロの背後から、馬が一頭、通り過ぎていこうとする。

馬が脇をすり抜ける瞬間、ロロはその馬の鞍《くら》を摑み、するすると馬上へよじ登った。

「なっ……!? なんだ、あんた……!」

乗っていたのは、若い行商人だった。彼の背後に跨《また》がったロロは、「失礼」と行商人の腋の下から腕を差し込み、手綱を握った。善良な市民を蹴《け》落としたりはしない。彼を馬に跨がらせたまま、彼の足の上からあぶみで馬の腹を叩き、馬を疾駆させる。

高くいななき、ぐんぐんとスピードを上げる馬は、前方を走る馬車を追いかける。「ひぃっ」と行商人は悲鳴を上げる。石畳を叩く蹄《ひづめ》のリズムが速くなる。

ロロは向かい風に目を細めた。先に見据えるは大男のしがみつく馬車――。

馬が馬車に追いつくと、ロロは手綱を行商人に返し、鞍の上に立った。

併走する馬車の窓から、貴婦人たちが何事かとこちらを見ている。その馬車の天板に向かって、ロロは高く飛び跳ねた。

驚愕《きょうがく》に口を開いたのは、馬車にしがみつく大男だ。撒《ま》いたはずの男が、すぐ頭上にまで近づいてきた。慌《あわ》てて馬車から手を離し、〈凱旋道《がいせん》〉脇へと身を躍らせる。

ごろごろと石畳を転がる大男。ロロもまた、男を追いかけ天板からジャンプする。

──と、宙に跳ねたロロに向かって、大男から手斧《ておの》が投擲《とうてき》された。

ロロは空中で身をひねり、すんでの所で手斧を避ける。

その刹那《せつな》──回転する手斧を横目で追ったロロは、その独特な柄の形を確認していた。

石畳に着地するロロは、その衝撃に肋骨《ろっこつ》を軋《きし》ませ顔をしかめる。

しかし痛がっている暇などない。あの手斧──不自然に柄が湾曲したあれは、木を切るための斧ではない。ブーメランのようにして投げる投擲武器だ。つまり──。

──戻ってくる。

ロロは背後を振り返り、回転して戻ってきた手斧をキャッチする。そのまま手斧の衝撃を流すために、石畳を転がった。立ち上がって大男の姿を確認する。

彼はすでに〈凱旋道〉脇から路地へと走っていた。

「…………」

逃走劇は続くらしい。ロロは手斧を手にうなだれるが、すぐに足を踏み出した。

3

デリリウムとカプチノ、ハートトランドはレストラン『真っ赤なトサカ亭』にいた。

入り口に、でかでかと赤いトサカの鶏が描かれた店だった。百人以上は入りそうな広いホールに、四角いテーブルが点々と置かれている。店は多くの客で賑わっている。

席の間を行き交う店員たちの足元で、野良犬が施しを求めて徘徊《はいかい》していた。床には肉のこびり付いた骨や、ちぎれたパンなどが散乱している。

デリリウムの一行は、ホールの中央付近の席に着いていた。

テーブルの上に、続々と料理が運ばれてくる。

「うわぁっ！　美味《おい》しそうですね！」

大きく切り分けられたスペアリブに、カプチノは感嘆の声を上げた。テーブルには他にも、ザワークラウトやどろどろの野菜スープなどが並んでいた。デリリウムとハートトランドの前には、鱈《たら》の切り身を鶏の卵で綴《と》じたオムレツが置かれる。

「大衆食堂でも魚が食べられるなんて、さすがは貿易の国ね」

「珍しい魚が、市場でも多く売られておりましたな」

腐りやすい生魚は、海から離れた国に行くほど高級品となる。キャンパスフェローでは、滅多に食べられない料理だ。

ホールの奥にはステージがあり、大衆演劇が催されていた。演目は社会情勢を反映したものらしく、登場人物たちの中には〝獅子《しし》王〟や〝王妃〟といった役名の者たちがいる。そのタイトルは、『白雪姫』といった。

「鏡よ、鏡っ！　この世で最も美しいのは誰かしら？」

王を騙《だま》し、王妃となった悪い魔女が、壁に掛かった大きな鏡に尋ねる。

「それは、雪のように白い肌と、血のように赤い頰《ほお》と、そして黒檀《こくたん》のように黒い艶《つや》やかな髪を持つ、白雪姫でございます。王妃様——」

鏡の答えに激昂《げきこう》した魔女は、白雪姫を城から追い出してしまう。

〝血の婚礼〟から行方不明となっている、スノーホワイトを思わせる内容だ。

城を追い出され、森へと迷い込んだ白雪姫は、七人の炭鉱夫たちと出会うのだった。

「おや。あの演者たち、ドゥエルグ人ですよ」

ハートトランドが、ステージ上に出てきた炭鉱夫たちを眺めて言った。

ツルハシを担いでとんがり帽子をかぶり、陽気に歌う炭鉱夫たちは皆ずんぐりむっくりとしている。鼻が大きく、背の低いドゥエルグ人たちは特徴的で、見た目にもすぐわかる。

「へえ。トランスマーレ人の国にドゥエルグ人がいるなんて、珍しいわね」

デリリウムは、オムレツを切り分けながら言った。

ドゥエルグ人は、はるか昔から大陸に住む、原住民の一種だ。他にも北の国《ノース・ランド》のヴァーシア人や、イルフ人などが原住民に挙げられる。対して王国レーヴェや、キャンパスフェローの人々は、トランスマーレ人である。三百年ほど前に、大陸の外から渡ってきた人種だった。

原住民たちにとっては、トランスマーレ人は侵略者。だからこそ一般的に、原住民たちとトランスマーレ人は、相容《あいい》れないと言われている。雪山や森の奥地に住む原住民たちを、レーヴェのような、トランスマーレ人の治める国で見かけるのは珍しい。

それもまた様々な人種が行き交う、貿易の国ならではなのかもしれない。

「私、ドゥエルグ人って初めて見ました」

カプチノがスペアリブを飲み込んでから言う。

「身体《からだ》が丈夫で、長生きなんですよね？」

「ああ。タフで強いらしいぞ」

ハートランドはブドウ酒を傾けていた。

「四獣《しし》戦争でも、ドゥエルグ兵団はずいぶんと恐れられていたそうだ」

「え、ドゥエルグ人たちって四獣戦争にも参加してたんですか？」

「なんだカプ。お前、グレース家に仕えているくせに、四獣戦争を知らんのか？」

「知ってますよ、それくらいっ」

カプチノはムスッとした。

「昔あった大きな戦争でしょ？」

四獣戦争は、トランスマーレ人たちの間で勃発《ぼっぱつ》した戦争だった。

約三百年前、原住民たちから大陸を奪ったトランスマーレ人たちは、各地にいくつかの国を建国していた。その中で最も大きく、兵力のある国が〈始まりの国ルプス〉だ。この国は、ある王族によって統治されていた。オオカミの家紋を掲げる〈ルプス家〉である。

〈ルプス家〉は、長い間繁栄していた。

周りの国々を取り込み、緩やかに領土を広げていた。

しかし今から五十三年前——。

〈ルプス家〉に反旗を翻した家臣がいた。白き竜の家紋を掲げる〈クーディ家〉だ。

さらにその内乱に乗じて、〈騎士《ナイト》の国レーヴェ〉が領土を広げんと戦いに参加した。

大陸に住まうトランスマーレ人たちは、三つの陣営に分かれて戦うことになる。

「私たちのグレース家は、〈ルプス家〉の陣営だったんですよね。あの戦争って、トランスマーレ人たちの戦争なんじゃないんですか？　ドゥエルグ人、いないじゃないですか」

「いや、陣営はもう一つあるんだ」

ハートランドは、カプチノに人差し指を立てる。

「戦火の混乱に乗じて原住民たちが組織を作り、トランスマーレ人たちを追い出そうと参戦した。〈東ドリシア連合〉だ。北の国《ノース・ランド》のヴァーシア人が中心の組織だが、ここにドゥエルグ人も含まれる」

「……ほぇ。そうだったんですね」

「〈ルプス家〉はオオカミ、〈クーディ家〉は白竜、〈レーヴェ家〉は獅子《しし》、そして〈東ドリシア〉

連合はシャチの連合旗を掲げていた。四つの獣が睨《にら》み合っていたのさ。だから四獣《しし》戦争なんだよ」

　五十三年前に始まった四獣戦争は、十二年間続いた。

〈ルプス家〉を討ち滅ぼし、その広大な領土を奪い取ったのは〈クーディ家〉だった。

　彼ら〈クーディ家〉は、戦争の最中、古くからトランスマーレ人に根付いていた信仰を捨て、竜を神と崇めるルーシー教に改宗した。そうして〝魔法〟という大きな兵力を手に入れたことが、他国を圧倒する勝因となった。

　この〈クーディ家〉が治める大国こそ、今の王国アメリアである。

「……考えてみれば、王国レーヴェとキャンパスフェローって微妙な関係よね」

　デリリウムは、テーブルに片肘《かたひじ》をついてつぶやいた。その足元に、犬が施しを求めて寄ってくる。デリリウムはフォークで鱈《たら》を切り分け、床に放った。犬は鼻を鳴らして、それに食らいつく。

「レーヴェだって、大きくなりすぎた王国アメリアを脅威に思っているはずでしょ？　だったら私たち、協力し合うべきだわ。魔女を奪うとか、騙《だま》すとか……敵対してる場合じゃない気がするんだけど」

「国と国との間柄は、そう簡単にはいかないのでしょう」

「ふうん。私なら仲良くするけどな。だってそのほうがお互いのためだもん」

ああでも、とデリリウムは苦い顔をする。

「オムラとは仲良くできないかも。そうだ、スノーホワイトが次の〝獅子王《しし》〟になればいいんだわ。そうすれば女の子同士、仲良くなれそうなのに」

「……彼女が生きていれば、それもあり得たかもしれませんな」

ハートランドは、しんみりとつぶやく。

「何よ、その死んでいるみたいな言い方っ。まだわかんないんでしょ？」

「それはまあ、そうですが……」

先ほど大浴場での秘密会議で、スノーホワイトはもう死んでいるだろうと話したばかりだ。ハートランド自身、その可能性が高いと思っている。

「生きているといいですよね」

カプチノは言いながら、正面のステージへと向き直った。

「すっごい美人らしいじゃないですか。私も本物が見てみたいです」

ステージ上では、老婆に化けた〝鏡の魔女〟が、森の中にある炭鉱夫たちの一軒家を訪れていた。炭鉱夫たちのサイズに合わせた背の低いドアを、腰を屈めて叩く。

すると留守番をしていた白雪姫が、「誰かしら」と顔を出した。

その肌は雪のように白く、頬《ほお》や唇は血のように赤く、そして髪は黒檀《こくたん》のように艶《つや》やかだ。純真無垢《むく》な白雪姫は、老婆に言われるがまま外に出てくる。

そうして差し出された赤いリンゴを、何の疑いもなく手に取った。

「まあ。なんて美味《おい》しそうなリンゴでしょう――」

白雪姫はステージの中央。客席を見つめながら、そっと毒リンゴに歯を立てた。


大男の逃げた先は、赤レンガの建物に挟まれた狭い路地だった。三段ずつの階段が点々と続いていて、緩い上り坂になっている。

階段をひとっ飛びしながら、ロロは大男の背中を追いかける。

頭上には、両側の建物の窓から窓へ、洗濯紐が渡されていた。服やシーツの干された洗濯紐は窓の数だけ無数に渡されていて、路地には、風に揺れる布地の影が落ちている。

大男の走るスピードは落ちない。対して、傷の完治していないロロの体力は尽きかけていた。走っているだけでダメージが蓄積されていくようである。

ロロは、またも大男から発せられる独特なにおいを感じ取る。

「…………」

軽快な身のこなしに、手斧《ておの》という投擲《とうてき》武器。気配を隠すのはすこぶる上手《うま》いが、それでも隠しきれない独特な匂い。彼は普段、その獣臭さを隠す必要がないのだ。なぜなら彼の主戦場は森だから。ロロは大男の職業に気づいていた。

彼は、猟師である。体力には自信がありそうだ。早急に決着を付けたい。

ロロは疾駆しながら深く息を吸い、身体《からだ》の痛みに耐える準備をする。

足を大きく踏み出して、さらに加速。狭い路地の壁を三角飛びし、二階に渡された洗濯紐を摑《つか》んだ。紐を弓のようにしならせて、弾力を利用し宙を舞う。そうして前方に渡された三階の洗濯紐を摑み、同じ要領で空中を跳ねる。

洗濯紐を伝い、前へ前へと飛び跳ねながら、側面の壁を蹴《け》って、走る大男の頭上を追い越す。そうして、彼の前に着地した。

「……んおっ⁉」

突如、目の前に降ってきたロロを見て、大男は足を止めた。

大男が踵《きびす》を返し、ロロは慌《あわ》てて手斧《ておの》を投擲《とうてき》する。

手斧はシュルシュルシュルと回転して、大男の顔のすぐそばをすり抜けていった。彼はその勢いに怯《ひる》み、硬直する。その一瞬の隙《すき》を突いて、ロロは男の大きな手を摑んだ。

「ちょっと、待ってください」

「っ……！」

大男が振り返る。

身体の大きな彼を目の前にすると、まるで熊と対峙《たいじ》しているかのようだ。

「どうして俺をつけていたのですか？　あなたは何者です？」

「……っ！　言わないっ」

大男は、力任せにロロを押し退《お　の》けた。ロロは壁に背を打ちつけ、うなり声を上げる。今来た道を戻って逃げるべく、大男は振り返った——と、その眼前に。シュルシュルシュルと回転して戻ってきたのは、先ほどロロが投げた手斧だ。

「っ!?　おあっ……!!」

手斧は大男の額に激突し、彼は仰向けに倒れた。

ロロは身体の痛みに耐え、腰に手を当てていた。

「……話したいだけです。逃げないでください」

「……信じられん。お前、今、どうやった?」

身体を起こした大男は、転がる手斧を見つめて、つぶやいた。大男の額に当たった箇所は、手斧の刃ではなく、その裏。斧頭《ふとう》の部分だ。

手斧が顔面に迫った瞬間、大男は、自分の頭がかち割られるのを覚悟した。しかしそうはならなかった。それはロロに、殺すつもりがなかったからだ。

獲物を殺さずに仕留める——その特殊な投擲方法に、大男は驚いていた。投擲用の手斧は、獲物に刃を食い込ませるために作られているのだ。柄の湾曲も、そう使用するために設計されている。それを逆に回転させ、かつブーメランのように戻ってこさせるのは、〝裏投げ〟と呼ばれる高等技術である。生半可《なまはんか》な訓練で身につけられる技ではない。

「……お前、猟師か?」

「いいえ、猟犬ですよ」

「……俺を、殺さないのか？」

「殺す理由はありません。昨晩、手斧《ておの》を投げて俺を助けてくれたでしょう。命の恩人を殺すようなことはしませんよ。俺はただ、話をしたかっただけです」

「…………」

大男は下を向き、しばらく何かを考えていたが、やがて手斧を拾い立ち上がった。

「……お前は、悪いやつじゃないかもしれない……。姫に会ってくれるか？」

「姫？」

小首を傾《かし》げるロロ。彼はある人物の名を口にした。

「ああ。……スノーホワイト・レーヴェだ」

4

レーヴェンシュテイン城の敷地内にある厩舎《きゅうしゃ》から、続々とキャンパスフェローの馬が出されている。荷物を載せ、帰り支度《じたく》をするためだ。

鉄火の騎士《ナイト》たちが馬を引く様子を、バドは少し離れたところから眺めていた。屋根のある外廊下で、支柱のそばに腕を組んで立っていた。

見上げた空は、いつの間にか厚い雲に覆われている。ゴロゴロと遠くに聞こえる雷の音が、気をそぞろにさせる。今にも雨が降りだしそうだ。

「……バド様」

不意に声を掛けられ、バドは振り返った。ロロが目を伏せて立っていた。

「おお、帰ったか。デリィたちも戻ったのか？」

「はい。お部屋で帰郷のご準備を始めておられます」

「そうか。あいつは満足していたか？」

「そのようで。ハチミツをたくさん買い込んでおられました」

「それはよかった。あいつが楽しんだのなら、この遠征もムダじゃなかったと思えるな。お前も帰る準備を始めろ」

「はい。その前に」

ロロは顔を上げて、一歩バドに近づく。そうして声を潜めた。

「お目に掛けたい人物がおります」

「誰だ？」

「ここでは……」

「……ふむ」

神妙な面持ちのロロを見返し、バドはあごひげを撫《な》でる。

ぽつりぽつりと降り始めた雨粒が、石畳に染みを作っていた。

二頭の馬にそれぞれ跨《また》がり、ロロはバドを先導した。ローブを着て、深くフードを被《かぶ》った二人は、雨の降りしきる街中を進んでいく。

赤レンガの並ぶ住宅街から、日の当たらなそうな細い路地に曲がった。

バドはロロの後に続きながら、馬上から周囲を見渡す。道の脇の軒下で、髪の薄い、頰《ほお》のこけた子どもたちが雨宿りをしている。誰一人しゃべらず、じっとこちらを見つめている。

別の軒下では、女がうずくまっていた。髪はボサボサで、肌は荒れている。こちらへと手を伸ばし、「お兄さんどうだい」と枯れた声で客引きをしている。

路地にひしめき合って建つ家の窓からは、住民たちの部屋が覗《のぞ》けた。何もない、簡素な部屋だ。板が渡されただけのベッドに、痩せこけた男が眠っている。

「……ここは、またずいぶんと荒れた場所だな」

「レーヴェのスラム街〈灰 街《アッシュタウン》〉です」

バドのつぶやきに、ロロが振り返って答えた。

細い路地を抜けると、開けた空間に出た。草木がポツポツと生えているだけの禿《は》げた広場だ。それを囲むようにして、いくつかの質素な石膏《せっこう》造りの家が、向かい合って建っている。

ロロは、そのうちの一軒の前で馬を停めた。

「ここです」

　その家には大きく出っ張った軒があり、軒下は薄暗かった。その向こうに洞穴のような家の入り口があり、ビーズの連ねられた暖簾《のれん》が垂れている。

　二人が馬を下りたところに、気配を察知したのか、暖簾の向こうから住人が姿を現した。

　バドは、そのひげもじゃの中年男を見て驚いた。背が低く、ずんぐりむっくりとした彼が、ドゥエルグ人だったからだ。

「ドゥンドゥグ氏です。市場にあるレストランの舞台で、劇団の団長をされているそうです」

　ロロがバドに紹介した。

「元はレーヴェに流れ着いた旅芸人で、トランスマーレ人の国であるゆえ職もなく、路頭に迷っていたところをレストランに口利きしたのが、何と〝獅子王《しし》〟だったとか」

　厳めしい顔をしたドゥエルグ人は、バドの前に歩み寄り、手を差し出した。

「ドゥンドゥグだ」

「バド・グレースです」

　バドは背筋を正し、ドゥンドゥグのゴツゴツした手を握った。ドゥエルグ人と挨拶を交わす際、その目線に合わせて屈んだり、膝《ひざ》を曲げたりしてはいけない。それは彼らを下に見ているという意思表示になってしまう。それを知っているバドはあくまで対等に、背筋を伸ばして接する。

「ドゥエルグ人は受けた恩を忘れない。獅子《しし》王の娘が困っているなら、絶対に助ける」

「……なるほど」

「馬は俺が馬小屋に入れておく。貸せ」

言ってドゥンドゥグは、ロロとバドから馬の手綱を受け取った。

「行きましょう」

ロロは濡れたローブを脱いだ。家の入り口である、ビーズの暖簾《のれん》をかき分ける。

「スノーホワイト姫がお待ちです」


スノーホワイト・レーヴェは、美少女として名高い。

なるほど噂どおりだと、バドはテーブルを挟んで向かいに座るスノーホワイトを見て思った。肌は雪のように白く、ほっぺたは赤く紅潮している。レーヴェの血を引く者としては極めて珍しい黒い髪は、肩の上で切り揃《そろ》えられており、美しく艶《つや》めいていた。

背筋を伸ばして座る姿は、わずか八歳とは思えない佇《たたず》まいだ。

会談はリビングで行われていた。

家自体はトランスマーレ人が建てたものなのか、天井が低いということはなかったが、テーブルはドゥエルグ人仕様のため、すこぶる低い。イスもまた、子供用みたいに小さかった。小柄なスノーホワイトは難なく腰かけているが、バドは股を大きく開いて座っている。

光源がないため部屋の中は薄暗く、外に降り続く雨の音が響いている。

バドの背後にはロロが控えていて、スノーホワイトの背後には、例の猟師が立っていた。

大きな身体《からだ》を持つ彼の名は、ディートヘルムといった。古くからレーヴェンシュテイン城にジビエを納品している猟師で、獅子王やスノーホワイトとも面識があったらしい。彼もまたスノーホワイトと同じ、〝血の婚礼〟の生き残りだった。

ロロはつい先ほど、ディートヘルムに招かれて、この家を訪れていた。スノーホワイトとも出会い、〝血の婚礼〟の真相を聞いた。そのときに一つ、あるお願い事をされたのだが、ロロの判断で決められることではなかったため、主《あるじ》であるバドを連れてきたのだった。

「バド・グレース辺境伯爵様」

スノーホワイトは背筋を伸ばしたまま、つぶやくように言った。

「この度は雨の中、ご足労いただきまして、誠に感謝いたします」

スノーホワイトは、恭《うやうや》しく頭を下げる。美しい所作だった。アーモンド形の愛くるしい瞳は、わずかな緊張と利発さをもって、バドを射貫くように見つめていた。

「……スノーホワイト姫。この度は心よりお悔やみを申し上げます」

バドは相手を八歳児ではなく、一国の姫として認め、礼を返した。

「本来であればめでたき婚礼の日に、お父様を失ったその悲しみは計り知れぬものでしょう。我々はその残酷な所業を〝魔女〟によるものと聞いていたのですが。どうも違うようですね」

「おっしゃるとおりです。テレサリサは魔女ではありません」

スノーホワイトは、言い切った。

「お話しさせていただきます。あの日、本当は何があったのかを」

5

第十八代獅子王《しし》プリウス・レーヴェには、ひげがなかった。

柔らかな金髪に、高身長。二十代後半の彼は〈金獅子の騎士団〉団長として剣も振るう。たくましい大胸筋を持つ肉体派でありながら、趣味は詩集を読むことという文武両道の王であった。

大臣や騎士《ナイト》たちだけでなく、城で働く給仕や街の人々にまで分け隔てなく接する彼は、多くの者たちから愛されていた。ひげのない爽《さわ》やかな笑顔に、貴婦人たちは黄色い声を上げる。

しかしこのひげがないという特徴は、〝獅子王〟としては異例のことであった。

レーヴェンシュテイン城のとある廊下には、歴代獅子王の肖像画が十七枚、ずらりと飾られている。そこに描かれた男たちは、みな立派な金色のあごひげを蓄《たくわ》えていた。

自らを獅子に重ねるレーヴェ家の者にとって、金色のたてがみは権威の象徴だ。歴史の中で存在する二人の〝女〟獅子王でさえも、あごひげの代わりに重そうなネックレスを幾重にも巻きつけ、その権威を誇っていた。

わずか十歳で戴冠したプリウスが、年頃の青年になったとき。太皇太后である祖母は、彼に「あごひげを蓄えなさい」と命じた。歴代の獅子王にならい、王の肖像画を描かせるためだ。

しかしプリウスはずらりと並ぶ先祖たちの肖像画を眺め、滑稽《こっけい》だと笑ったのだった。

まるでみな初代獅子王のコピーである。そのふんわりしたひげのシルエットも、キメ顔の角度もみな同じ。シャッフルしたら誰が何代目だか、わからなくなるだろう、と。

厳格な祖母はプリウスの軽口に激昂《げきこう》した。

「でもそうじゃないか」とプリウスは肖像画へ手を広げる。実際に祖母は気づいていなかった。プリウスの手によって、三ヶ月も前から四代目と七代目が入れ替えられていたことに。

祖母はぐうの音も出なかった。かくして廊下に並ぶ肖像画の十八枚目には、男で初の、ひげのない爽やかな笑顔の〝獅子王〟が飾られることになったのだった。

獅子とは、王とはかくあるべきだという生き方を、プリウスは嫌った。

それは、彼の王妃の選び方にも見て取れる。

伝統に則れば、王妃となる姫は金髪でなければならなかった。そうでなければ、いずれ生まれる跡継ぎのひげが、金色にならないからだ。そのため、祖母の持ってくる縁談話の相手は、みな判を押したように金髪の美女だった。

そのすべてを無碍《むげ》に断って、プリウスが自分で見つけてきたお姫様は、小さな領土を治める侯爵の娘。その艶《つや》めく髪の色は、黒だった。

この王妃は不幸にも、スノーホワイトを生んですぐに死んでしまった。

それから八年後、プリウスが次の王妃に選んだのが――テレサリサ・メイデン。他国からやって来た、城で働くメイドだった。


森の猟師ディートヘルムは、幼少のころから城に出入りしていた。

プリウスは歳が近いということもあり、この寡黙《かもく》な男を非常に気に入っていた。

レーヴェの街を出てシカ狩りに行くときは、必ず彼を呼びつけた。ディートヘルムの手斧《ておの》を振るう腕を見込んで「うちの騎士団に入らないか?」と勧誘したこともあった。

あまりの身分の違いにディートヘルムは断ったが、それでも王は事あるごとに誘ってくる。そのたびにディートヘルムは困った顔をして頭を掻《か》いたが、立派な騎士団の団長が、自分の腕を見込んでくれていることは、密かに誇らしく感じていた。

そんな王様が、公族ではなく城のメイドを王妃として選んだと聞いても、ディートヘルムは驚かなかった。城に出入りするディートヘルムは、王妃となるテレサリサを、城で何度も見かけている。確かに目を引くような美人だ。しかし王が彼女を選んだ理由が、ただそれだけではないと気づいたのは、婚礼式の直前のこと。スノーホワイトに手を引かれ、テレサリサの控え室へ行ったときだった。

化粧師《けわいし》や調香師が慌《あわ》ただしく行き交う室内で、テレサリサは「緊張するわ……」と表情を強《こわ》ばらせていた。スノーホワイトやディートヘルムの前でドレスのスカートを持ち上げ、「変じゃない……?」と心配そうに尋ねる。

「私……似合わないわ。こんな派手なドレス、着たことないもの」

テレサリサは、熟れたリンゴのような赤いドレス着ていた。

幾重にも折り込まれたスカートはふんわりと膨らみ、足元へいくにつれ広がっている。光沢を放つシルクの布地には、きめ細かなレースの刺繡《ししゅう》が施されていた。妖艶《ようえん》な赤が、テレサリサの白い肌に映えている。

肩を出したその首元には、銀のネックレスが煌《きら》めいていた。両耳には、同じようなデザインのイヤリングが揺れている。艶めく美しいその髪は、頭のてっぺんでまとめられていた。

ディートヘルムは見とれて言葉を発せなかった。

代わりにスノーホワイトがつぶやく。

「……とても、キレイです」

いつもは明朗に話すスノーホワイトが、もじもじとうつむく。

テレサリサは「どうしたの?」と小首を傾《かし》げた。

「キレイすぎて……なんだか、別の人みたいです」

「同じだよ。見た目が変わっても、私は変わらないわ」

そう言ってテレサリサは、ドレスの腰に付いていたリボンを外した。リンゴ色したそのリボンを、スノーホワイトの頭に飾る。

「ほら。これでおそろいだね」

テレサリサは微笑《ほほえ》み、スノーホワイトを三面鏡の前に立たせた。

スノーホワイトは顔を輝かせて、テレサリサに抱きついた。

「嬉《うれ》しいです」

それをそばで見ていたディートヘルムは、テレサリサに祝福を述べたいと思った。しかし学のない自分が、どう言えばこの感情を伝えられるのか、わからなかった。

「……いい猟師は、勘がよくないといけないんだ」

自分なりに必死に言葉を探す。

テレサリサは顔を上げて、ディートヘルムの言葉を待った。

「……俺は腕がいい猟師なんだ。プリウス様がそう言ったんだ。つまり、勘がいいんだ。その俺が、お前はいい人だと思った。いい人は幸せになるべきだ――」

「…………」

「だから、幸せになってくれ」

ディートヘルムが祝福を述べてくれていると気づいて、テレサリサは八重歯を覗《のぞ》かせた。

「ありがとう」

そのとき、ディートヘルムは気がついた。プリウスは彼女の美貌だけに惚《ほ》れたのではない。きっと我々の王様は、この屈託のない笑顔に惚れたのだと。


婚礼の式は、レーヴェンシュテイン城内の礼拝堂で行われた。

収容人数が七十人程度の礼拝堂は、トランスマーレ人がはるか昔から信仰する、戦神ヴァヤリースに祈りを捧げる場所だ。レーヴェ家の新郎新婦は代々、戦神ヴァヤリースの名において、婚礼の契りを交わすことになっている。

礼拝堂の中央には長い絨毯《じゅうたん》が敷かれ、その道を挟んで長椅子が整然と並べられていた。

祭壇を正面に見て、右側の壁には四つの大きな窓が並んでいた。窓には、それぞれステンドグラスがはめ込まれている。すべてのステンドグラスに樫《かし》の木が一本ずつ描かれていて、春夏秋冬をテーマに、太陽の下で緑の葉を付けていたり、雪の中で枯れていたりする。

どの樫の木のかたわらにも獅子《しし》の姿があった。獅子は季節が移ろうごとに、人間の王様へと姿を変えていく。初代獅子王を描いているのだ。

式は、厳かに執《と》り行われた。

スノーホワイトとディートヘルムは、最前列に座っていた。

祭壇の前に立ったプリウスとテレサリサは手を繋《つな》ぎ、戦神ヴァヤリースに婚礼の誓いを述べる。参列者たちは、静かにその口上を聞いていた。

その顔ぶれは、王に近しい者たちだ。太皇太后や、宰相《さいしょう》や大臣などの重臣たち。それからレーヴェ家にゆかりのある公族たち。〈金獅子《きんじし》の騎士団〉の副団長、参謀などの武官らも席に座っている。

その中には、近衛《このえ》隊長であるフィガロ・キンバリーの姿もあった。

二人の誓いが終わりに近づいたそのときだ。静寂を破って、正面扉が開かれた。

「その婚礼、お待ちくださいっ！」

参列者たちが一斉に振り返る。

現れたのは、金色の正装に身を包んだオムラ・レーヴェだった。

レーヴェ家の生まれでありながら、政治には一切興味を持たず、城の外で貿易商売にばかりうつつを抜かしている王弟《おうてい》である。式には招待したものの、姿を見せなかった王の弟が、突如この段になって現れたかと思ったら、妙なことを叫びだした。

「兄上は騙《だま》されている。あなたが結婚しようとしているその女は、魔女ですよ！」

参列席がにわかにざわついた。

オムラはそばに、腰の曲がった老婆を連れていた。フードを深く被《かぶ》り、薄汚いぼろのローブをまとっている。杖をついた、物乞いのような女だった。

「この老婆が勇気を持って私に証言してくれた」

オムラは老婆の両肩を摑《つか》み、自分の前に立たせた。

「彼女こそ、その女が引き起こした魔女災害の生き残り。さあ、みなさんに、そのときの傷を見せてやりなさい！」

オムラに促されて、老婆はフードを脱ぎ、顔を晒《さら》した。

その顔を見て、参列者たちは息を呑《の》む。老婆の顔には、痛々しい裂傷があった。額から口の端まで大きく裂かれた傷は、左目を通っており、その目は潰れて白濁していた。

一歩、二歩とおぼつかない足取りで、老婆は前に出る。

「あの魔女は」と枯れ枝のような指を差した先は、祭壇の前のテレサリサだ。

「銀の大鎌で私の夫を切り刻み、去り際にこの顔を裂いていきました」

テレサリサは驚愕《きょうがく》に目を見開いていた。

老婆はそのそばに立つ、獅子王プリウスに訴える。

「どうか目をお覚ましください、獅子王様！　その女はメイドとして屋敷に入り込み、家の者を殺し、財産を奪う魔女です。今度はこの城を奪うつもりだ……！」

魔女――。その忌《い》むべき存在は、ルーシー教圏外であるレーヴェの人々の耳にも届いている。魔法を使い、城や国を滅ぼすという巷説《こうせつ》も聞こえていた。獅子王の選んだ王妃がそれであるなら、国を揺るがす大事件である。

「いい加減になさいっ！」

叫んだのは、オムラの祖母でもある太皇太后であった。

「お前は婚礼の式をぶち壊すつもりか？　お前が今、指差した女は、公族でないとはいえ、レーヴェの家に入る女ぞ。貶《おとし》めることは決して許さん。その薄汚い老婆を連れて、さっさと出て行きなさい！」

「……いいえ、お婆さま。出ていくのは魔女のほうです」

老婆を下げさせたオムラは、二度、手を打ち鳴らした。

すると彼の背後——開け放っていた正面扉から、武装した男たちがなだれ込んでくる。斧《おの》を手に握っている者や、腰に剣を提げた者たち。みなプレートアーマーを装備していた。オムラが港で雇った〈髑髏《どくろ》とサソリ団〉の傭兵《ようへい》たちだ。

礼拝堂に入ってきたのは三十人ほど。そのうちの四人が祭壇に続く絨毯《じゅうたん》を駆ける。テレサリサを連れて行こうというのだ。そうはさせまいと列席していた騎士《ナイト》たちが前に出る。同時に傭兵たちが次々と抜剣した。

騎士の誰かが叫ぶ。——「衛兵はどうした！」

礼拝堂を護《まも》っているはずの近衛兵《このえへい》たちは出てこない。そして式に参加していた騎士たちは、誰も剣を携えてはいなかった。ただ一人、近衛隊長のフィガロを除いては。

そのフィガロは職務をまっとうし、プリウスとテレサリサを護るようにして、祭壇に迫る四人の傭兵たちの前に立ちはだかった。その手は腰に携えた、剣の柄に触れている。

フィガロの背後で、プリウスが叫んだ。

「オムラ！　貴様、自分のしていることがわかっているのか？」

「兄上こそ。私はレーヴェのためを思ってやっているのです。その女が魔女である可能性がある以上、捨て置くことはできませんでしょう？　魔女裁判にかけるべきだ！」

「魔女裁判だと……？」

「ええ。だってそれ以外に証明できますか？　兄上がその女を想う気持ちが、魔女の魔法によるものではないということを」

「……バカな。俺は魔法になどかかっていない」

「ならばまさか、魔女と知ったうえでご婚礼を？　それはそれで、ゆゆしき問題ですよ？」

「言わせておけば……！」

「プリウス様」

憤るプリウスを止めたのは、そのそばに立つテレサリサだった。

「私、参ります。裁判を受けましょう。それで疑惑が晴れるのであれば」

「……テレサリサ」

テレサリサは自ら進んで前に出た。その周囲を、四人の傭兵が取り囲む。

「だからどうか……裁判でご証明ください」

テレサリサは一度だけ振り返った。努めて気丈に笑ってみせる。

「あなたの想いが、魔法のせいなんかではないということを」

「……もちろんだ」

テレサリサは参列者の視線を浴びながら、堂々と正面扉へ歩いていく。臆することはない。必ずプリウスが救い出してくれると信じていた。

「覚悟しておけ、オムラ」

祭壇前のプリウスは、正面に立つオムラを睨《にら》みつける。

「テレサリサが魔女でないと証明できたとき、レーヴェにお前の居場所はないと――」

「オムラッ!!」

プリウスの声を遮って、声を上げたのは太皇太后だ。そばにいた騎士《ナイト》の制止を振り払い、肩を怒らせてずかずかと中央の絨毯《じゅうたん》を歩いた。正面扉の前にいるオムラに近づく。

そうして彼の前に立ち、その丸い頬《ほお》にビンタを食らわせた。

「この、レーヴェの恥さらしがッ！　次期王妃が魔女裁判にかけられるなど、それがすでに不名誉なことだわ！　裁判が終わるのを待つまでもない。今すぐこの国から去ねぃッ!!」

オムラは赤く腫《は》れた頬を撫《な》で、切れた唇を舐《な》めた。

「いつもいつも……私にだけ冷たいんだよなあ、お婆さまは」

そして、そばに立っていた傭兵《ようへい》からダガーナイフを奪い取り、祖母の腹部に差し入れる。

「あッ……？」

オムラはナイフを引き抜き、再び刺した。何度も、何度も。鮮血が絨毯に跳ねる。

あまりにも信じられない光景に、周囲の者は状況を飲み込めずにいた。

「やることなすこと、批判しやがって……！　ババア、死ねっ。死ね、ババア……!!」

次に動いたのは、近衛《このえ》隊長のフィガロだった。彼は腰に提げた両手剣ではなく、ダガーナイフを取り出した。そしてそれを、背後にいたプリウスの腹部に差し入れる。

「なっ……!?」

プリウスはフィガロの肩を鷲《わし》づかみにした。

「……裏切るのか、フィガロッ……！」

「……この国を裏切ったのは、あんたのほうでしょう」

プリウスの耳元にささやいたフィガロは、ナイフを横にして切り裂いた。

腹を裂かれたプリウスは、フィガロにもたれ掛かるようにして倒れる。

最前列にいたディートヘルムが、その光景を見ていた。

「プリウス様っ……!!」

それを皮切りに、傭兵たちが次々と参列者へ斬《き》りかかった。参謀を務める老騎士が喉《のど》を裂かれ、ドレス姿の貴婦人が胸を剣で貫かれた。悲鳴と絶叫が礼拝堂に響き渡る。

オムラは足元に倒れた祖母の背に、ダガーナイフを放り捨てた。

「はあっ……!!　すっきりした!!」

オムラは正面扉から廊下へ出て、両開きの扉に手を掛けた。閉める前に、殺戮《さつりく》の行われている礼拝堂を見渡す。祭壇の前には、プリウスがうつ伏せに倒れていた。祭壇に続く浅い階段は、プリウスの身体《からだ》から流れる鮮血で濡れている。

「さようなら、兄上！　レーヴェは私にお任せください」

オムラは笑ってお別れを言い、扉を閉めた。

スノーホワイトは父が殺されるのを目の前で見て、ショック状態にあった。

その小さな身体を、ディートヘルムが抱き上げる。正面の扉は閉ざされた。他に外へ出る道を探す。目に付いたのは礼拝堂の壁にある四つの窓。四枚のステンドグラスだった。

「ちょっと、待ってろ……！」

ディートヘルムは一度スノーホワイトを下ろし、参列者の座っていた長椅子を持ち上げる。そしてそれを、思いっきりステンドグラスへと叩きつけた。

派手な破砕音が響き、色とりどりのガラス片が飛び散る。

窓の外は堀となっており、思っていた以上の高低差があった。怯《ひる》んだディートヘルムの耳に、フィガロの声が聞こえる。

「スノーホワイトはどこだっ!!」

迷っている暇はなかった。ディートヘルムは放心するスノーホワイトを再び抱き上げて、窓の外へ身を躍らせる。

城壁を滑り落ち、背中から汚水の中に着水。衝撃に息が詰まった。

「大丈夫か、スノーホワイト……ケガはないか？」

スノーホワイトは腕の中で、身を強《こわ》ばらせ、唇を震わせている。

「誰か逃げたぞ」「追いかけろ」という声を頭上に聞いて、ディートヘルムは見上げた。

傭兵《ようへい》たちが割れた窓から、堀を見下ろしてる。ひげ面の無骨な男たちの中に、フィガロの姿もあった。

何人かが窓枠を越えようと身を乗り出し始めて、ディートヘルムは水しぶきを上げて走りだした。堀を出て厩舎《きゅうしゃ》で馬を奪い、がむしゃらに街を駆け抜ける。何度も後ろを振り返り、追っ手がいないか確認した。腕の中には、スノーホワイトがいる。身体を丸め、震えている。

その手に握るリンゴ色のリボンは、テレサリサからもらったものだ。強く握りしめすぎて、くしゃくしゃに潰れていた。

6

〝血の婚礼〟で本当は何があったのか――事の真相を、スノーホワイトは淡々《たんたん》と語った。

理路整然として語られる言葉に、バドはじっと耳を澄ませていた。

雨足が強くなってきている。雨音に負けないよう、スノーホワイトは声を張る。

「――だから、テレサリサは魔女ではありません。オムラ・レーヴェの策略に利用された、哀れな王妃なのです。だから」

スノーホワイトは、深く頭を下げた。

「お願いします。私たちに力を貸してください。テレサリサを助けてください」

後ろに立つディートヘルムも、追いかけるように頭《こうべ》を垂れる。

バドは腕を組んだ。小さすぎるイスの背もたれに身体《からだ》を預け、あごひげを撫《な》でる。

「助ける、というのは、牢を破って連れ出せという意味でしょうか?」

「そうです」

スノーホワイトは顔を上げた。今一度バドを見据える。

「ここにいるディートヘルムは、ずっとテレサリサを牢から出すチャンスを探していました。昨日も〈鉄の牢獄〉から城へ移されると聞いて、逃がすチャンスがあるかもしれないと見ていたのです」

昨夜、ディートヘルムもまた馬に跨《また》がり、荷馬車の後を追っていたのだ。

「けれどテレサリサの乗った馬車では、すでに誰かが戦っていた。あの賊は誰だったのか。ディートヘルムが、事故処理のため集まった騎士《ナイト》たちの会話を盗み聞きしたところ、どうやらキャンパスフェローの〝黒犬〟らしいと」

スノーホワイトは間を作る。

「……〈幽閉塔〉に入れられたテレサリサを救うのは、簡単じゃないです。ディートヘルム一人では、難しいかもしれません。けど、黒犬さんが助けてくれたら、きっと……」

「スノーホワイト姫」

バドは静かに問いかける。

「昨夜、私たちがなぜ王妃テレサリサを奪おうとしたか、ご存じですか？」

「……キャンパスフェローの皆さんは、魔女を買いに来たのだと聞きました」

「ええ、そのとおり。彼女を魔女だと思っていたから、奪おうとしたのです」

ところが、彼女は魔女ではないらしい――バドはそう続けた。

「ならば私たちがここにいる意味はない。実はもう、帰ろうとしていたところなんですよ」

「待ってください」

スノーホワイトは、追いすがるように声を上げる。

「確かにテレサリサは、魔女ではありません。でも、王妃です」

言いながら卓上に視線を落とした。その瞳が揺れている。

考えているのだろう。どう言えばバドを引き留められるか――。

「王妃を、助けてくださるのですから、お礼は差し上げます。たくさん。ですから――」

「しかし今のあなたに、どれほどのお礼が用意できましょう？」

その質問は、冷酷さをもってスノーホワイトを突き刺す。

「我々のメリットは何ですか、姫。城を失い、追われる身であるあなたに恩を売ったとして。

キャンパスフェローに何の旨味《うまみ》がありましょう?」

「……でも、約束します。私が次の獅子王《しし》になったら、きっと──」

「残念ながら、それは難しい」

バドは首を振る。

「オムラ・レーヴェ公が、なぜ魔女裁判などという茶番を始めようとしているのか──まず間違いなく、次期獅子王の座を狙っているからです。裁判で〝獅子王殺し〟の罪を王妃テレサリサに押しつけ、自身は兄を殺された悲劇的な弟を演じようとしているのです」

バドはゆっくりと説明する。

口調は穏やかだが、突きつける現実はスノーホワイトにとって、厳しいものだ。

「そしてその計画は、今のところ順調に進んでいる」

「…………」

「真実はどうあれ、世間的に見れば。王妃テレサリサに有罪を言い渡すオムラは、悲しみを乗り越えて兄の仇《かたき》を取る悲劇のヒーローとなりましょう。次の〝獅子王〟に相応《ふさわ》しいのは、彼だと判断される。反対する者はいません。王の側近は〝血の婚礼〟でことごとく殺されたうえ、もう一人の後継者であるあなたは、その生死すら不明のままなのですから」

「……でも、私は」

スノーホワイトは声を絞り出すが、言葉が続かない。真っ直《ます》ぐにバドを見つめていた瞳が潤み、きゅっと唇を結んだスノーホワイトは、慌《あわ》ててうつむいた。

隠しきれない涙のしずくが、ぽたりとテーブルに垂れる。

「…………」

部屋に雨音が満ちる。

わずかな沈黙の後、スノーホワイトは声を震わせる。

「お願いします。いつか必ず……お礼はします。だから……」

「話し合いの途中ではありますが」

バドは立ち上がった。

「ちょっと休憩させていただきます。ロロ、来てくれ」

「はい」と後に続くロロを連れて、バドは部屋を出た。


ビーズの連なる暖簾《のれん》をめくり、外に出る。冷えた外気に身が縮んだ。

薄暗い軒下で腕を組んだバドは、開口一番ロロに言った。

「しっかりした娘だな。あれで本当に八歳か？」

「獅子王が殺されていなければ、いずれデリリウム様にも匹敵する姫君に育っていたかもしれませんね」

「あるいは、デリィ以上だったかもな。俺が八歳のころなんか、鼻水垂らして走り回ってたぞ。

目の前で父親が惨殺《ざんさつ》されたりなんかしたら、立ち直れる気がしねえよ」

しかしスノーホワイトは、気丈に振る舞っていた。それどころか、思い出したくもないだろう〝血の婚礼〟の詳細を、つまびらかに語ってくれた。

「……上手《うま》い手だ」

バドはあごひげを撫《な》で、うなずく。

「俺たちと交渉するためには、事件の真相は、あの子の口から語られなきゃならん。あの後ろに立っていた猟師じゃダメだ。より悲劇的なあの子が、気丈に振る舞いながら涙を耐えて助けを請わなきゃ、普通はリスクを負ってまで他人を救おうなんて思わない」

「同情を引くためですか?」

「同情を引いて、俺たちを利用するためさ」

くくっ、とバドは笑った。

「大したもんだ。俺たちを動かすために、自分をどう使えば効果的か、わかっているんだろうな。あの子は自分で自分の価値を計り、交渉している。……だが詰めが甘い」

バドはつぶやく。

「俺が何も背負わないただのおっさんなら、あんな子に泣いて頼まれちゃあ何だって聞いてやりたくもなるが、残念ながらそうじゃない。領主を相手に情に訴えるだけだなんてのは、愚策だよ。国家間交渉であるなら、まずは相手側の利益を提示するべきだ」

「キャンパスフェローの利益……ですか」

「そうだ。俺たちが魔女を買いに来たことまでわかっているんなら、『王妃テレサリサは正真正銘の魔女です。奪うべきです』とそそのかせばいいんだ。そうして俺たちに王妃を奪わせ、火あぶりを回避したところで、俺たちを裏切り王妃を連れ去る……とかな」

「けど俺たちは、王妃が魔女でないことを、すでに知っています」

「ああ。だからもし、あの姫がそういう交渉をしてきたら、すぐにでも席を立つつもりだったんだがな」

「……意地が悪い」

「ばかやろう。意地が悪くなきゃ国は守れないんだよ」

バドはふん、と鼻を鳴らした。

家の前の広場では、痩せ細った子どもたちが雨の中、水たまりのしぶきを跳ねさせて遊んでいる。バドは子どもたちを漫然と見つめている。

「……俺はな、はなっから誰かの力を当てにする人間が嫌いだ。他人を上手くそそのかして自分はリスクを負わず、人の力を使って事を成そうってヤツは必ず失敗する。覚悟が足りないからな」

「…………」

「だがあの姫には、覚悟があった。俺たちの力を利用するということが、幼い彼女に今できる精一杯の戦い方なんだろう。親を殺されたばかりの自分の境遇を利用し、思い出したくもないことまで話して、全身全霊をかけて同情を誘った。あの涙は、演技ではないはずだ」

最後にスノーホワイトが流した涙は、情に訴えるための手段ではなく、バドを説得できない自身の不甲斐《ふがい》なさを悔やんでのものだった。

少しだけ間を置いて、バドは自信なさげにロロへ問う。

「……演技では、なかったよな?」

「あれが演技だったら、末恐ろしすぎますよ」

「演技だったとしたら、俺まんまと乗せられてるからな? 完敗だぞ」

見上げた空には、暗澹《あんたん》とした雲が広がっている。

「どうせこの雨で、すぐにレーヴェを発《た》つことはできなくなっちまった。ただ雨が降って唯一よかったことといえば、裁判後すぐに火あぶりにはできないってことだな」

バドは大きなため息をつく。

「裁判が終わったあと、王妃の立場は昨日と変わる。次期獅子《しし》王となるだろうオムラが直々に判決を下した罪人をさらうとなると、うーん……。レーヴェとの関係悪化は避けられんな」

おそらくスノーホワイトたちの身柄も、キャンパスフェローで匿《かくま》うことになるだろう。メリットはないのに、リスクばかりが大きい。

「シメイが聞いたら、卒倒するぞ?」

「『お気は確かですか!?　マイロードッ！』」

「おお。上手《うま》いな、お前」

少しの間だけ、二人並んで雨の音を聞く。

雨音にそっと紛れ込ませるように、バドは命令を下した。

「奪えるか、ロロ」

「御意」

ロロは目を伏せて答えた。その仕草に、バドはいつもとは違うものを感じた。

「……お前、嬉《うれ》しそうだな」

「いいえ、犬は意見を持ちません」

「嘘つけ。お前、こうなるとわかってたから俺をここへ連れてきたんだろう？」

「さて」とロロはそっぽを向いた。

そのカールした黒い髪を、バドはくしゃくしゃくしゃに撫《な》でる。

「主《あるじ》を使いやがって。生意気なやつめ」

バドは言いながら部屋に戻っていく。

ロロもまた、その背中を追ってビーズの暖簾《のれん》をくぐった。

スノーホワイトとの会談を終え、バドとロロは馬に跨《また》がった。

雨の中、ドゥンドゥグの家を後にしようとしたロロを呼び止める声があった。

「黒犬」と声を上げ、軒下から出てきたのはディートヘルムだった。雨に濡れながら、馬に跨《また》がるロロのそばまで駆け寄ってくる。

「どうしました？」

「そのままでいい。聞いてくれ」

馬から下りようとしたロロを、ディートヘルムは手で制する。彼は桐箱を持っていた。

「これは……獅子《しし》王から預かったものなんだが――」

ディートヘルムの話によると。王国レーヴェには夏至祭りの日に、その年の運勢を占うという風習があるのだという。亀の甲羅《こうら》をたたき割り、その割れ方で吉凶を見るというものだ。

これは儀式的な意味合いが強く、当たり外れの精度はそう高くないものだった。普段であればプリウスや周りの者たちも、占いの結果に傾倒することはない。

ただし今年の割れ方は、占い師《フォーチユンテラー》をひどく青ざめさせるものだったという。

――王の身に、何かよからぬことが起こるかもしれません。

プリウスはその結果を笑い飛ばしたが、それでも心のどこかに引っかかっていたらしい。ある日ディートヘルムを呼び出して、一つの桐箱を託したのだった。

「王は、もしも自分の身に何かあったら、これを王妃様に渡してくれと、俺に言ったんだ」

ディートヘルムは、両手で持つ桐箱へ視線を落とした。箱のフタや側面には、波模様が彫られている。錠が付けられ、開けられないようになっていた。

「俺はずっと、王妃様にこれを渡そうとしていた。けど〈鉄の牢獄〉には近づけなかった。騎士《ナイト》が多すぎて、移送中の荷馬車を襲うこともできなかった。けどお前なら、〈幽閉塔〉に閉じ込められた王妃様にも手が届く――」

ディートヘルムは、ロロに桐箱を差し出す。

「お前に託そうと思う。頼む。王妃様に届けてくれ」

「…………」

ロロは窺うようにバドを見る。バドが一度うなずいてから、馬上で桐箱を受け取った。

「中には何が入っているんですか?」

「俺にも、わからない。けど、王妃様にとって、とても大事なものだ。王はそう言っていた」

ロロは桐箱を振ってみる。コツン、と何かが中で当たる音がした。

7

「……雨は好き。心が、悲しくなるから」

ステンドグラスに流れ落ちる水滴を、うろんげな瞳が追いかける。

青や緑やオレンジ色の光彩が、少女の顔を照らしていた。歳は十代半ばほど。修道女《シスター》が好んで付ける女性用の頭巾、ウィンプルで頭部を覆っている。着ている修道服の袖口《そでぐち》は、指先が隠れるほど長く、裾《すそ》は白い太ももが露わになるほど短かった。

鼻の上を横切って〝conviction《断罪》〟という文字が書かれている。

少女は〝血の婚礼〟の舞台となった礼拝堂の窓際に立っていた。わずか十一日前、獅子王《しし》とその臣下など合わせて五十名以上が惨殺《ざんさつ》された現場である。

式に使用された長イスは、すべて撤去されていた。血糊《ちのり》は拭き取られ、絨毯《じゅうたん》も取り替えられている。ステンドグラスのはめられた四枚の窓のうち、割られた一枚には板が貼り付けてあったが、礼拝堂としての使用は充分に可能だ。

しかしあの惨劇《さんげき》はまだ記憶に新しく、好んで礼拝堂を訪れる者は少なかった。

そんな忌《い》まわしき礼拝堂の中央に、今は丸テーブルが一つ、ぽつんと置かれている。テーブルの上には、皿の縁に香辛料の盛られた鶏の丸焼きや、野菜たっぷりのスープ、数種のパンが並び、四つのイスには三人の人物が着席していた。

「おい、フェロカクタス！　席に着けこのやろう！　食事中だぞ」

席に座る背の高い男が、窓際の少女に叫ぶ。

垂れた目尻に、シュッと通った鼻筋。二十代半ばの南国生まれ。濃い顔立ちで、無精《ぶしよう》ひげが似合っている。ただその頭に被《かぶ》る白髪のカツラだけが、違和感たっぷりで不自然だった。毛先が両耳の上でロールしているそのカツラは、尋問官が正装として被るものだ。

男に呼ばれた修道女《シスター》フェロカクタスは、チラリとテーブルを一瞥《いちべつ》しただけで無視をする。

男は銅のコップを手に、イスを倒して立ち上がった。

「おいこのやろう、今無視しやがったな、フェロ！　俺は食事中に意味もなく席を立つやつが、この世で一番嫌いなんだ！　立つんじゃねえよ、席をよおっ！」

「あなたも立っているじゃないの、ラッジーニ」

テーブルを挟んで、男の対面に座る女が言った。

彼女はツバの大きな婦人用の帽子をかぶり、カクテルドレスに身を包んでいる。帽子もドレスも闇のように黒いのに、肘《ひじ》まである手袋だけが、輝くように白かった。唇には真っ赤な口紅が引かれている。若い女のようにも見えるが、目元に包帯が幾重にも巻かれており、顔全体を見ることはできない。どうやって視界を確保しているのかも謎である。

「だがよう、アネモネ」

ラッジーニはテーブルに両手をついて訴えた。

「こんなのは許せねえよ。あいつは、食事中に席を立つどころか、先輩である俺の言葉を無視すんだぜ？　なあ。こんな悲しいことあるか？　あいつは、俺を尊敬していないんだ！」

「仕方ないじゃないの。あの子は、先生の言《い》うことしか聞かないんだから」

「嫌だ、俺は尊敬されてぇんだよッ！」

フェロカクタスは、ステンドグラスのそばに佇《たたず》んだまま。

「ああ……悲しい気持ちが心に溜まっていくわ」

センチメンタルに、人差し指でガラスをなぞっている。

「ああ……生まれる。生まれそうなの」

「おいコラ、フェロカクタス。聞いてんのかこのやろう！　俺は尊敬されたいんだ！」

「黙って!!」

フェロカクタスの声が、礼拝堂に反響した。

「今、いい歌が生まれそうなの！」

「黙ってッ!?　ふざけんなてめェ、歌わせねーよ？　ぜってェ歌わせねえ。さっさと席に着けボケェッ！」

瞬間、充ち満ちた衝動に弾かれるようにして、フェロカクタスは歌声を響かせた。

「さっさぁーと、せきにつけボケェぇえええッ♪」

「せめて悲しぃ気持ちを歌えよ、このやろうッ！」

歌い続けるフェロカクタスと、罵倒《ばとう》を続けるラッジーニ。

アネモネは、席に着くもう一人の人物に微笑《ほほえ》んだ。王弟《おうてい》オムラ・レーヴェである。

「ね？　言ったじゃないですか。この人たちとランチをしたって、ろくな事にならないのよ。心がくさくさしていくでしょう?」

「いやいや……」オムラは笑顔を取り繕うが、その表情はぎこちない。

「愉快なランチで、実に楽しいものです……」

「んまあ！　レーヴェ公」

アネモネが包帯で見えていないはずの視線を、オムラの肩に注ぐ。

「それ、カメレオンね？　可愛《かわい》らしい装飾品ですことっ」

言って赤い唇を舐《な》めるアネモネ。オムラの肩に留まるカメレオンは危険を察知したのか、オムラの服の色である金色と同化して、隠れようとする。

「あらあら……？」

アネモネが気を悪くしてしまう前にと、オムラは慌《あわ》てて話題を変えた。

「しかしまあ！　皆さまには大変感謝しております。魔女裁判はやはり、尋問官の方々なしには執《と》り行えませんからな？　しかしランチの場所……本当にここでよかったのですか？」

元々は〈賓客《ひんきやく》の間〉で行うはずだった食事会だったが、直前になって礼拝堂で食べたいと言いだしたのは、このアネモネである。オムラには、その意図がわからない。

「だってここ、素敵じゃありません？」

アネモネは、ナイフとフォークでチキンの脚を切り分けながら応えた。

「王を護《まも》れず無念に散っていった騎士《ナイト》たちの怨嗟《えんさ》が聞こえてきそうで、なんだかこう……ゾクゾクといたしますわ」

指先をしなやかに頰《ほお》に当て、恍惚《こうこつ》の表情を浮かべるアネモネ。フォークに突き刺さったチキンの脚を、口に運ぶかと思いきや、フォークを振って床に捨てる。

行動の意図がわからない。オムラはそっとテーブルの下を覗《のぞ》いた。足元に落としていたはずのチキンは、どこにもなかった。意味がわからず、「はは……」と苦笑いを浮かべる。

「何にせよ、今日の魔女裁判では、改めてよろしくお願いします。普段とは違って、いろいろと大変だとは思いますが――」

「大変なことはねえよ、別に。判決はもう決まってるんだから」

ラッジーニがイスを立て、どかっと腰を下ろした。チキンを鷲《わし》づかみにし、皿の縁に盛られた香辛料の山に押しつける。過剰に香辛料のまぶされたチキンを、大口開けて頬張《ほおば》った。

「ええ。王妃テレサリサは有罪。あとは、トントンと証言者の話を流してお終《しま》い、ですわ」

アネモネは、ブドウ酒をコップに注いだ。左手に持つコップと、右手に持つポットの距離が遠い。まるで滝のように流れたブドウ酒は、コップの縁ギリギリのところで止まった。

「……先生」

ぽつりとつぶやいたのは、フェロカクタスだ。いつの間にかテーブルのそばに戻ってきていて、オムラはぎょっとする。フェロカクタスはそっと席に着く。

ラッジーニが人差し指を立てる。

「ああそうだ、一個だけ言わせてくれ。何でお前ら尋問官の服着てねえの?」

ラッジーニは、チキンの油でべたついた指で、アネモネとフェロカクタスを差した。二人はいつもの服装なのに、ラッジーニだけが部屋に用意された尋問官の法服に着替えていた。

アネモネはブドウ酒のなみなみ注がれたコップを優雅な手つきで持ち上げる。キスするように赤い唇をコップの縁に寄せて、一口だけすすった。

「逆に問うわ。どうしてあなたは着ているわけ？　着なくてもいいでしょう、別に」

言ってコップに残ったブドウ酒を、どぼどぼと床に捨てる。

オムラは、今一度アネモネの足元を覗き込んだ。しかし、ブドウ酒で濡れているはずの床石は、まったく濡れていない。液体をこぼした痕跡さえ残っていなかった。ブドウ酒はどこへ消えたのか。なぜこの女はせっかくの料理を捨てるのか。やはり意味がわからない。

「……？　？」

「だって着るだろうが、普通よう。こんなの用意されてたらよう！　見ろよこれ」

ラッジーニは再び立ち上がり、両腕を広げて衣装を見せる。イスが音を響かせて倒れた。

フェルト生地を金糸で丁寧に縫い合わせた上着は、見た目どおり高級なものだが、いかんせん裾《すそ》がものすごく長い。前襟から膝《ひざ》下にまで及ぶ上着のボタンを、ラッジーニは律儀にすべて留めていた。

「これボタン二十八個もあったんだぞッ！　すっげェ大変だったんだからな、着るの。二十八個だぞ!?　正気じゃねえよ。十四個留めた辺りでまだ半分かと気が遠くなったぜ」

「ねえ、レーヴェ公。あれ、別に着なくてもいいんですよね？」

「ええ……まあ。一応部屋に用意させただけですから……」

いったい何と答えれば双方の怒りを買わずに済むのか。

オムラは額ににじみ出る脂汗を、ハンカチで拭った。

「はァ!? 着なくてもいいのかよ。着ちまったじゃねえか、俺。お前らも着ろッ！」

「うるさいわね。じゃあ脱げばいいじゃないの」

「やだよ、お前だってこれ、ボタン二十八個もあんだぞ!?」

言い争う二人の間で、フェロカクタスは鶏の丸焼きを見つめている。

なぜか少し泣いていた。

「はぁ……。先生に会いたい」

「ああそうだっ」と、オムラはまたも無理やり話題を変える。

「先生はまだ……いらっしゃらないのでしょうかね?」

尋問官はもう一人いる。まだ姿を見せてはいないが、先生と呼ばれる彼はまだ、話の通じる人物であったが——。

「来ませんよ」

アネモネがすげなく言った。

「先生はお食事会だとか晩餐会《ばんさんかい》だとか、そういった社交場にはいらっしゃらないの。なんせ、研究者気質のインドア派なものですから」

「ああ……。そうですか」

「あと、尋問官も辞退されるそうです。先生はつまらないこと、なさらないので」

「ええ!?　それじゃあ何のために呼んだのか……」

「大丈夫ですよ。私たちがいるではありませんか。裁判なんて簡単、簡単」

「はあ……」

オムラは不安でいっぱいの返事をする。テーブルの向かいでは、フェロカクタスが鶏の丸焼きに、ナイフやフォークを突き立てて遊んでいた。


ランチが終わり、尋問官たちが礼拝堂を出ていくと、速やかにテーブルの片付けが行われた。メイドたちが忙しくワゴンに食器を載せていく。

あるメイドがコップの取っ手を持ち上げた。すると取っ手がポロリと外れて、コップに残っていたブドウ酒がテーブルの上にぶちまけられる。

「あっ、すみませんっ」

「ほら、仕事増やさないの」

先輩メイドがぼやきながら平皿を掴《つか》んだ。するとその皿の半分がどろりと崩れて、テーブルの上に落ちる。平皿は、まるで熱せられたチーズのように溶けていた。

「えっ……!」

食器がこのような壊れ方をするのを見たのは初めてだ。メイドたちは驚いた。

溶けていたのは、皿やコップの取っ手だけではなかった。銀のスプーンや骨を入れる壺《つぼ》の縁、その中にあるチキンの骨までが溶けている。倒れたイスの背もたれ部分などは、金の装飾がドロドロにただれ、使い物にならなくなっていた。

8

夕刻。王妃テレサリサの魔女裁判は〈王座の間〉にて行われた。

広間の左右に、向かい合うよう設置された傍聴席は階段状になっていて、そこに多くの人々が座っている。区長や町長など街の役人たちに、港町を拠点にするギルドの長《おさ》や、市場を取り仕切る貿易商のドンの姿もあった。

傍聴席の片側がレーヴェの街の関係者席で、もう片側が外国人席だ。レーヴェの周辺国の公族たちに混じって、キャンパスフェローの要人たちもそこに座っている。バド、シメイ、エーデルワイスが横並びに着席し、それよりも一段高い位置に、ロロとハートランドがデリリウムを挟んで座っていた。

正面扉から王壇の前に置かれた被告人席まで、傍聴席に挟まれた通路には長い絨毯《じゅうたん》が敷かれており、その両脇には、松明《たいまつ》が等間隔に立てられていた。メラメラと燃え上がる炎が、広間に熱気をこもらせている。

人々は裁判が始まるのを、今か今かと待っていた。

「ねえ、ロロ。修道女《シスター》がいるわ」

デリリウムが、ロロに声をひそめる。

「もしかして魔術師《ウィザード》かしら？　でもレーヴェに魔術師はいないはずよね？」

デリリウムが目で示した先は、広間の正面――王座へ続く階段の脇だった。ロングテーブルが置かれていて、三人の尋問官が着席している。真ん中に座る少女は確かに、ウィンプルをかぶった修道女の格好をしていた。

ロロは目を細める。

「この裁判は、ルーシー教の魔女裁判を模しているらしいですからね。彼ら尋問官も、魔術師の真似事をしているのではないでしょうか……？　ほら、あのカツラをかぶった男性なんかは、まさに尋問官って感じです」

少女の隣に座る若い男は、耳の上で毛先のカールした、いかにも尋問官らしい白髪のカツラを被《かぶ》っていた。ただその反対側に座る女性は、全身が黒のドレス姿で、公族の貴婦人を思わせる格好をしている。ツバの広い帽子でわかりづらいが、目に包帯を巻いているようだ。

「……何だか、ちぐはぐな人たちね」

裁判長の位置である王座には、オムラ・レーヴェが座っていた。

王壇の下には、金色のプレートアーマーを装備したフィガロの姿がある。肩を手斧《ておの》で負傷し、右腕を三角巾で吊っていた。左手で抜剣しやすくするため、剣は腰の右側に提げている。ロロは、オムラの私兵である〈髑髏《どくろ》とサソリ団〉を警戒したが、広間のどこにもその姿は見えない。今日、この〈王座の間〉の壁際に立ち、警護しているのは金色の鎧《よろい》を着た近衛兵《このえへい》たちだった。

城外より鐘が鳴り響く。

広間の正面扉が、厳かに開いた。傍聴席の人々は雑談をやめ、息を呑《の》む。

扉の向こうに姿を現したのは、被告人テレサリサだった。鳶色《とびいろ》のローブを着て、フードを深くかぶっている。そして移送時と同じように、その顔には目と耳と口を塞《ふさ》ぐ〝聖女の仮面〟を被《かぶ》せられていた。手首は石枷《いしかせ》で固定され、繋《つな》がれた鎖を先導者が引いている。

その先導者は騎士《ナイト》ではなかった。クチバシの付いた仮面で顔全体を覆った、奇妙な人物だ。これも魔術師《ウイザード》を模した演出なのか。ツバのある帽子を被り、ローブを羽織っている。

クチバシの先導者に手首を引かれ、テレサリサは傍聴席に挟まれた絨毯《じゅうたん》の上を歩いていく。シャラ――と鎖の擦《す》れる音がする。

「魔女め！」

傍聴席から、声が上がった。

「獅子《しし》王殺しめ」「レーヴェから出ていけッ！」

「火あぶりだ」「さっさと殺せ！」「厄災《やくさい》め！　死ね！」

人々は口々にテレサリサへと罵声《ばせい》を浴びせる。

獅子王の死に嘆き悲しむ者の言葉か、誰かの憎しみが伝播したのか、あるいはただの酔狂か。何にせよ〝聖女の仮面〟によって耳を塞がれているテレサリサには聞こえていない。それでも罵声は、テレサリサが被告人台にたどり着くまで続いた。

先導者が、テレサリサの石枷に繋がる鎖を、被告人台の縁に繋げる。

「静粛にッ！」

裁判長を務めるオムラが立ち上がり、叫んだ。

「これより開廷されるのは、〝獅子王殺し〟を裁く神聖な裁判です。どうか皆さま、口をお慎みくだされ。粛々といきましょう！」

広間に静寂が戻ってから、オムラは被告人台のそばに立つ先導者に、合図を送った。

先導者によって、テレサリサのローブが脱がされる。傍聴席にどよめきが上がった。これもまた演出なのか、テレサリサはドレスを着せられていた。〝血の婚礼〟当日に着ていた、熟れたリンゴの色をしたドレスだ。

〝聖女の仮面〟が外される。顔を晒《さら》したテレサリサは、辺りを睥睨《へいげい》した。

振り返った彼女の赤い瞳に当てられて、傍聴席の者たちが少し、ざわつく。

「静粛にッ！　静粛にッ！」

王座に座ったまま、オムラは再び声を上げた。

テレサリサの怒りに満ちた瞳は、王壇のオムラに向けられた。

「王妃テレサリサ。あんたには、魔女であるという嫌疑が掛かっているようだ」

被告人台の前に歩み出た尋問官が問いかける。

白髪のカツラをかぶったラッジーニである。

「どうですか？　魔女であることを、認めますか？」

「…………」

テレサリサは、垂れた前髪の隙間《すきま》から、オムラを見上げる。

王座にふんぞり返るオムラは、わずかにうなずく——わかっているな、というニュアンスを持たせて。獅子《しし》王プリウスがまだ生きていて、自分のせいで拘束されていると知らされているテレサリサには、魔女であることを認めるしか道はない。

認めるのであればプリウスは解放すると、オムラはそう約束したのだから。

「どうしました、被告人。認めますか？　認めませんか？」

「……認めます」

傍聴席がどよめく。

ラッジーニは羊皮紙を手に続けた。

「今から九年ほど前のことです。イナテラ共和国の港町サウロにて。コルク生産で財を成していたダーコイル家の一家が、屋敷で雇っていたメイドの手によって惨殺《ざんさつ》されました。生き残った目撃者の証言によれば、当時十歳くらいだったというそのメイドは、手鏡から銀の大鎌を作り出したそうな——」

まさしく魔女、とラッジーニは苦々しくつぶやく。

「その少女は赤紫色《マゼンタ》の舌を持っていたことから、〝赤紫色の舌の魔女《マゼンタ》〟と呼ばれるようになった。これはあなたのことですか？」

「…………」

「違うんですか？」

「……認めます。私のことです」

「ではここで、その魔女災害の生き残りを呼びましょう」

ラッジーニが手を挙げる。それを合図に、尋問官席にいる黒いドレスの貴婦人アネモネが立ち上がる。アネモネは待機していた老婆の背に手を添えて、証言台へと連れていく。

額から口の端にかけて、顔に痛々しい裂傷のある老婆である。

証言台は、被告人台の左斜め前にあった。被告人台よりも、王壇に近い。

ラッジーニが手元の羊皮紙に視線を落とし、証言台の老婆に問いかける。

「あなたの生家ダーコイル家は、コルク産業に成功し、多くの資産を持っていた。しかし九年ほど前、不幸にも魔女災害に遭い、魔女にご主人と屋敷で働く人々を殺された。間違いありませんか？」

「間違いありません」

老婆は、声を震わせた。

「それをきっかけにダーコイル家は没落し、あなたは今、古布の売買で細々と生計を立てているそうですね。では、いつ〝赤紫色の舌の魔女《マゼンタ》〟と再会したのですか？」

「今年の春が終わるころでした。フィガロ・キンバリー様に呼ばれて、レーヴェを訪れたのです。魔女と疑わしき人物がいるから、確認してくれないかと。名前こそ変わっておりましたが、あの忌《い》まわしき赤い瞳を、私が忘れるはずがございません」

老婆はテレサリサを指差し、裁判長であるオムラへと訴える。

「あの女は厄災《やくさい》です。今度は、この城に災いをもたらしにやって来たのですっ」

「被告人」とラッジーニはテレサリサに向かい、大仰《おおぎょう》に手を広げた。

「彼女はああ言っていますが。反論はありますか？」

「…………」

テレサリサは、被告人台の縁に腕を乗せ、顔を伏せていた。

その肩は小さく震えている。

「ないんですか？　それじゃあ、あなたは幼いころダーコイル家を襲ったように、今度はレーヴェンシュテイン城の財産を狙って、メイドに扮《ふん》し潜入していた。それを認めるのですね？」

「……認めます」

テレサリサは頭《こうべ》を垂れたままだ。

「結構。そして財産を奪うだけじゃ飽き足らず、国をも奪おうとした。この大国レーヴェを。だから獅子《しし》王を誘惑し、自分に求婚するよう魔法をかけた。認めますか？」

「……認めます」

「そして結婚式当日。〝血の婚礼〟の日――」

ラッジーニは、被告人台でうなだれるテレサリサを見つめる。

「ダーコイル夫人の告発を受けたオムラ・レーヴェ公によって、魔女であることを露呈された。捕縛に抵抗したあなたは、魔法によって手鏡から銀の大鎌を繰り出し、まず真っ先に太皇太后を殺害した――」

テレサリサは顔を上げる。

「……え？」

「――そしてあなたは次に、獅子王プリウス・レーヴェの首をはねた」

テレサリサの目が、驚愕《きょうがく》に開かれる。その赤い瞳にラッジーニが映っている。

「認めますか？」

「……何を言っているの？」

テレサリサは唇を震わせる。彼は今、何と言ったか。聞き間違いではなかったか。

「首を……はねた？　嘘よ」

「いいえ、嘘ではありません。あなたが殺した。認めないんですか？」

テレサリサは、王壇のオムラを見上げた。

「殺したの？」

オムラは眉《まゆ》を動かすだけで答えない。

テレサリサは静まり返った広間を見渡す。獅子《しし》王を慕う重臣たちがいない。騎士《ナイト》たちがいない。太皇太后も。スノーホワイトも。式に参加していた、獅子王プリウス・レーヴェの味方の姿がどこにもない。ここにいるのは、オムラ・レーヴェの息の掛かった者たち。

「……まさか。まさか」

テレサリサは、信じられないというふうに頭を振る。

「被告人！　認めないのですか？　あなたが殺したことを――」

「……認めない。どうして私が王を殺す!?　私がっ……殺したいのはっ！」

テレサリサは、被告人台から身を乗り出した。鎖が擦《す》れて音が鳴る。

「お前だ、オムラっ!!　降りて来い、卑怯《ひきょう》者っ!!」

近衛兵《このえへい》が二人、フィガロの合図を受けてテレサリサを押さえつける。

「おお、なんと醜《みにく》い……。これが魔女か？」

王壇からオムラは悲痛に顔を歪《ゆが》ませ、テレサリサを見下ろす。

ラッジーニは裁判を進行させる。

「では次の証言者を」

老婆と入れ替わり、証言台に立ったのは、緑の頭巾を被《かぶ》った男だった。身体《からだ》が細くて小柄な、いかにも弱気な中年男性だ。右手で革袋の口を握って持ち、左手で袋の底を支えている。その手は微かに震えていた。

ラッジーニが、羊皮紙に目を落とす。

「名はケランゾ。昔からレーヴェンシュテイン城に、ジビエを仕入れている猟師のようですね。間違いありませんか?」

「……はい。間違いありません」

近衛兵二人に身体を押さえつけられたまま、テレサリサは眉根《まゆね》を寄せた。城に肉を仕入れている猟師はディートヘルムのはずだ。あのような男、見たことも聞いたこともない。

「ではケランゾ。あなたは〈鉄の牢獄〉に投獄された魔女から、ある依頼を受けたとか?」

「はい……。依頼というか、命令のようなもので――」

「待てっ」

テレサリサは被告人台から叫ぶ。

「私は知らない。会ったこともない。そんな男――」

「被告人は静粛に。証人は続けて。命令なようなもので、何……?」

ラッジーニはテレサリサを制して、ケランゾに先を促す。

「はい……。命令を断れば家族を呪い殺すと言われ、とても断ることができなくて……」

「被告人はあなたに、何を命令したのです」

「森に逃げたスノーホワイト・レーヴェを殺すようにと。そして殺した証拠に、その心臓を持ってくるようにと……」

「それであなたは?」

「殺しました」

傍聴席に動揺が走り、にわかにざわつき始める。動揺したのはテレサリサも同様である。スノーホワイトを殺したと、男は確かにそう言った。

「手に持っているその袋は何ですか?」

「証拠として、持ってきたものです」

「見せていただいても?」

ラッジーニが手を差し出す。

ケランゾはこくこくと何度か頷いた。証言台を下りて、ラッジーニの元へ歩く。被告人台のすぐ目の前で、ケランゾはラッジーニに革袋を渡そうとした。

——と、ラッジーニが手を滑らせて、革袋を足元に落とした。

べちゃり、と床石に血しぶきが跳ねる。革袋の中からはじけ飛んだのは、内臓だった。血に濡れた腸や肝臓が床に散乱し、床を真っ赤に染め上げる。

動揺した傍聴席の何人かは立ち上がった。広間に甲高《かんだか》い悲鳴が響き渡る。

つい先ほどまでスノーホワイト本人と会っていたバドとロロは、あれが彼女のものではないと知っている。おそらく何か獣の内臓を詰めたものなのだろう。しかし彼女が生きていることを知らない傍聴席の者たちにとっては、鮮血と共にこぼれた内蔵は、スノーホワイトのものとして映る。

「うそでしょ……？」

血を見たデリリウムは青ざめている。

そして事情を知らないのは、テレサリサも同じだ。目の前にぶちまけられた内蔵に顔を歪《ゆが》ませ、膝《ひざ》から崩れ落ちてしまった。傍聴席から罵詈雑言《ばりぞうごん》が投げかけられる。

「人殺しッ！　火あぶりにしろ」「魔女を殺せ！　これ以上犠牲者を増やすな」

「有罪だ！　有罪だ！　有罪だ！　有罪だ！」

「静粛に願います。静粛に！」

ラッジーニが傍聴席を静かにさせると、オムラは厳かに立ち上がった。

「卑《いや》しい魔女め……！」

唾棄《だき》するように言う。

「民に愛された王プリウスだけでなく、その後継者であるスノーホワイト姫まで手に掛けていたか。そなたが魔女であることは明らかだ。お前は豪族屋敷だけでは飽き足らず、王国レーヴェをも我が物にしようとした。その悪しき野心、私はとても見過ごすことはできん」

オムラは大きく両腕を広げ、広間に声を響かせた。

「国民の皆に問おう。この女に慈悲を与え、赦《ゆる》すべきか？」

傍聴席は、またもざわつき始めた。罰を与えろ、火あぶりにしろといった声が上がる。

「では断罪すべきだろうか？　この私が、亡き兄に代わって――」

オムラは一呼吸置いて、広間に声を響き渡らせた。

「新たなる〝獅子《しし》王〟となるべきかっ⁉」

広間に拍手が沸き起こる。オムラはうなずき、満足げに微笑《ほほえ》む。

手を頭上に掲げて、拍手が鳴り止むのを待ってから告げた。

「王妃テレサリサ――獅子王プリウスを殺し、姫君スノーホワイトを殺し、レーヴェを奪おうとした〝鏡の魔女〟よ。生きているだけで人々に不幸を振りまく厄災《やくさい》よ。これ以上レーヴェを苦しめることは、この私が許さん。灰となり、浄化せよ――」

そして、いっそう声を張り上げる。

「第十九代獅子王の名において、そなたに火刑を言い渡す！」

再び傍聴席から、拍手喝采が巻き起こった。

傍聴者のほとんどが立ち上がり、新しい獅子王の誕生と、王の下した判決を歓迎している。キャンパスフェローの一行のみが、手を叩かずそれを傍観していた。

組んだ足に頬杖《ほおづえ》をついたバドがつぶやく。

「こんな大規模な茶番、見たことないぜ……」

ロロは、傍聴席から被告人台のテレサリサを見下ろしていた。生気を失ったその顔に、クチバシの仮面の先導者によって、再び〝聖女の仮面〟が被《かぶ》せられていた。

9

魔女裁判が終わってすぐに、テレサリサはレーヴェンシュテイン城敷地内の〈幽閉塔〉に戻された。雨の中では火が熾《おこ》せないため、火刑は明日の朝、雨が上がったあとに行われる予定である。

それまでの間、テレサリサは〈幽閉塔〉最上階の牢に留置される。

黒犬が再び現れる可能性を考え、警備は厳重だった。塔の入り口は腕利きの騎士《ナイト》たちが守り、塔にはテレサリサ一人しか投獄されていないにもかかわらず、各フロアを騎士たちが、定期的にパトロールしている。

最上階にある牢の前には、松明《たいまつ》が灯っていた。近衛兵《このえへい》の副隊長が一晩中見張りを行う予定である。彼は〈鉄の牢獄〉でも、ずっとテレサリサの面倒を見ていた男だ。

裁判でテレサリサに魔女であると自白させるためには、彼女の耳に〝獅子《しし》王がすでに死んでいる〟という情報を入れるわけにはいかなかった。

だからこそ彼が、テレサリサに誰も近づかせないよう見張っていたのだった。近衛《このえ》副隊長の額は広いが、もみあげとひげはたっぷりあって繋《つな》がっていた。名をロベルトという。

「後は頼んだぞ、ロベルト」

松明《たいまつ》を手にしたフィガロが、牢の前に立つロベルトに言った。本来なら肩を叩いて激励してやりたいところだが、松明を持っていないほうの右腕は、三角巾で吊っている。

「……黒犬のやつ、現れますでしょうか」

「どうだろうな」

ロベルトは、昨夜の魔女移送にも参加していた。つまり黒犬の恐ろしさは目の当たりにしていて、充分に承知している。騎馬隊の中で、落馬を免れた二騎のうちの一人だった。ただしそれは戦っていないだけ。黒犬の戦闘を間近で見た身としては、あの男が再びテレサリサを狙って現れるかと思うと、強がってはいても身の毛がよだつ。

「今夜はさすがに、お前一人では心許《こころもと》ないかもな。念のため、ここにも騎士《ナイト》を増員させておこう」

緊張で顔を強《こわ》ばらせるロベルトにそう言って、フィガロは踵《きびす》を返した。

らせん階段を下る前に、鉄格子の向こうを一瞥《いちべつ》する。

牢の中のテレサリサは、赤いドレスの上から鳶色《とびいろ》のローブを着せられている。手首に繋がる鎖こそ外されているものの、両手首を固定する石枷《いしかせ》と、顔に被《かぶ》せられた〝聖女の仮面〟はそのままだった。最後の一夜を、テレサリサはその状態のまま過ごすことになる。彼女が次に仮面を外されるのは、明日、火あぶりにされる直前である。

フィガロの任務は、それまでこの罪人が逃げないよう、見張っておくこと。魔女を欲しがっているキャンパスフェローの黒犬が、昨夜のように奪いに来てもおかしくない。

明日の朝まで人員を置き、監視を怠らない。黒犬を一歩も塔に入れるつもりはない。だがフィガロは知らなかった。どれだけ人を置いたところで、暗がりさえあれば、黒犬はどこにでも身を潜められることを。フィガロが一歩、らせん階段に足を落とした次の瞬間――。

牢の脇の松明の灯りが届かない隅から、黒い影が飛び出した。

黒の兜《かぶと》に黒の手甲《てっこう》を着けたロロは、音もなくロベルトの背後から、その首に腕を回す。

ロベルトは意識が遠のく寸前に、微かなうなり声を上げた。

塔に反響する雨音に掻《か》き消されてしまいそうな、わずかな声だ。しかしフィガロは反射的に、左手に持っていた松明を手放した。右手は三角巾で吊ってあるため使えない。左手だけで腰の剣を抜き、背後へと身をひねる。

振り返りざま横薙《よこな》ぎに振った剣が、階段上から迫るロロの手甲に当たった。衝突する金属音が、らせん階段に響き渡る。

「……やはり来たか。黒犬」

「……片手で両手剣を振るのは、難儀そうですね」

「舐《な》めるなッ」

フィガロは力任せに剣を振り上げた。ロロの手甲《てっこう》を弾き、間髪《かんはつ》容《い》れず剣を振り下ろす。

ロロは頭上より振り下ろされた剣身を容易《たやす》く避けて、階段の上からフィガロのプレートアーマーを蹴《け》り押した。フィガロはよろけながら、階段を数歩下る。

「くっ……」

「ちなみに、スコロペンドラは片手剣ですよ。貸してあげましょうか？」

「……黙れ。舐めるなと言っているッ」

フィガロは、今一度大きく剣を振り上げた。足を踏み込み、階段上のロロに大振りの一撃。

ロロはこれも簡単に避けたが、フィガロは思わぬ行動に出た。三角巾から右腕を引き抜き、伸ばしてきたのだ。腕の先には、ダガーナイフが握られている。握力は戻っていないのだろう、包帯でぐるぐる巻きに固定されていた。

「……っと」

使えないと思っていた右腕からの攻撃。ロロはすんでの所で身をひねって避ける。――が、そのとき、腰に提げていた麻袋が切り裂かれた。

袋からこぼれ落ちた桐箱が、カツンと音を響かせてフィガロの足元に転がる。ロロがディートヘルムから、王妃テレサリサに渡すよう託された桐箱だ。

フィガロはそれを見下ろし、眉根《まゆね》を寄せた。

「……あん？　何でお前がこれを持っている」

「中身をご存じなのですか？」

フィガロは、左手に握る両手剣を逆手に持ち替え、その剣先を箱の上に振り下ろした。破砕音を上げ、桐箱のフタが割れる。中から出てきたのは、手鏡だ。

「やはりな……。これはプリウス様が持っていたはずのものだ」

その白い手鏡には、蛇の装飾が巻きついていた。

牢内に座るテレサリサは、暗がりの中にいた。〝聖女の仮面〟がすべてを遮断しているため、何も見えず、何も聞こえない。ただ、自分の心臓の鼓動だけを感じている。

辛うじて生きている。涙を流す目も、声を出す口も塞《ふさ》がれて。手の自由を奪われ、大切な人を奪われて。それでもなぜ――どうして生きていられる？

不意に何者かが仮面に触れて、テレサリサは身体《からだ》を硬直させた。仮面のベルトが切られ、視界が開ける。松明《たいまつ》の灯火に顔をしかめた。

「こんばんは」

松明《たいまつ》を持ち、目の前で膝《ひざ》を曲げている人物はロロだった。兜《かぶと》の面を上げ、顔を晒《さら》している。

牢の扉は開いていた。牢の前には、近衛兵《このえへい》の副隊長ロベルトと、フィガロが倒れている。

「勘違いしていました」

ロロは、ささやくように言う。

「〝赤紫色の舌の魔女《マゼンタ》〟の舌の色は、赤紫色《マゼンタ》じゃない。俺たちと同じ、普通の色。ただ魔法で赤紫色《マゼンタ》に変えていただけなんでしょう？」

「…………」

ロロは、腰に提げた麻袋から手鏡を取り出した。蛇の飾りが柄に巻きついた白い手鏡を見て、テレサリサは動揺する。手放したはずの手鏡を、どうして彼が持っているのか――。

ロロはその不思議な赤い瞳を見つめていた。

「あなた、本当は魔女ですね？」

手鏡の裏には、小さく〝A.Fygi〟という名前が刻まれている。

それはギリー婦人の語った、〝赤紫色の舌の魔女《マゼンタ》〟が持っていた手鏡だった。

魔女と猟犬

Witch and Hound

– Mirror, mirror –

iction

第三章 慟哭

1

テレサリサ・メイデンがレーヴェンシュテイン城で働き始めたのは、約一年前。王国レーヴェに流れ着いてすぐのことだった。

十八歳のテレサリサは、街のギルドで職を探した。給仕として働けるのなら、勤め先にこだわりはなかった。小さな屋敷でも構わなかったが、これまで様々な屋敷を転々とし、メイドとしての経験を積んできたテレサリサの給仕能力は、他のメイドと比べてもずば抜けていた。ギルドでその給仕能力を測る実力テストが行われ、上位ランクの成績を収めたテレサリサは、レーヴェンシュテイン城のメイド長の目に留まることとなる。

城で働くのは、初めての経験だった。思いのほか、その生活は楽しかった。〝貿易の国〟とも呼ばれるほど人の行き来が盛んだからか、給仕仲間は他国の人間であるテレサリサに対しても寛容だったし、多くの人々が働く環境は、今まで渡り歩いてきた屋敷以上に賑やかだった。

それまでテレサリサは、名前を変えて、住む場所を変えて各地を転々として生きてきた。魔法は物心ついたときから使えたから、それを見た人々から厄災《やくさい》と呼ばれ、忌《い》み嫌われることには慣れていた。

いつ現れるかもしれない魔術師《ウィザード》を警戒し、緊張の糸を張り巡らせた生活も日常になっていた。ただ、普通の人間としての生き方には興味があった。

　これまでメイドとして雇われた先々で、屋敷に暮らす人々の幸せそうな笑顔を見るたびに、不思議に思った。どうしてあんなふうに楽しそうに笑えるのだろう。何の心配もなく生きているから？　殺すか殺されるかの毎日とは無縁だから？　自分は、あんなふうに心から楽しくて笑ったことがあっただろうか。

　叶《かな》うなら、テレサリサは人間になりたかった。

　王国レーヴェは、かつて四獣《しし》戦争で王国アメリアとも戦った〈騎士《ナイト》の国〉だ。魔術師の出入りが禁じられているわけではないが、その数は極端に少ない。レーヴェの城で働くことで初めて、テレサリサはささやかな安息を得た。ここでなら、人間として生きたいという願いが、叶うかもしれないと思った。

　だからある日、テレサリサは幼いころから持っていた手鏡を、手放すことにした。彼女の魔法は、その手鏡を通して発現する。魔女としての自身を象徴するそれを、桐箱の中に入れた。

　朝霧のけぶる中、テレサリサはレーヴェンシュテイン城を抜け出して、街の外れの雑木林へと向かった。地面に掘った穴の中に桐箱を置き、土を被《かぶ》せる。魔法はもう、二度と使わないと誓って。この国で使う〝テレサリサ〟という名前を、最後にしたいと願って。

　城で働き始めて三ヶ月ほど経《た》ったころ、テレサリサは城内にお気に入りの場所を見つけていた。そこは、やぐらとやぐらとを結ぶ城壁の上だった。ひと気のない吹きさらしの連絡通路だ。わざわざこんな最上階まで上ってくる者は、なかなかいない。人の中で働くのも楽しいが、テレサリサは、肩の力を抜いてゆっくりできる一人の時間も大切にしていた。

胸の高さまで積まれた石垣に手を置いて、水平線に沈んでいく夕日を眺める。そこから見渡せる絶景が大好きだった。赤レンガで埋め尽くされたレーヴェの街並みが、夕焼け色に染まっていく。その向こうで海の水面《みなも》が日差しを反射し、キラキラと煌《きら》めいている。

水平線に沈む夕日を独り占めできるのだから、これ以上の贅沢《ぜいたく》はない。

日が沈む少し前から、眼下の街並みにポツポツと明かりが灯り始める。〈凱旋道《がいせんどう》〉の周辺は特に明るい。賑やかな夜が訪れる。

石垣に添って一つ、石のベンチが置かれていた。

テレサリサは日が沈むとそこに腰かけて、空に浮かぶ月を見上げた。

月は闇夜を音もなく溶かす。昔を思い出して、手をかざす。

テレサリサは、幼少期を〝放浪の民《ドリフター》〟のキャラバンで過ごした。四十人程度の一団を率いる親方が、彼女の育ての親だった。

テレサリサは生まれて間もないころ、キャラバンに拾われたのだ。

その話は、親方から聞いた。ある嵐の夜のこと。無理に山岳を越えようとした一台の馬車が滑落した。翌朝、金目の物を求めて崖の下を探した親方たちは、死体の転がる馬車の中に、泣きじゃくる赤ん坊を発見したのだという。白い手鏡を握りしめたその赤ん坊こそ、テレサリサだった。

テレサリサは〝放浪の民〟の一員として、彼らと各地を転々として過ごしてきた。定住する地を持たず、絶えず放浪し、商売や興行を行うのが彼らの生き方だ。街から街への移動距離は、途方もなく長い。変わらない岩山の稜線と、たまに見かけるサボテンと、無数の蹄《ひづめ》と車輪の音――。そればかりが思い出される、退屈な日々だ。

眠れない夜は揺れる荷馬車に寝っ転がって、よく夜空を見上げていた。空にはいつだって月が浮かんでいて、静かにテレサリサを見下ろしている。

――あなたは、よく飽きもせずついてくるのね。

自分なんかを見下ろして、いったい何が面白いのか。幼いテレサリサは、月に手を伸ばした。退屈な毎日だったけれど、今思えば短い人生の中で、数少ない安息のひとときだったのかもしれない。今はもうキャラバンを離れた。名前を変え、生活を変え、昔の自分を知る者はいなくなった。ただいつまでも飽きずについてくる、あの月を除いては――。

その日は、夏の始まりを感じさせる夜だった。少し汗ばむ肌を夜風が撫《な》でて、心地がよかった。ご機嫌なテレサリサはいつものベンチに腰かけて、月を見上げてハミングをしていた。

御者台で手綱を握る親方が、機嫌のいいときによく歌っていた歌だ。

「——実に美しいメロディだ」

突然声を掛けられて、テレサリサは口を噤《つぐ》んだ。

声のした先、やぐらの前に立つ人物を見て驚く。

そこに立っていた男は、獅子《しし》王プリウス・レーヴェだった。

金髪に長身の彼は二十代後半とまだ若く、獅子王としては珍しくひげがない。自ら剣を振る騎士団長らしく、その肉体が鍛《きた》え上げられていることは、牛革の上着にマントを羽織っていてさえ見て取れる。メイド仲間たちが、よく王の話題で黄色い声を上げているのも納得できる、男らしくハンサムな王様である。

テレサリサはベンチから立ち上がり、深く一礼した。

「……失礼しました」

言って素早く踵《きびす》を返し、その場を後にしようとする。

すかさずその背に声が掛かった。

「ちょっと待て。今のメロディ、どこかで聞いたことがあるな……。なんて曲だ？」

「…………」

王に待てと言われれば、足を止めるしかない。テレサリサは振り返った。

「曲名は存じません。〝放浪の民《ドリフター》〟の間で口伝えに広がった歌だと思われます」

テレサリサは早く解放されたくて、早口で答えた。

「ほう〝放浪の民〟の歌……？　お前は〝放浪の民〟の出身なのか？」

「………」

しまった、とテレサリサは内心で焦る。

土地を持たない〝放浪の民〟は、身分の低い位置づけにある。ときに泥棒や詐欺師といった悪人たちが、隠《かく》れ蓑《みの》にするなどとも言われており、特に富裕層の中には〝放浪の民〟出身というだけで、犯罪者を見るような目で見てくる者もいる。だからこそ、ギルドではうまく素性を隠していたのに。

どう誤魔化《ごまか》そうか一瞬迷ったテレサリサよりも先に、プリウスが口を開いた。

「確か主に大陸を放浪し、商品を売ったり、大道芸をしたりする者たちだな？　話には聞くが、その出身者に会うのは初めてだ。ぜひその話を聞かせてくれ」

近づいてきたプリウスは石のベンチに腰かけて、ここに座るよう隣を叩いた。

思わぬ展開に、テレサリサは閉口した。王と二人きりで、自分の過去を話せというのか？　冗談じゃない。

「……それは、命令ですか？」

「まさか。ただのお願いさ」

「では、お断りします」

「おお……え、嫌か？」

「失礼します」

テレサリサは王に背を向けて、お気に入りのベンチを後にする。

テレサリサはここで、一人静かに景色を眺めるのが好きなのだ。誰かと雑談をしたいわけではない。その相手が王となれば、なおさらである。言葉一つで自分をクビにできる相手とのおしゃべりなど、気を遣いすぎて疲れてしまう。

一日のうち、最も楽しみにしている時間を奪われて、テレサリサは腹が立っていた。いくら王とはいえ、ひどすぎる。明日は今日の分まで、長くベンチに腰かけていようと思った。

それなのに翌日、テレサリサが城壁に上ると、石のベンチにはすでに王が座っている。

「よう」とプリウスは手を挙げた。

「聞かせてくれよ、〝放浪の民《ドリフター》〟の話を」

「…………」

テレサリサは深く美しいお辞儀をして、踵《きびす》を返した。

その翌日も、翌々日も、プリウスはベンチに座っていた。その顔を見るたびにテレサリサは、お辞儀をして城壁を後にした。まさか毎日ここへ来るつもりだろうか。彼女はお気に入りの場所を、あろうことか国王に奪われてしまっていた。

さらにその翌日。テレサリサはいつもとは時間をずらして、日が落ちてから城壁に上ってみた。今日はテレサリサが来ないと思い諦めたのか、石のベンチにプリウスの姿はない。

テレサリサは一安心し、ベンチへと腰かけた。沈みゆく夕日は見られなかったが、空に浮かぶ月を見上げることはできる。

しかしプリウスは間もなく現れた。テレサリサは腰を上げる。

「待て待て、わかった。そんなに嫌がるな。隣に座れとは言わないから」

プリウスはテレサリサを引き留めて、そのまま通路の石畳に座ってしまった。

「俺はここでいい」

テレサリサは首を振る。ますますベンチに座っていられなくなった。

「……王を、そんなところへ座らせるわけにはいきません」

「気にするな。俺はここで、ただこれを食べるだけだ」

プリウスはそばにバスケットを置いて言った。取り出したのは、焼き菓子だ。

「カヌレ!!」

テレサリサは思わず声を上げた。

プリウスが取り出したのは、木皿の上に並んだカヌレ。外はカリカリに焼かれ、中はしっとりとした食感の高級なお菓子だ。その表面にはレーヴェで採れた蜜蠟《みつろう》がコーティングされてあって、かじると上品な甘さが口の中いっぱいに広がる。

テレサリサの身分では、滅多に手に入らない代物である。

「ふふん。よだれを垂らしたその顔を見ると、お前の好物がカヌレだという、メイド長の情報は正しかったようだな?」

「……よだれ、垂れてませんし」

テレサリサは口元を拭う。ただ、カヌレが好物であるということは当たっていた。台所場に差し入れられたカヌレを人より三個も多く食べてしまって、メイド長に叱られたのはつい先日のことだ。

「……私の好物を、メイド長に尋ねたのですか? そのような事をすれば、邪推されて変な噂が立ちますよ」

「邪推も何も、間違っちゃいないさ。俺はお前の気が引きたいんだから」

「…………」

変な王様だと、テレサリサは思った。王というのは、一般人とは少し感覚がずれているのだろうか。彼以外に王様を知らないテレサリサには、比べようもなかったが。

「カヌレ、お前も食べたいのか?」

プリウスは口を大きく開けて、高級カヌレを豪快にかじる。

「……卑怯《ひきょう》な人ですね。それで私を釣ろうというのですか」

「まさか? これは全部、俺のものだ」

「えっ」

テレサリサが素《す》っ頓狂《とんきょう》な声を出して、プリウスは「くっくっ」と笑った。イタズラに成功した少年のような笑顔だった。

「だが、お前が〝放浪の民《ドリフター》〟の話を聞かせてくれるんだったら、そのお礼として分けてやってもいいぞ?」

「……うぅ」

一人で景色を楽しみたいテレサリサも、カヌレの誘惑には勝てなかった。

結局はプリウスの要求どおり、幼少期の話を聞かせることになる。だが王が石畳に座っているのに、メイドがベンチに腰かけるわけにはいかない。

空いたベンチを横に見ながら、二人して石畳に座った。距離は離れたままだ。

プリウスは、ハンカチにカヌレを三個包んでテレサリサに渡した。

王様の食べるカヌレは、台所場に差し入れられたものより何倍も甘くて、美味《おい》しかった。

テレサリサとプリウスは、毎晩ひと気のない城壁の上で、待ち合わせるようになった。

テレサリサとしては、待ち合わせなどしているつもりはないのだが、夕日を見るため城壁に上るたび、今日はもう来ているのだろうか、と考えるようになっていた。

石畳の上に座る二人の距離は、日に日に縮まっていく。やがてベンチの端と端に座るようになり、ハンカチに包んで渡されなくても、木皿のカヌレに手が届くところまで近づいた。

雨の降る日は、城壁の上の連絡通路には出られないため、二人はやぐらの中で過ごした。季節は、秋の初めになっていた。プリウスは温かいレモンバームのハーブティーを持ってきて、テレサリサのカップにハチミツを足した。

「こんなに甘くて美味《おい》しいハーブ……初めてです」

「エルダー地方から取り寄せたものなんだ。俺のお気に入りだぞ?」

プリウスは自慢げに笑い、テレサリサに、メイドとしては過ぎたる贅沢《ぜいたく》を許した。

毎日少しずつ、テレサリサはカヌレと引き換えに、キャラバンで過ごした幼少期の話をした。荷台から見た岩山の稜線と、大地にぽつんと立つサボテンと、無数の蹄《ひづめ》と車輪の音。自分の見てきた光景を、プリウスに伝えた。

幌《ほろ》を荷台に被《かぶ》せた荷馬車の群れ。夜空に浮かぶ月は、飽きずにどこまでも付いてくる。

テレサリサは、放浪生活がいかに辛く、苦しいものかを伝えたつもりだった。しかしプリウスは、彼女の幼少期を羨《うらや》ましがった。自分もそんな生活がしてみたいと言った。

テレサリサは頭を振った。温室育ちの彼には、きっとうまく話が伝わっていないのだ。それが悔しかったし、悲しかった。自分の抱いていた感情を、もっとちゃんと伝えたかった。わかって欲しかった。羨ましくなんかない。テレサリサはそんな流浪の生活が嫌で、キャラバンを抜け出したのだから。

プリウスはテレサリサが不機嫌になってしまったので、戸惑っていた。

「だって何にも縛られず、自由に旅ができるって最高じゃないか? 毎日、今日とは違う明日が待っているんだろう? 俺ならその毎日を、全部楽しめる自信があるけどな」

「……その毎日が、生きるか死ぬかの瀬戸際でも？」

キャラバンでの暮らしは、決してプリウスの思い描いているような暮らしではない。生きるために、悪事を働くことも少なくはなかった。テレサリサは少し迷ったが、親方に言われるがまま、屋敷を襲った話をした。生きるために誰かを傷つけるくらいなら、城で安全に暮らすほうが断然いいに決まっている。それをわかって欲しかったのだ。

「……私の役目は、奴隷として屋敷に入り、その財産や警備の有無などを調べることでした」

普通の〝放浪の民《ドリフター》〟たちは、そのような犯罪行為はしない。

しかしテレサリサの拾われたキャラバンは、普通ではなかった。親方は子供たちを奴隷として豪商人や貴族の屋敷に売り出し、彼らに屋敷の下調べをさせた。そして最も警備の手薄な日時に屋敷の内側からカギを開けさせ、大人たちが侵入して盗みを働く。それが親方の率いるキャラバンの手口だった。

「……キャラバンで育った私にとっては、そんな生活が当たり前だったのです」

親方は魔女であるテレサリサを重宝し、他の子よりも優先して奴隷として送り出した。肌が白く、美しい瞳をしたテレサリサは、南国では特に人気が高く、どんな高値でもすぐに売れた。

危険な目に遭いそうになったら、魔法を使ってすぐに逃げろ――親方はそう言ったが、いくら魔法が使えるといっても、十歳前後の少女にとって、いつバレるかもわからない屋敷の生活はどれほど怖かったか。

年頃の娘に成長してからは、屋敷の主《あるじ》のベッドに呼ばれることもあった。貞操を守る術《すべ》として、テレサリサは魔法で舌の色を変えた。毒々しい赤紫色《マゼンタ》の舌をぺろりと出して「私は病気なのです」と弱々しく訴えると、すべての主は気持ちを萎《な》えさせ、テレサリサをベッドから追い出した。最悪、屋敷から追い出されることもあったが、そうなればまた、新たな獲物を探すまでだ。テレサリサが傷物になるよりはと、親方はそれを許してくれた。

基本的に、強奪は屋敷の者が寝静まってから行った。しかし下調べの詰めが甘かったり、運が悪かったりしたときなどは、否応なく戦闘に発展することもあった。テレサリサが魔法を使い、戦わなくてはならないときもあった。

屋敷でお世話になった人たちと戦闘になるのは嫌だった。だからテレサリサは、襲って来ないでと願いながら彼らと対峙《たいじ》していた。見逃して欲しい。近づかないで欲しい。近づかれたら、殺さなくてはいけなくなるから――。だから魔法で形成する武器として、一目で人々に恐怖を与えられるものを――大鎌を選んだ。

自身が魔女であることを伏せながら、テレサリサはプリウスに自分の体験を伝えた。言葉を選びながら、丁寧に。どれだけ辛かったかを、語って聞かせた。

「……すまなかった」

テレサリサが話し終わると、プリウスは頭を下げた。

「お前がどれほど危険な生活を送っていたか、考えが及ばなかった」

テレサリサは驚いた。王様も頭を下げることがあるのか。

「……いえ。こちらこそ、余計な話でした。申し訳ありません……」

話したのはカヌレのためじゃない。求められたからではなく、テレサリサ自身が話を聞いて欲しかったから。こちらが勝手に語り始めたのだ。それを申し訳なく思った。


プリウスもまた、テレサリサに話をした。彼自身の、幼少期の話だ。

彼の両親を乗せた貿易船が難破したのは、プリウスが十歳の誕生日を迎えた直後だった。わずか十歳にしてプリウスは、〝獅子王《しし》〟という大きな責任を背負うことになったのだ。

「両親が死んで、泣き崩れる家臣たちを見て、俺は必死に涙を堪《た》えてた。俺だけは絶対に泣いちゃいけないって思ったんだよ。獅子は人前じゃ泣かないからな」

ベンチに座るプリウスは、テレサリサに微笑《ほほえ》んだ。

「そんとき初めて俺は〝王様〟になったんだ」

彼の話を聞いて、今度はテレサリサが「ごめんなさい」と頭を下げた。

プリウスが〝放浪の民《ドリフター》〟のことをよく知らなかったように、テレサリサもまた、王のことをよく知らなかった。城でのんびり暮らしているだけだと思っていた王様は、この国に住む民たちの暮らしを良くしようと、そればかりを考えていた。

「テレサリサ。お前はこの国をどう思う?」

プリウスはベンチから立ち上がり、石垣の前に立った。

水平線に沈みゆく夕日が、赤レンガの街並みを橙色《だいだい》に染めていた。

プリウスは遠くまで広がる景色を背に、両腕を広げる。

「お前は〝放浪の民《ドリフター》〟として、いろんな国を見てきたんだろう？　お前の訪れた国々と比べ、レーヴェはどうだ？　お前の目には、この国はどう映っている？」

ベンチに座るテレサリサは、少しだけ考えてから答えた。

「……キラキラとしています。この国の民は、自国を愛しています。自分たちがレーヴェの民であることに、誇りを抱いています。そういう国は活気があって、強い——」

ただ——とテレサリサは言いよどむ。

言いにくいことも、言わなくてはならない。

この王は、おべっかを望まないだろうから。

「街が光り輝くほど、陰は濃くなりましょう。華やかな〈凱旋道《がいせん》〉の裏側で、スラム街〈灰街《アッシュタウン》〉では多くの者が職にあぶれ、貧困にあえいでいます。禁じられているはずの奴隷たちも、未だ陰で売買されている様子。この国はまだ、発展の途中。獅子《しし》王様の理想とする国へ、成長している途中なのだと、私は思います」

「……うん、さすがだ。お前はよく見ている」

プリウスは深くうなずいた。

「俺はこの国をもっと良くしたい。貿易に成功した富裕層だけでなく、貧困層やトランスマーレ人以外の住民たちにも、胸を張ってレーヴェの民だと誇ってもらいたい。この街の陰を隅々まで照らすような、そんな王様になりたいんだ。俺になれるだろうか？」

「なれましょう」

テレサリサは即答した。

「獅子王様は、民に寄り添うことができる。人々を元気にさせることができる。まるで太陽のように、街を輝かせることができる。獅子王様はすでに、そのような王様なのですから」

そうしてまた少し考えて、付け加えた。

「……私は、この場所から眺める景色が好きでした。夕日でレンガの赤みが強くなって、街全体がキラキラと輝くのを見るのが。そんな景色を独り占めできるなんて、幸せだなって思っていたんです。これ以上にない贅沢《ぜいたく》だなあって。でも――」

テレサリサは八重歯を覗《のぞ》かせて、屈託なく笑った。

「獅子王様と見る夕焼けは、何だかもっと綺麗《きれい》です」

秋の夕風が吹き抜けて、テレサリサの長い髪をふわりとそよがせた。なびく毛先が夕陽を受けて、金糸のように光り輝く。プリウスは、その美しさに言葉を失った。

「……テレサリサ」

「はい、何でしょう」

テレサリサは小首を傾《かし》げる。

「キスしても構わないか?」

「はあっ!?」

思わぬ申し出にテレサリサは肩を引き、口元を手の甲で隠した。

「最低ですっ。私を何だと思っているんですか? 遊びたいのであれば、どうか他のメイドを当たってください」

「そうか、すまん。なら結婚しよう」

「はっ……?」

テレサリサは眉根《まゆね》を寄せて、ますます怒りだした。

「何を言っているんですかっ。冗談はやめてください!」

「本気だよ。ずっと考えていたことだ。俺が街を輝かせるように、お前は俺を輝かせる。テレサリサ、お前が俺の生きる力になるからだ。これからも、俺をそばで支えてくれないか」

プリウスはテレサリサの前に立ち、手を差し出した。

「……………」

この人は本気なのか? テレサリサはその真意を探るように、プリウスの目を見返す。しかしその真っ直《ま》ぐ《す》な視線に当てられて、テレサリサはベンチに座ったまま、うつむいてしまった。差し出された手を取ろうとはしない。

「……いけません。獅子《しし》王様は、私のことを知らない」

「知っているよ」

プリウスは答える。

「お前はこの城のメイドで、〝放浪の民《ドリフター》〟の出身者だ」

「知っているのは、それだけです。他にも何か隠しているかもしれない」

「例えば？」

「例えば……。例えば」

テレサリサは、勢いづけてベンチから立ち上がった。

「私がっ――」

――魔女だったら、どうするんです。

一歩、踵を下げたプリウスを、睨《にら》み上げるテレサリサ。しかし言いたい言葉は、喉《のど》に詰まった。どうしても口には出せなかった。

「私が、何だ？」

「……いえ。何でもないです」

テレサリサは、顔を隠して再びうつむく。

「獅子王様は、一国の主《あるじ》なのですから、私のような得体《えたい》の知れない女とは、結婚するべきではないと言っているのです。もっとよく、お考えになったほうが――」

「得体《えたい》なんて、何だっていいよ。城のメイドでも、〝放浪の民《ドリフター》〟出身でも。例えば……そうだな、お前が〝魔女〟だったとしてもだ」

「え」

テレサリサは驚き顔を上げた。

偶然なのか、プリウスはテレサリサが言えなかった言葉を口にした。

その大きな手が、テレサリサの頰《ほお》に添えられる。プリウスは慈しむように、動揺に揺れるテレサリサの赤い瞳を見下ろす。震えるまつげが、夕陽に輝いていた。

「……だから忘れるな。俺が惚《ほ》れたのは、今ここにいるお前だ。お前が何者であろうとも、俺はお前を愛し続けるよ」

鮮やかな虹彩が涙で潤む。テレサリサは一つ、まばたきをする。

「……変な王様ですね」

頰を赤くして、プリウスの優しい眼差しから逃げるように、視線を逸《そ》らす。

「わ、私は、言っておきますが、キスは、初めてですから」

「わかったから、もう泣くな。お前には笑っていて欲しいんだから」

「別に、泣いてませんし……！」

「ああ、そうだな」

言ってプリウスは、そっと唇を重ねた。

藍色がかった空に、白い月が浮かんでいた。いつまでも飽きずに付いてくる月は、この日もテレサリサを見下ろしていた。

あの日、荷台から月に手を伸ばした少女は、成長とともに変わっていく。名前を変え、生活を変え、魔女であることをやめた。

プリウスの腕に抱きしめられて、テレサリサは安らぎを覚えていた。魔女として生きてきた自分でも、これからは幸せに笑うことができるかもしれないと、そう思っていた。

2

テレサリサの投獄された牢の壁には、腰の高さほどの位置に大きな窓があった。

窓にガラスははめ込まれていない。一見してそこから逃げられそうなものではあるが、そこは〈幽閉塔〉の最上階。かつて脱出を試みた罪人たちはみな転落して死んだ。誰一人として、脱出に成功した者はいなかった。

大きな窓から絶えず吹き込む雨風が、ロロの持つ松明《たいまつ》の炎を揺らす。

扉の開いた牢の中で、しゃがんだロロは、床に座るテレサリサと向かい合っていた。

テレサリサはうつむき、顔を上げようとしなかった。見るからに憔悴《しょうすい》している。

ロロは、ディートヘルムから預かった手鏡をテレサリサに差し出したが、彼女はそれを受け取ろうとはしなかった。

「………」

ロロは手鏡をいったん麻袋にしまい、カギの束を取り出す。倒したフィガロから奪ったものだ。その中から、テレサリサの両手首を拘束する石枷《いしかせ》と同じように白く、赤い筋の入ったカギを選んだ。

「おそらくこれが、その手枷《てかせ》のカギです。今、外して差し上げますね」

テレサリサの手首を拘束する枷は、魔力を封じる魔導具でもある。外せば再び魔法が使えるようになるだろう。しかしロロが両膝《りょうひざ》をついて近づいても、テレサリサは両手を差し出そうとはしない。

「……何しに来たの」

うつむいたまま、つぶやくように問う。

「あなたをここから連れ出すためです。火あぶりにはさせません。これは昨夜の荷馬車襲撃とは違い、キャンパスフェローの意向ではありませんよ。スノーホワイト姫のご依頼です」

スノーホワイト。その名を聞いて、テレサリサは顔を上げた。

「……生きてるの？」

「生きています。ディートヘルム氏の助けを得て〝血の婚礼〟を生き残り、身を潜めています。あなたをとても心配している」

「待って、それじゃあプリウス様は？」

テレサリサは、すがるように尋ねる。

ロロは小さく首を振った。

「……残念ながら。〝血の婚礼〟を生き残ったのは、スノーホワイト姫とディートヘルム氏だけです」

「…………」

「スノーホワイト姫は、あなたを救い出したいと切望しています。オムラ・レーヴェ公に利用され、魔女に仕立て上げられたあなたを憐れんで、我々に助けて欲しいと依頼してきました」

「……あの子はまだ、私が哀れな王妃だと思っているんだね。仕立てられたも何も、私は本当に魔女だったのよ。嘘をついて、王妃になろうとした。それは事実だわ」

テレサリサは立ち上がり、ロロから逃げるように距離を取る。

ロロはその姿を目で追いかける。手に握る松明《たいまつ》の灯りが、冷たい壁に大きくテレサリサの影を映している。

「……この事態は、私が引き起こしたようなもの」

実際にテレサリサを告発した、あの左目が白濁した老婆には見覚えがあった。彼女の家であるダーコイル家に、メイドとして潜入したことがある。正体が露見して、大鎌を振って立ち回った。老婆を傷つけたのは、確かにテレサリサの魔法だった。

〝血の婚礼〟は、テレサリサの仕業《しわざ》ではない。しかし一から十まで、全部がオムラによって仕組まれたというわけでもない。オムラは、テレサリサが魔女であるという情報を得て、それを王位強奪のために利用したのだ。

ならば起因は、自分にある。テレサリサは、レーヴェに来たことを酷《ひど》く後悔していた。プリウスと出会ったことを――幸せになろうとした自分を強く責めていた。

〝赤紫色の舌の魔女《マゼンタ》〟として大鎌を振るっていた過去が、巡り巡ってオムラに利用され、プリウスを殺した。隠そうとした自分の過去が、愛する人を殺してしまった。

赤い瞳に涙が滲《にじ》む。悔しさに強く唇を噛《か》む。

「……私は、レーヴェに来るべきじゃなかった」

テレサリサは、力なく窓枠に腰かけた。吹き込む風が、その長い髪を踊らせる。

ロロは松明《たいまつ》を手に立ち上がった。

テレサリサは衰弱しきっている。昨晩、荷馬車で会ったときよりも、明らかに。

「火あぶりになるおつもりですか……？」

「……獅子《しし》王様が死んだのは、私が魔女であるせいなのに、スノーホワイトに会わせる顔なんてないわ。プリウス様のいないこの国で……これ以上生きる理由もない。私はこのまま、死を受け入れることにするよ」

その瞳がロロを刺す。テレサリサはゆっくりと、まばたきを一つ。

「けれど、火あぶりにはならない」

つぶやいたテレサリサは、窓枠に立ち上がった。

「オムラの思いどおりにはさせない――」

オムラによる〝兄を殺された復讐劇《ふくしゅうげき》〟が、テレサリサを火あぶりにすることで完結するというのなら、せめてその前に、自ら命を絶つ。魔女としてではなく、哀れな王妃として。

テレサリサは仰向けに倒れるようにして、身体《からだ》を窓の外へと傾けた。

「え、ちょっ――」

ロロは咄嗟《とっさ》に松明を投げ捨てて、床を蹴《け》った。瞬時に窓へと近づき、窓枠へと駆け上る。窓の外へ傾いていくテレサリサの身体へ、思いっきり腕を伸ばした。

3

魔女裁判終了後、降りだした雨のため足止めを食らったキャンパスフェローの一行は、当初の予定どおり、オムラによって開かれたパーティーに参加することになった。

キャンパスフェローとレーヴェとの親睦《しんぼく》を深めるための歓迎パーティーだ。これには先ほど有罪を下した〝鏡の魔女〟を譲渡するというイベントも含まれている。

キャンパスフェローの一行が案内されたのは、〈王座の間〉でも〈賓客の間《ひんきゃくのま》〉でもなかった。

収容人数が七十人ほどの小ホールである。扉の前ではレーヴェの近衛兵《このえへい》たちが、賓客《ひんきゃく》に武器を持ち込ませないようチェックしていた。パーティーのため、帯剣している者は、剣を預けるよう言われている。

「何だと？　ダメだ。この槍《やり》は渡せん」

槍をホールに持ち込めないと言われ、揉《も》めている大男がいた。ハートランドだ。

「これは主《あるじ》を護《まも》るのに必要なものだ。心配するな、無闇やたらに振り回すことはない」

「しかし、規則ですので」

「融通《ゆうずう》の利かんヤツらだなあっ！」

その大きな背中に触れる者がいた。振り返ると、修道女《シスター》の格好をした少女が立っている。

「立派な槍ですねえ。たくさん殺した槍ですか？」

「何だ、君は……？」

ぼんやりとした眠そうな目で、ハートランドを見上げている。フェロカクタスだ。

戸惑うハートランドを無視し、フェロカクタスは近衛兵たちのほうを向いた。

「この人はもう行っていいです。槍持ってても問題ありません」

近衛兵たちは顔を見合わせたが、少女の指示どおり、ハートランドを通した。

ホールに入ったハートランドは、腑《ふ》に落ちない様子で振り返る。近衛兵よりも、あの少女のほうが偉いのだろうか？　フェロカクタスは次々とホールにやってくる鉄火の騎士《ナイト》たちに話しかけ、握手したりハグしたりしていた。デリリウムとともにやって来たカプチノにも、不意に抱きついて驚かせている。距離感の摑《つか》めない子である。

ホール内を見渡すと、最も奥に位置する壇上に、オムラを中心としたレーヴェの者たちが座っていた。オムラの両脇には、彼のそろえた重臣たちが着席している。一番端の席には、白いカツラを被《かぶ》ったままの尋問官が座っていた。ラッジーニだ。乾杯前ではあるが、すでにブドウ酒を飲み始めていた。

すでに日は沈んでいる。ホールの壁際やテーブルなど至るところで、ロウソクの炎が灯っていた。フロアには、ロングテーブルがいくつも並べられていた。

バドと学匠《メイスター》シメイの姿は、その最前列にあった。テーブルの上には、早くも料理が並べられている。鶏の丸焼きにミートパイ、ブドウ酒の入った小さな樽《たる》が置かれている。

ホールは吹き抜け構造となっていて、一階を見下ろせる二階席では、楽団が陽気な音楽を奏でていた。続々と入ってくるキャンパスフェローの人々を歓迎しているのだ。

「やけに歓迎してくれるじゃないか」

バドは、楽団を見上げてつぶやいた。

この親睦《しんぼく》会にて秘密裏に魔女を譲渡するということであるから、招待されているのは、キャンパスフェローの者たちだけだ。それも騎士から従者たちにまで、身分に関係なくその全員分の席が用意されていた。大盤振る舞いである。

「結局レーヴェ公は魔女を渡すつもりなど、すでにないでしょうから。せめてものもてなしのつもりなのでしょう」

バドの隣に座るシメイが、並べた木のコップにブドウ酒を注ぎながら応える。

「まあ確かに、これだけもてなされた後じゃあ、渡せないと言われても怒れないかもな」

この催しは、交渉ごとを反故《ほご》にしておきながら、関係修復を図るためのものだと思われる。だから盛大に料理を振る舞い、キャンパスフェローをもてなしているのだろう。だがこの交渉、反故にされてもバドは一向に構わない。オムラの目がこちらに向いている隙《すき》に、当のテレサリサは、黒犬が連れ去る手筈《てはず》となっているのだから。

「しかし落ち着かないな」

バドは、壇上のそばや壁際に立つ金色の騎士《ナイト》たちをあごで示した。

「おもてなしだというのなら、やつらも飲めばいいのに」

ロウソクの灯火を受けて金の鎧《よろい》を輝かせている彼らは、堅い顔で一点を見つめ立ち続けている。まるでそういう置物のようだ。

「仕事熱心ですな。レーヴェの騎士は、鎧を着て酒を飲むことを禁じられているそうですぞ」

シメイはブドウ酒を注いだコップを、バドに渡した。

「ところで、エーデルワイスはどうした？　外務大臣が親睦《しんぼく》会に遅刻するのはマズいだろ」

「はて？　魔女裁判のときにはいましたが……」

シメイは辺りを見回す。スキンヘッドの中年男の姿は、フロアのどこにも見られない。

そのとき、ホール前方の壇上で、オムラが銀の杯《さかずき》を手に立ち上がった。音楽がやむ。

「キャンパスフェローの皆さま方、ようこそお集まりくださいました。本日は実にめでたき日だ。〝獅子《しし》王殺し〟である魔女を断罪し、兄上の仇《かたき》を取ることができた。そして今日はこのオムラ・レーヴェが〝獅子《しし》王〟を襲名した日でもある。この記念すべき日を、キャンパスフェローの皆さまとお祝いできることを、嬉《うれ》しく思います」

獅子王就任の正式な戴冠式はまだ先であろうに、オムラの頭上にはすでに金色の冠が輝いていた。

「どうか今宵《こよい》は大いに飲み、大いに食べ、レーヴェでの夜を楽しんでください。魔女はすぐにご用意しましょう――」

「……？」

バドは眉根《まゆね》を寄せる。予想に反して、オムラは魔女を渡すつもりなのか。

「レーヴェとキャンパスフェローの未来に！」

オムラは銀の杯を掲げた。合わせてホールの者たちも、それぞれがコップを持ち上げる。再びホールに陽気な音楽が鳴り響いた。

パーティーが始まってしばらくした後《のち》。デリリウムの姿はホールの外にあった。

「……何？　私じゃなきゃダメな話って」

怪訝《けげん》な表情で話す相手は、黒いドレスの尋問官、アネモネである。姫のお耳に入れておきたい、大切なお話がある——そう耳打ちされて、デリリウムは廊下まで連れてこられたのだった。アネモネは辺りを見回して、廊下に人目がないことを確かめる。

「お耳を拝借」

言ってデリリウムに顔を近づけた、そのとき。

アネモネの足元に落ちた影から、黒い触手が飛び出した。無数の触手は渦を巻くようにデリリウムの身体《からだ》にまとわりつき、結合して形を成していく。

「……!!」

デリリウムの背中に抱きつく形で現れたそれは、影と同じように全身が真っ黒な痩せた男だった。一方の手でデリリウムの口を塞《ふさ》ぎ、背後から回したもう一方の腕でデリリウムの身体を抱きしめている。

男に強くしがみつかれたデリリウムの足元が、アネモネの影の中へと沈んでいく。その身体はあっという間に、影へと引きずり込まれた。廊下は再び平時の姿を取り戻す。扉の向こうのホールから、賑わう人々の声が聞こえてくるだけ。

「ほほっ……！」

笑みを浮かべたアネモネは口元を押さえ、ホールとは反対方向へと去っていった。

「あのぉ……。姫の姿が見当たりません……」

カプチノが最前列のテーブルまでやって来て、言った。バドは離席していたため、シメイがブドウ酒を手に振り返った。

「何？　厠《かわや》にでも行っておるのではないのか？」

「そう思ってトイレも見てみたんですけど、どこにもいなくて……」

「ふむ……。あのじゃじゃ馬姫様のことだ。ふらふらと迷子になっている可能性もあるかの……バド様の耳に入れておこう。ちょっと待っておれ」

シメイは、壇上の前に立つバドへと視線を滑らせる。

バドは壇上に鎮座するオムラに、挨拶をしているところだった。

「このたびは獅子《しし》王襲名、誠におめでとうございます」

バドは笑顔を作り、その手にはブドウ酒の注がれた木のコップを持っている。

「ええ、どうも。ありがとうございます」

オムラは壇上からバドを一瞥《いちべつ》し、おざなりに銀の杯《さかずき》を掲げた。

「…………」

その返答は、どこか素っ気《そけ》ない。昨夜は丸い顔にべたべたと貼り付けていた嘘っぽい作り笑いが、今は見られない。獅子王を襲名し、いい気になっているのか。

「魔女の引き渡しのことなのですがね――」

と、バドが話し始めたそのとき、一人の騎士《ナイト》が壇上に上がり、オムラのかたわらに膝《ひざ》をついた。何事かを耳打ちをする。バドが話しているにもかかわらず、オムラはバドを放って、騎士に耳打ちを返す。

壇上を降りた騎士は、バドとすれ違ってホールの正面扉へと走っていった。バドは振り返って、騎士の背中を目で追った。彼の手によって、ホールの正面扉が閉められる。

妙な違和感と、胸騒ぎがあった。

「…………」

バドは改めて、ホールを見渡した。

オムラの座る壇上を正面に見て、右側の壁には四つの大きな窓が並んでいた。窓にはステンドグラスがはめ込まれている。色鮮やかなガラスで、樫《かし》の木と一頭の獅子《しし》が表現されていた。春、夏、秋をテーマに描かれたステンドグラスの数は三枚。獅子が人間になっていく様が描かれているが、冬に当たる四枚目のステンドグラスはない。

四つ目の窓は割れているのか、板が打ちつけられてあった。

バドは、足元に敷かれた絨毯《じゅうたん》を、足の先でめくった。床に敷かれた石畳は、幾何学模様を描いている。戦神ヴァヤリースを信仰する礼拝堂によく見られる模様――。

洗い落とし切れていない、黒ずんだ血の跡が見て取れた。

「……ここは」

この小ホールは、礼拝堂だ。獅子王プリウス・レーヴェを含む五十人以上が虐殺された〝血の婚礼〟が行われた場所。屈強な騎士たちは帯剣していない状態でこの礼拝堂に閉じ込められ、殺された。

状況が、あまりに酷似していた。陽気な音楽が鳴り止んでいることに気づき、バドは二階席を見上げる。つい先ほどまでいた楽団たちの姿がない。

「――失礼、グレース公。話の途中でしたな。魔女の引き渡しが、何ですって？」

オムラは壇上からバドを見下ろす。作り物ではない、下卑《げび》た笑みを浮かべて。

バドはオムラを見返し、眉根《まゆね》を寄せた。

「……なぜだ？」

シュコッ――。

バドの脇腹に、クロスボウの矢が突き刺さった。

バドは反射的に腹部を見下ろす。脇腹に赤い血が滲《にじ》んでいく。

楽団のいた二階席に、クロスボウを構えた騎士たちが現れていた。シュコッ、シュコッと立て続けに矢が放たれて、バドの背中と太ももに突き刺さる。

バドは、ぐらりとよろけて膝《ひざ》から崩れ落ちた。

「バド様ァッ!!」

シメイが、その様を見て声を上げた。慌《あわ》ててイスから立ち上がる。その背後に、金色の騎士《ナイト》が迫っていた。騎士はシメイの後ろから腕を回す。その手には、ダガーナイフが握られている。

騎士が一気に腕を引くと、横一線に裂かれたシメイの首から、鮮血がほとばしった。

「かっ……な……?」

その正面に立っていたカプチノの顔に血しぶきが跳ねる。

「きゃあああああッ……!!」

力なく倒れたシメイのそばで、カプチノは絶叫した。

礼拝堂に、次々と抜剣する音が響き渡る。壁際に立っていた金獅子《きんじし》の騎士たちが、一斉に客を襲い始めた。キャンパスフェローの者たちは、あまりの不意打ちに状況を飲み込めない。恐れ、逃げ惑う彼らの背に、次々と剣が振り下ろされていく。

若い文官が両手剣で頭を弾かれる。素手で抵抗する鉄火の騎士は前後を囲まれ、腹を貫かれる。テーブルの下から引きずり出された調香師の女は、その背に剣を突き立てられた。

バドは呆然と振り返り、その惨劇《さんげき》を目撃する。

ロングテーブルがひっくり返され、料理が散乱する。絶叫や悲鳴の響く中、いたるところで血しぶきが噴き上がる。六十人近くいるキャンパスフェローの人々が、為《な》す術《すべ》もなく傷つけられていく――。目の前で繰り広げられている光景は、まるで地獄のようである。

――なんだ。何が起きている……？

あまりに現実味のない光景に、めまいを覚える。音が遠くなっていく。これは、悪夢か――。

愕然《がくぜん》とするバドの背に、ハートランドが覆い被《かぶ》さった。その背中にクロスボウの矢が突き刺さる。

「ぬうッ……!!」

「ハートランド……！」

身体《からだ》を盾《たて》にしてバドを護《まも》ったハートランドは、歯を食いしばって痛みに耐えた。

「バド様、失礼いたしますッ！」

ハートランドは、太ももを負傷し動けないバドを抱きかかえた。クロスボウの矢が届かないテーブルの下へと移動させる。

ハートランド自身はすかさず立ち上がり、礼拝堂全体に声をとどろかせた。

「〈鉄火の騎士団〉よ、臆するなッ！　キャンパスフェローの民を護れッ！」

ハートランドは、槍《やり》の石突きで床を叩いた。ガン、ガンと団員たちを鼓舞するように。

「剣がないなら相手のを奪えッ！　イスでもテーブルでも何でも使えッ！　臆する理由などないぞ。俺たちは鉄火の騎士だ。俺たちは、戦況に合わせて戦い方を変えるッ……!!」

ハートランドは槍を振り回し、その形状を変形させた。

握られた箇所より少し上の部分を支点に、槍《やり》の柄から、バララッと扇のように無数の刃が広がる。三《み》つ叉《また》や四つ叉どころではない。いくつもの刃が枝分かれしたその槍のシルエットは、まるで一本の樹木だ。これこそがひと突きで複数の敵を刺し殺す、ハートランド愛用の槍――〝みかんの木《タンジェリング・ツリー》〟のもう一つの姿である。

キャンパスフェローの騎士《ナイト》たちは、帯剣していない。しかし、朝のうちに帰国準備を命じられた騎士たちの中には、手甲《てっこう》やすね当などを装備し、旅支度《じたく》のまま出席している者たちがいた。そして彼らキャンパスフェローの使う防具の多くは、変形する。

振り下ろされた剣に、手甲を構える鉄火の騎士がいた。手甲は一瞬にして円を描いて広がり、盾《たて》となる。また別の騎士は、手甲の中にダガーナイフを仕込んでいた。ベルトに無数のナイフを隠し持っていた騎士もいる。

まだ戦える。鉄火の騎士たちは、虐殺に応戦している。

オムラは、壇上横の階段から床に下りた。近衛兵《このえへい》に護《まも》られながら、壇上脇にある裏口へと向かう。

「待てッ！　オムラ」

その姿を見つけたバドは、テーブルを支えにして立ち上がった。

「なぜだ……？　なぜこのタイミングで、キャンパスフェローを攻撃する？」

オムラは足を止め、振り返った。

「いやいや、なぜ？　わからんのか？　キャンパスフェローは我々を騙《だま》し、魔女を手に入れようとした。〝魔法の剣〟を作るなどと言って嘘をつき、この私を謀《はか》ろうとした。お前の罪は、誇り高きレーヴェを軽んじたことだ」

こちら側の情報が漏《も》れている──。

レーヴェを騙そうとしたのは確かだ。だがそれは向こうも同じこと。国家間の交渉ごとに、騙し騙されは付きものだろう。商売人であるオムラならば、なおさら心得ているはずだ。この虐殺が騙したことへの報復なら、明らかに度を越えている。

バドは訴える。

「虐殺をやめさせろ……。領主をこのような仕打ちで失えば、キャンパスフェローに残してきた騎士たちが黙ってはいないだろう。戦争になるぞッ！」

「あははっ」

オムラは笑った。

「キャンパスフェローごときが、大国レーヴェに牙《きば》を剝《む》くか？　そんな暇あるのかな？　お前たちは今、迫り来る王国アメリアにどう対処するか、忙しいんじゃないのか？」

「…………」

バドはいぶかり表情を歪《ゆが》める。オムラの言うとおりだ。目下の脅威は王国アメリア。その対策として、バドたちは魔女を集めているのだから。だがなぜそれをオムラが知っている。そのような内部事情まで漏《も》れているのか――。

「だが安心しなさい、グレース公。キャンパスフェローはこの私が、今よりもっと豊かな国にしてやろう」

「どういう意味だ……？」

オムラは答えず、ただ卑《いや》しく目を細め、去っていく。

その直後。裏口から、灰色のプレートアーマーを装備した男たちが、斧《おの》や剣を手になだれ込んできた。オムラの私兵である〈髑髏《どくろ》とサソリ団〉の傭兵《ようへい》たちだった。

4

「んぅ……。んー……」

デリリウムは、レーヴェンシュテイン城内のとある一室で目を覚ました。

身体《からだ》を起こした場所は、大きなベッドの上だった。

「……は？」

髪は乱れ、靴は脱がされていた。ただ着ているカクテルドレスは、パーティーに出席していたときのものと同じ。デリリウムは記憶を辿《たど》った。黒いドレスの貴婦人に、内密の話があるからと廊下に連れ出され――彼女の影に襲われた。あれは何かの見間違いか……？

あれから、どれくらいの時間が経《た》っているのか。デリリウムは部屋を見回した。窓のない部屋だった。あちこちにロウソクが灯され、暖炉にも火が入っている。

室内は、少し汗ばむほどに暖かい。

広い部屋だ。大きなついたてが立てられており、ベッドと隣の空間とに分けられている。

壁際に置かれた大きな棚には、どこかの部族のネックレスや船の模型、宝石箱などが置かれていた。様々な国のお土産《みやげ》が寄せ集められているような印象。飾られているというより、散らかっているように見える。

壁には派手な羽根飾りの帽子がいくつも掛けられており、大陸の地図が貼られていた。

そしてここにも〈賓客《ひんきやく》の間〉と同じように、シカの頭の剝製《はくせい》が掛けられていた。その角は今まで見たどのシカの剝製よりも大きく、立派だった。

「カッコいいでしょう？　そのシカの角」

突然声を掛けられて、デリリウムは振り返る。

ついたての陰から、オムラが顔を覗《のぞ》かせている。

「戴冠式を終えて、私が正式に獅子《しし》王を襲名した暁《あかつき》には、〈賓客の間〉に飾らせる予定です」

オムラは言いながら、ベッドの近くまで寄ってくる。

「レーヴェの国の者たちは、自らを獅子に例えます。狩ったシカの角の大きさこそ、自身の持つ強さの証。でも私は狩りをしませんからね、そのシカを大金積んで購入したんですわ。これもまた一つの力の証明だと思いませんか？　強さとは、金で買えるのです」

「……誰かの狩ったシカを横取りするのは、ハイエナの所業ではなくて？」

デリリウムは皮肉を込めて言うが、オムラは肩をすくめるだけ。

「あなたにはまだわからないかな……。この私の凄《すご》みが。まあ、これからじっくり教えて差し上げましょう。さあ、甘酸っぱいブドウジュースをお持ちしましたよ」

オムラはベッドのそばに立ったまま、手にした銀のコップをデリリウムに差し出した。

「プリンセスお気に入りの、エルダーフラワーのシロップだって入れてあるんだ」

「要《い》りません。私、パーティーに戻ります」

「お、とと。それはやめたほうがいい」

ベッドを降りようと背を向けたデリリウムの肩を、オムラが摑《つか》んだ。

「触らないでっ」

デリリウムは、反射的にその手を払いのける。その拍子に銀のコップからブドウジュースがこぼれ、オムラの胸元にかかった。金色に輝く上等の服に、赤黒い染みが広がっていく。

「っ……!!　このっ。言うことを聞きなさいっ」

オムラは激昂《げきこう》し、コップを持っていないほうの手で、デリリウムの頰《ほお》をはたいた。

「きゃっ」

はたかれた頰に手を添えて、唖然《あぜん》とするデリリウム。しかしそれも一瞬だけ。ぎゅっと拳を強く握って、オムラの頰を殴り返す。

「おふっ」

オムラは小さく唸《うな》ったが、細腕のパンチでは、大したダメージにはならない。

オムラはデリリウムの手首を摑んだ。膝《ひざ》を立ててベッドへと上がりながら、銀のコップを放り捨てる。そうして暴れるデリリウムの、もう一方の手首を摑んで押し倒した。

枕に頭を沈めるデリリウム。その腹部に、肥満体が馬乗りとなる。

「何するのっ！ 離してよ！」

「なるほど、あなたは確かに相当なじゃじゃ馬らしい……。だがまあ生意気な暴れ馬ほど、飼い馴らしたときの快感はたまらないものだわ」

オムラは、デリリウムの首筋を嗅《か》ぐように鼻を近づけた。ふごふごと、豚のようである。

両腕を摑まれて動けない。デリリウムは足をばたつかせ、頭を振って抵抗した。

「きゃあああっ！ 誰かっ！ 助けてっ!! 誰かいないのっ！」

「ムダですよ。キャンパスフェローの連中は、絶対に助けには来ない。いや、来られない」

「何っ？ どういう意味よ！」

「彼らは今、獅子《しし》王であるこの私を欺こうとした罰により、虐殺されております」

「……虐殺？」

「あなたの父も、あなたを護《まも》る騎士《ナイト》たちも、侍女たちも。あなたの大切な者たちは皆、一人残らず殺されている最中ですわ。〝血の婚礼〟の再現といったところかな」

デリリウムの澄んだ青い瞳が、驚愕《きょうがく》に見開かれる。

その表情を見て、オムラは激しく笑った。

「あはっ！　実に素晴らしい表情じゃない！　私は、美人が不細工に泣く顔が、すごくすごく好きでね？　高慢ちきな見栄っ張りがその自信をへし折られて踏みにじられるのを見ると、堪《たま》らなく愛しく感じるんです」

オムラは、舌なめずりをして笑ってみせる。

デリリウムは、その顔を睨《にら》みつけていた。

「……嘘よ。信じないわ」

「信じなくて結構。いずれわかることさ」

デリリウムが大人しくなったので、オムラは彼女の両手首を解放し、腹部のコルセットに手を伸ばした。交差する紐を解《ほど》き、コルセットを脱がそうというのだ。しかし固く結ばれた紐は簡単には解けない。オムラはイラ立ち、舌打ちをする。

「……鉄火の騎士《ナイト》が負けるわけない」

デリリウムは天井を見つめていた。その瞳が潤んでいくが、奥歯を嚙《か》みしめて落涙を耐える。

「虐殺なんて起きるはずない。キャンパスフェローの騎士は、強いもの！」

「ああっ！　哀れな美しき姫デリリウム」

オムラは身体《からだ》を起こした。紐を解いて脱がすのを諦め、ドレスの前襟を掴《つか》む。再びぐい、と鼻先をデリリウムに近づけた。デリリウムは咄嗟《とっさ》に顔を背ける。その拍子に涙がこぼれる。

背けられた横顔に、オムラはささやくように告げた。

「いくら鉄火の騎士が強かろうが、〝魔術師《ウィザード》〟に勝てるはずはないでしょう？」

「……魔術師？」

魔術師は王国アメリア独自のもの。敵対しているはずの〈騎士の国レーヴェ〉が、どうして魔術師の話をするのか。いぶかるデリリウムの耳元で、オムラは続ける。

「王国アメリアは今、領土をどんどん広げていっている。その脅威は、近いうち必ずやレーヴェにも迫り来るでしょう。ではどうする？　我々も騎士を繰り出し、アメリアと戦うべきか？」

いやいや、騎士では魔術師には勝てない――言ってオムラは首を振った。

「あなたたちキャンパスフェローは魔術師の魔法に対抗する術として、魔女を使おうとしているようだが、とても賢いやり方とは言えないな。私の選択は違う」

オムラは目を細める。

「レーヴェは王国アメリアに大金を献上し、属国としての存続を許されたのです」

「うそ……自分の国を売ったってこと？」

「これも取引さ。我々のバックにはアメリアがついている。グレース家を潰せば、その報償としてアメリアから、私はキャンパスフェローをいただくことになっている——」

デリリウムはオムラを正面に見た。その青い瞳に、オムラの下卑《げび》た笑みが映る。

「そうとも知らず、あなたたちはのこのことやって来た。残念ながらグレース家はもう終わりだわ。あなたは私の妻となり、キャンパスフェローは、じき私のものになる」

「騙《だま》したのね、卑怯《ひきょう》者……！」

「卑怯でなきゃ勝ち残れません。だってこれは戦争ですよ、姫ッ」

オムラは力任せに、デリリウムのドレスの襟を開いた。

白い鎖骨と胸の谷間が露わになり、デリリウムは大きな悲鳴を上げた。


礼拝堂では、血みどろの戦闘が続いていた。

固く閉じられた正面扉から出ることができないまま、キャンパスフェローの人々は、金獅子《きんじし》の騎士《ナイト》と傭兵《ようへい》〈髑髏《どくろ》とサソリ団〉たちの襲撃を受け続ける。

しかしそれでも、鉄火の騎士たちは善戦していた。戦えない文官や従者たちを護《まも》らなくてはならない——その使命感が、鉄火の騎士たちを奮い立たせていた。ある者は相手から剣を奪い、またある者はダガーナイフだけで、敵に立ち向かう。奇襲を受けてのパニック状態から脱し、状況はわずかながらに好転している。

負傷したバドはテーブルの縁に身体《からだ》をもたせ、戦況を把握しようと努めていた。二階からのクロスボウを警戒しつつ、辺りを見渡す。落ち着け、と自身に言い聞かせる。落ち着けば戦略を練ることができる。戦略があれば、全滅を免れることができる。鉄火の騎士には、それだけの力がある。

ハートランドは、変形槍《やり》タンジェリング・ツリーを突き出し、騎士たち三人の胴を同時に貫いた。柄をひねり手元に引くと、枝葉のように広がっていた刃が柄に収納され、騎士たちの胴を一斉に切断する。悲痛な叫びが、鮮血と共に散った。

そんな光景をまざまざと目前で見せられては、飛びかかるのにも躊躇《ためら》いが生まれる。ハートランドを牽制《けんせい》する金獅子の騎士たちは、怯《ひる》んでいた。

「ハートランド、ひとかたまりになれ」

バドはハートランドを呼んだ。

「裏口はどうなっているかわからん。最悪、袋のネズミになるかもしれん。ならば、ひとかたまりになって正面突破だ」

「はッ……！」

ハートランドは、槍の石突きを床にぶつけ、戦闘中の騎士たちに声を上げる。

「集まれッ！　鉄火の騎士団ッ!!」

六十名近くいたキャンパスフェローの面々は、今や半数近くにまで減っていた。生き残っている者たちのほとんどが騎士だった。学匠《メイスター》シメイは死亡し、カプチノの姿も見えない。

バドは、槍《やり》を構えるハートランドの背に問う。

「デリリウムがいない。捜せるか？」

「バド様を城から脱出させることが先決かと」

「バカやろう。俺は大丈夫だ。お前は礼拝堂を出たら、すぐにデリリウムを捜しに行け」

それから、と一つ付け加える。

「エーデルワイスもいない。礼拝堂にも来ていなかったようだ」

彼はこの虐殺に気づいているのだろうか。まだ生きているのであれば、城のどこかに隠れているのかもしれない。

「あいつに聞きたいことがある。見つけたら合流しといてくれ」

「承知しました」

ハートランドは、集まってきた鉄火の騎士《ナイト》たちに声を上げた。

「よし、非戦闘員を中心にひとかたまりとなり、このまま正面扉から――」

と、そのときだ。ハートランドの言葉は、耳をつんざく絶叫に掻《か》き消される。

「あああぁぁァアッ……!!」

一同は反射的に声のするほうへ視線を向け、その光景に息を呑《の》んだ。

白髪のカツラを被《かぶ》った尋問官ラッジーニが、一人の鉄火の騎士の頭部を、両手で挟み込むようにして摑《つか》んでいる。鷲《わし》づかみにしたその手のひらからは、白い蒸気が発生していた。

もがき苦しむ騎士の頭を正面から掴んだまま、ラッジーニは悲鳴を上げ続ける彼の表情をのぞき込む。

「アァァァアッ……!!」

「どうした？　ん？　あああ、じゃあわからん。ちゃんとしゃべれよ」

小首を傾《かし》げるラッジーニの顔には、嗜虐《しぎゃく》的な笑みが浮かんでいる。

騎士の悲鳴はやがて途絶え、ラッジーニは手を離した。崩れ落ちた騎士の頭からは、大量の蒸気が揺らめいていた。皮膚《ひふ》が溶け、頭蓋が露わになっている。

「あーぁ、死んじまった。騎士様は弱すぎて、つまらん」

啞然《あぜん》とするキャンパスフェローの人々に向かい、ラッジーニは両腕を広げる。

「お前らもしかして、まだ生き残れるつもりでいるんじゃねえよなあ？　そうはいかねえぞう、おい。いいか俺はな。殺す寸前で逃げられるってのが、一番嫌いなんだよ」

「……フェロはね、歌劇が好きなの」

礼拝堂の中央付近には、修道女《シスター》が立っている。彼女もまた、尋問官の一人。

「けれど歌劇なんて、嫌いだって人がいる。日常で音楽が流れてきて、セリフを歌で伝えるなんて、不自然だって。そんな人たちの毎日にはきっと、歌いたいって衝動がないのね。かわいそう」

いったい誰に話しているのか、何を話しているのか。少女の視線はキャンパスフェローの面々に向かってはいるが、そのうろんな瞳は、どこか虚空を見つめている。

「ねえ、ラッジーニ」

フェロカクタスは、ラッジーニを見た。

「もう歌ってもいいの？」

「ああ。暴れろ」

ラッジーニはうなずく。

うろんな瞳に光が差す。にんまりと笑うフェロカクタスは〝conviction《断罪》〟と書かれた鼻の下で、ギザギザの歯を覗《のぞ》かせた。――「きひひっ」

「たららん、らんっ♪」

フェロカクタスは修道服の長い袖口《そでぐち》に隠れた両腕を挙げ、バンザイをした。

その瞬間、なんの前触れもなく、礼拝堂の石壁がごうと一斉に燃え上がる。

壁の炎は、フェロカクタスの背の高さほどから発生し、ぐるりとフロアを一周している。薄暗かった礼拝堂全体が、一気に明るく照らされた。

礼拝堂内にいる金獅子《きんじし》の騎士《ナイト》や傭兵《ようへい》たちが、驚きの声を上げて戸惑う。

ひとかたまりになるキャンパスフェローの人々も、あまりに非現実な出来事に恐怖した。石壁が火種もなしに突然燃え上がるはずがない。理解を超えている。これは――。

「……魔法か」

バドがつぶやく。

「貴様らッ、魔術師《ウィザード》かッ！」

ハートトランドは人々を護《まも》るように一歩前へ出て、槍《やり》を構えた。

「いかにも、魔術師さ」

ラッジーニはほくそ笑む。

「この炎。いったい何を火種にして燃えているのか……お前たちには、わからないだろうなあ？　この優しいラッジーニ様が教えてやろうか？　あァン？」

ラッジーニは、ハートトランドたちに見えるよう、右手を差し出した。

「魔術師ってのは、自然界にあるマナを体内に取り込んで魔力を発するのさ。身体《からだ》から湧き出るそれを手に集めて放ったり、形をこねて具現化させたりしてな。見えるか？」

ハートトランドは、槍を構えたまま眉根《まゆね》を寄せた。ラッジーニの手の周りに、ぼんやりと白いオーラのようなものが見えたのだ。まるで手首から先が、白い炎に包まれているかのようだ。

「見えるよな？　発現させた魔力に色を付けたんだ。こういうふうにして、魔力をあれこれ変化させる技術を、〝魔法〟と呼ぶのさ」

「興味深い話だが」

バドが足を引きずり前に出る。

「なぜそれを俺たちに教える？」

「それはもちろん、お前たちに後悔して死んでもらうためだ。魔術師《ウィザード》がいかに尊く、最強であるかを知れば、魔女を集めて刃向かおうなどという行為が、いかに愚策であったかを反省しやすいだろう？」

「………」

バドは言葉を失った。大陸中の魔女を集め、王国アメリアに対抗しようとしていた計画まで、漏《も》れているのか。

「さて、この魔法ってのは、魔術師によって一人一人違う固有のものがあるんだ。俺が言いたかったのはそこなんだよ。フェロカクタスの魔法〝悲観主義者の恋《ペシミスティック・ラブ》〟は、自分の発した魔力を、火種にして燃やす」

「きゃあ、バカっ。何で言うの？　フェロの魔法のこと」

ラッジーニは振り返り、すねた顔をしたフェロカクタスを指差した。

「うるせえ、バカ。お前の魔法はな、種明かししてやったほうが面白えんだよ」

ラッジーニはバドに向き直り、説明を続ける。

「どうして石壁がいきなり燃えたのか？　種を知ればなんてことはない。あいつが、あらかじめこのフロアの壁を一周するようになぞって、お前たちの目には見えない火種を付けておいたからさ。それを藁《わら》や薪《まき》のようにして、一気に燃え上がらせたんだ」

キャンパスフェローの面々を一人一人見ながら、ラッジーニは人差し指を立てた。

「察しのいいやつは気づいているな？　さっき礼拝堂に入ってくる前に、入り口であの修道女《シスター》と握手したやつらがいるだろう。ハグをされた者は？　忠告しておくがお前ら……火種べったり付いてるぞ？」

「ぅああああっ……！」

若い文官が一人、恐怖に耐えかねて正面扉へと走った。魔術師たちの目の届かないところへ逃げようとしたが、フェロカクタスがすかさず指を差す――「たらんっ♪」

瞬間、若い文官の身体《からだ》が、激しく燃え上がった。

文官は駆けながら膝《ひざ》から崩れ落ち、力なく倒れる。その身体は燃え続けている。

ラッジーニは、腹を抱えて笑った。

「フェロの炎は絶対に消えない。付着した火種が燃え尽きない限りな。触られたやつは、灰になるまで燃え続けるんだ。火葬する手間が省けて最高だろ？」

と、そこに火の粉が飛んで来て、ラッジーニの肩を焦がした。「おう」とラッジーニは、肩に付いた火を強くはたいて消す。

「……まあ、飛び火した炎は消えるんだがな」

キャンパスフェローの人々は、恐怖に足を竦《すく》ませていた。魔術師たちの魔法に圧倒され、完全に呑《の》まれている。

真っ先に動いたのはハートランドだった。状況を打破すべく、活を入れるように石突きで床を叩く。槍《やり》を振り上げて、ラッジーニへと突進した。

「ぅおおッ！」

通常の槍形態のままタンジェリング・ツリーを大振りし、ラッジーニの頭上に槍の穂を降らせた。ラッジーニは、軽やかな足取りでそれをかわす。

「反撃してみろ、魔術師《ウイザード》ッ！」

ハートランドは二度、三度と槍を振るい、ラッジーニを後退させる。

「貴様の溶かす魔法にも名前があるんだろうな？」

「ねえよ、んなもん。俺の魔法は〝ただ溶かすだけ《ジャスト・メルト》〟だ」

ラッジーニは不敵に笑い、右手を手刀の形にして、法服の前襟に差し込んだ。

ジュウゥと蒸気の上がる右手をへそにまで滑らせ、無数にあるボタンを刀で削《そ》ぐように溶かし外していく。そうして両手で前襟を摑《つか》み、残りのボタンを弾き飛ばしながら豪快に胸板を露出させた。

法服の下には、何も着ていなかった。細いシルエットながら、引き締まった肉体が露わとなる。上着を脱ぎ捨て、上半身裸となったラッジーニ。男らしい胸毛とインテリぶった白いカツラが、何ともアンバランスである。

ハートランドは正面に槍を構えながら、背後の騎士《ナイト》たちへ叫んだ。

「何をしているッ。バド様を連れて、さっさとここから脱出しろッ！」

鉄火の騎士たちは、一斉に正面扉に向かって走り出した。しかしそれを、礼拝堂に残る金獅子《きんじ》の騎士や傭兵《ようへい》たちが許すはずがない。剣を振るい、再び彼らに襲いかかる。

バドは騎士の一人に肩を借り、支えられながら燃える礼拝堂を扉へと向かった。

正面扉を目指すその集団に向かって、フェロカクタスが指を差す。

「たーららん、らんっ♪」

走る人々が、次々と発火し悲鳴を上げた。炎を纏《まと》って燃えだした者の中には、なんと金獅子の騎士もいた。フェロカクタスが火種を付けていたのは、キャンパスフェローの者たちだけではなかったのだ。

「あ、間違っちゃった」

他意はない。ただの酔狂で巻き添えを食らった金獅子の騎士たちは青ざめ、足を止めた。

その隙《すき》にと、バドを含むフェロカクタスに触れられていない者たちは、燃える者たちを置いて正面扉へと急ぐ――――。

一方でハートランドは、ラッジーニに槍を振るっていた。鷲《わし》づかみに受け止められた槍の柄から蒸気が上がり、ハートランドは慌《あわ》てて槍を手元に引く。

「……っ！」

その一瞬の隙を突かれた。懐に入り込んだラッジーニに、今度は首を鷲づかみにされる。握られた首からジュウッと蒸気が上がり、ハートランドは凄まじい痛みに顔を歪《ゆが》めた。

「んぬぅぅうッ……!!」

ハートランドはラッジーニの手首を掴《つか》み、力任せに首から手を解《ほど》く。

ずるりと首の皮が溶けて剝《は》がれた。すぐさま槍《やり》を振り回して距離を取り、牽制《けんせい》する。

ハートランドは、肩で息をしていた。

――驚いた。これが魔術師《ウイザード》の戦い方か……?

魔術師とは、遠くから火球を放ったり、稲妻を落としたり、後衛に立って戦うものだと、漠然とそう思っていた。それがどうだ。ラッジーニは超接近戦タイプである。

構え方や足運びは、どう見ても武闘派。掴まれるだけで大ダメージを食らうため、懐に入られれば、それがすぐ致命傷に繫《つな》がる。槍ではとても、そのスピードについていけない。

――やはり倒すのは難しいか……。

ラッジーニは、息つく間もなく距離を詰めてくる。スタミナも充分だ。

ハートランドはバックステップで距離を取りながら、槍の穂先を天に伸ばした。頭上より舞い落ちてきたのは、二階席からいくつも垂れ下がっていた、レーヴェの長い旗だ。壁の炎が飛び火して、旗の半分が燃えている。ハートランドは燃えている旗を宙で絡め取り、先端の燃える槍を、踏み込んできたラッジーニの頭上に振り下ろす。

二度、三度と槍を大きく振り回してラッジーニの勢いを殺してから、その顔を目がけて、燃えた旗をぶつけた。腕を交差し、防御するラッジーニの顔の周りに火の粉が散る。

「チッ……ちょこざいなッ！」

その隙《すき》にハートランドは踵《きびす》を返した。礼拝堂の正面扉へと全力で駆ける。

閉じられた正面扉の前には、キャンパスフェローの人々が殺到していた。

彼らを囲むようにして、金獅子《きんじし》の騎士《ナイト》や傭兵《ようへい》たちが剣を構えているが、フェロカクタスの魔法を警戒して誰も前に出ようとしない。代わりにフェロカクタス自身が、正面扉へと駆けた。

腕まくりをし、広げた両腕の先が赤く燃えている。

直接火種を付けようというのだ。

「逃がさないんだからっ」

一人のメイドが背中から抱きつかれ、その身体《からだ》が金切り声と共に一気に燃え上がった。炎は飛び火し、周りにいた人々の服や髪を焦がす。

バドに肩を貸していた騎士は、ちょうど燃え上がったメイドのすぐそばにいた。突然発火したメイドに驚愕《きょうがく》し、思わずバドから手を離してしまう。

「くっ……」

支えをなくしたバドは、床に倒れた。腹部と肩、そして太ももには未だクロスボウの矢が突き刺さっており、耐えがたい激痛が走る。

そこへ、フェロカクタスの燃えた両手が迫ってくる。

その手がバドの肩に触れる直前――「退《の》けェッ!!」周囲の金獅子の騎士たちを蹴《け》散らし、

駆けつけたハートランドが、フェロカクタスの頭目がけて槍《やり》を振り下ろした。

「ぅおっ……」

その穂先を横っ飛びでかわして、フェロカクタスは距離を取る。

「バド様には指一本触れさせませんッ！」

ハートランドは槍の穂先でその姿を追いながら、バドを横目に見る。

「ご無事ですか、バド様ッ」

「……悪いな。俺としたことが、足手まといだ」

「弱気はやめてください。あなたらしくないッ！」

ハートランドはバドの身体《からだ》を持ち上げて、肩に担いだ。

そのまま正面扉を蹴《け》破ろうと、一度、二度と蹴りを入れる——そのときだ。

「フェロカクタス!!　そいつを逃がすな！」

「もちろんだし。燃えろっ！」

ラッジーニが叫び、フェロカクタスが両腕をハートランドへと突き出した。

次の瞬間、ハートランドの肩から背中にかけて発火。大きく燃え上がった。

「うおっ……!?」

パーティーの始まる直前、礼拝堂の入り口で、ハートランドはその背をフェロカクタスに触れられていた。他の燃え上がった者たち同様、フェロカクタスの火種を付けられていたのだ。

背中がごうと燃え上がり、ハートランドは肩に担いでいたバドをそばに下ろした。

「バド様っ。燃えておりませんか？」

「バカやろうっ。燃えてるのは、お前だ！」

「何の、これしきッ……！」

しかしそれでも、ハートランドは止まらなかった。

背中の炎を完全に無視し、正面扉へと体当たりする。

「うおおおおおおッ……!!」

弾けるように扉が開くと、ハートランドはバドを脇に抱え、廊下へと飛び出す。

まだ動けるキャンパスフェローの者たちが、それに続いた。

5

〈幽閉塔〉の最上階にて。

テレサリサは窓枠に足を残したまま、背中を窓の外へ傾けていた。両手首を拘束する手枷《てかせ》の真ん中部分を、ロロが左手で摑《つか》んでいるため、その身体は宙に吊られている状態である。

ロロは窓枠に足を乗せ、身を乗り出していた。左手でテレサリサの手枷を摑み、残る右手で横の窓枠を摑んでいる。左腕一本でテレサリサの身体を吊っているのだ。昨夜フィガロに射られた右肩に激痛が走り、ロロは顔をしかめた。

　塔の外に仰向けとなったテレサリサの長い髪が、暴風に舞い踊る。

　雨の降りしきる塔の外は真っ暗だ。テレサリサが肩から羽織っていた鳶色《とびいろ》のローブが脱げて、闇の中へと消えていった。露わとなった赤いドレスの裾《すそ》が風にはためく。

「……っ。邪魔、しないで」

　テレサリサは頭を持ち上げ、ロロを睨《にら》みつける。

「しますよ、邪魔！　目の前で飛び降りられたら困ります。助けようとしてるのに」

「それが余計なお世話だって言ってるの。私はもう死にたいの！」

「どうして。魔女だから？」

「そうよ魔女だからよ！　魔女のくせに、人のフリして生きようとしたからよ。バカだった。私は、レーヴェに来るべきじゃなかった。城で働くべきじゃなかった──」

　雨粒がその顔を打つ。テレサリサは、表情を歪《ゆが》ませる。

「結婚なんか、しようとするんじゃなかった。人を愛するべきじゃなかった……！　魔女なんかに……生まれたくなかった。私は、生まれてくるべきじゃなかった……！」

　悲しくて、やりきれなくて、吹き荒《すさ》ぶ暴風に悔恨をぶつけた。

　溢《あふ》れた涙が、風に吹かれて散っていく。

「私のせいで、プリウスは死んだんだ！　私が、魔女であることを隠していたから──」

「……待ってください。待って！」

ロロは、手枷《てかせ》を摑《つか》む左手に力を込める。

「違う！　知っていたはずです。獅子《しし》王は、あなたが魔女であることを」

「……？」

「獅子王は、あなたが魔女だから、あなたに近づいたんです！」

ロロの言葉に、テレサリサは眉根《まゆね》を寄せる。

ロロはその声が暴風に掻《か》き消されないよう、声を張る。

「手鏡です！　あなたに渡そうとしたあの手鏡は、ディートヘルムさんから預かった物です。そしてディートヘルムさんは、それを獅子王から預かった。自分の身に何かあったら、あなたに返すようにと言付けられて――あの手鏡は、元々あなたの物なんでしょう？　あなたが、土に埋めて手放したものだ！」

「……どうして、それを――」

「フィガロの部下が、それを埋めるあなたの姿を見ていたんだそうです」

それは、先ほど牢の前で戦闘した際に、フィガロから聞いた話だった。

フィガロの忠実な部下であり、近衛《このえ》副隊長を務めるロベルトは、ある日の早朝、人目を忍んで城を抜け出すメイドを偶然目撃した。そしてその様子の怪しさから、後をつけた。

彼は、テレサリサが土の中に桐箱を埋めるのを見ていたのだ。

ロベルトは桐箱を掘り起こし、上司であるフィガロに報告した。柄に蛇の飾りが巻きついた、特徴的な白い手鏡だ。裏には〝A.Fygi〟という名前が刻まれている。

調べてみると、蛇の家紋を掲げる〈フィジィ家〉のものであることがわかった。しかしその家族は、十八年前に大陸の南方で滑落事故に遭い、死んでいた。馬車は〝放浪の民《ドリフター》〟によって荒らされ、金目のものはすべて奪われていたという。彼らの遺体は馬車の中に放置されていたが、わずか一歳であるその家の娘の遺体だけが、見つからなかったそうだ。

フィガロは手鏡の詳細を調べる過程で、ある魔女にたどり着いた。イナテラ共和国を中心に銀の鎌を振るっていた〝赤紫色の舌の魔女《マゼンタ》〟と呼ばれる少女である。その小さな魔女は、蛇の飾りが柄に巻きついた、白い手鏡を肌身離さず持っていたとされている。

フィガロは〝赤紫色の舌の魔女《マゼンタ》〟の被害者であるダーコイル家の老婆を見つけ出した。そして彼女を城に連れてきて、遠くから働くテレサリサの姿を見せた。老婆の証言により、テレサリサこそがその〝赤紫色の舌の魔女《マゼンタ》〟であるという確信を得て、近衛《このえ》隊長として獅子《しし》王プリウスに報告したのだった。

プリウスはフィガロから手鏡を受け取り、その魔女を、自分の目で確かめてみたいと言った。そしてテレサリサが夕方になるとよく城壁に上ると知って、会いに向かったのだった。

――俺は忠告したんだ。

フィガロはロロと剣を交えながらそう言った。

この国を護《まも》るため、魔女を見つけた。ところが獅子王は自分に任せておけと言ったきり、魔女を排除しようとしない。それどころか、彼女と結婚するとまで言いだした。王はまさか魔法にでもかけられているのではないか——このままでは、国が魔女に奪われてしまう。そう思ったフィガロは王を見限り、この件を王弟《おうてい》であるオムラ・レーヴェに報告した。

オムラはこの事実を利用し、獅子王の座を狙った。テレサリサが魔女である証拠の手鏡は、プリウスが持っている。だからこそ代わりに魔女災害の被害者——ダーコイル家の老婆を証言台に立たせたのだった。

「——だから、獅子王は知っていたんです」

ロロはテレサリサに訴える。

「あなたが魔女と知ったうえで、あなたと結婚しようとしたんです！」

「……そんな」

——得体《えたい》なんて、なんだっていいよ。

あの城壁の上で言われたプリウスの言葉を思い出す。

——城のメイドでも、〝放浪の民〟の出身者でも。

——例えば……お前が〝魔女〟だったとしてもだ。

「知っていたの？　初めから、ずっと……？」

ロロの指先は痺《しび》れてきていた。窓枠を掴《つか》む右手も、テレサリサの石枷《いしかせ》を掴む左手も。窓の外に傾く二人分の体重に引っ張られ、指が一本ずつ外れていく。

「あなたは、どうしたって魔女だ――。生きているだけで恐れられ、避けられ、忌《い》み嫌われる。けど、悲観することなんてないはずだ。あなたはまだ戦える。死ぬにはまだ早すぎる。だってあなたは、孤独じゃないから」

ロロは、深緑色の瞳で真っ直《ます》ぐにテレサリサを見つめた。

「あなたは魔女でいい。魔女として生きていいんだ。だってプリウス・レーヴェは、あなたを魔女と知りながら、愛したのだから！」

――だから忘れるな。俺が惚《ほ》れたのは、今ここにいるお前だ。

――お前が何者であろうとも、俺はお前を愛し続けるよ。

プリウスの言葉が、テレサリサの脳裏に蘇《よみがえ》る。生きることを、許すように。

「……あなたは本当に、変な王様……」

瞬間、〈幽閉塔〉よりかなり離れた場所にある、城の一角が燃え上がった。雨の降り続く暗がりの中、大きな赤い炎が浮かび上がる。

ロロは顔を上げた。城の一角に上がった炎を見つめ、眉根《まゆね》をよせる。

テレサリサもまた、仰向けのまま炎を逆さに見つめた。王の城が燃えている。その炎は、テレサリサの胸に枯れていた怒りや憎しみを、ふつふつと沸き上がらせる。はたして、プリウスの愛したこの国を、卑怯《ひきょう》な王弟《おうてい》に奪われていいものか。それを許していいものか――。

「魔女様！」とロロが声を荒らげた。

「魔女様の手枷《てかせ》を外したいんですけど、カギは、右手に持ってるんです」

ロロは視線だけで、窓枠を摑《つか》む右手を示す。束ねられたカギの輪っかは、その指先に引っかかっている。だが右手を離せば、二人とも窓の外に投げ出されてしまうだろう。

とはいえ、ロロにはもう、引っ張り上げる力が残ってはいなかった。

「というか、もう限界で……。落ちながら手枷外しますから、魔法で何とかできます？」

「……黒犬。私の手鏡は持ってるの？」

「あります。腰に提げた麻袋の中に……」

捨てたはずの手鏡が、プリウスの手を介して戻ってきた。まるでプリウスが戦えと、そう言っているかのように。テレサリサは仰向けのまま目を閉じて、深く息を吸う。

「わかった。〝鏡の魔女〟は、あなたに力を貸してあげる。ただし一つだけ条件がある」

そうして再び頭を起こした。燃えるような赤い瞳がロロを射す。

「オムラは私が殺すから」

「……承知しました」

ロロは魔女の殺意に身震いする。

「じゃあいいよ。落ちましょ」

ロロは右手を、窓枠から滑らせるようにして、離した。

二人は幽閉塔の最上階から、真っ逆さまに落ちていく。

ロロは空中でカギの束から白いものを選び、テレサリサの両手首を拘束する、石枷《いしかせ》の鍵穴に差し込んだ。瞬時に回して枷を外す。

すかさずテレサリサが唱える――〝鏡よ、鏡〟。

ロロの腰に下げた麻袋から、銀色の液体があふれ出した。まるで水銀のような大量の液体は、テレサリサの背中に集約していく。

テレサリサは落下しながら、ロロを胸に抱き寄せた。

次の瞬間、鳥が羽を広げるように、テレサリサの背に貼りついた液体が大きく広がる。形作られたそれはまさに、銀色の翼だった。

「すごい……」

ロロはテレサリサにしがみつきながら、その摩訶不思議《まかふしぎ》な現象を目撃する。

銀色の翼がはばたき、二人はぐるんと足を下にした。翼はさらに二度はばたき、落下スピードが殺されて、二人は地上へと近づいていく。

ある程度地面に近づいたところで、ロロはテレサリサから手を離して飛び降りた。

テレサリサが着地すると、銀色の翼は溶けて液体へと戻り、大きなスライムのようにひとかたまりになった。

テレサリサはロロに手を差し出す。

「手鏡、届けてくれてありがとう」

ロロは腰の袋から、手鏡を取り出してテレサリサに返した。

テレサリサが手鏡を足元のスライムに掲げると、スライムは鏡面に吸い込まれていく。ロロからして見れば、まったく奇妙な光景だ。テレサリサの持つ手鏡を指差す。

「……その銀色の物体は……生きているんですか?」

「生きてないよ。私の意思で動かしているんだもの」

テレサリサはすくい上げるように手鏡を振る。銀色の液体は、手鏡の中に消えていった。

「へえ……不思議なものですね」

「でも名前はある」

「名前?　なんて名前ですか?」

「エイプリル。私の本名だって。育ての親が教えてくれた。この手鏡にも、イニシャルが刻まれているわ」

「え。それじゃあ、エイプリル様と呼ぶべきでしょうか?」

「いいよ、テレサリサで。そんな名前で呼ばれていたころのことなんて、覚えていないもの。そんなことより――」

テレサリサは、闇夜に燃える城の一角を見上げた。

「あの場所、礼拝堂だよ。私たちの婚礼が行われた場所……。キャンパスフェローの人たちは、今どこにいるの？」

「レーヴェとの親睦《しんぼく》会パーティーが開かれているはずです。会場は知らされていませんが……まさか、礼拝堂でやるなんてことは……」

「あり得るよ。急いだほうがいいかも。あの炎……。魔法によるものだわ」

「え……？　魔法ってことは、魔術師《ウィザード》ですか？　どうしてレーヴェに魔術師が」

「それはわからない。私の魔女裁判のためなのか……オムラが何か企んでるのか」

「…………」

ロロは唇を結ぶ。不穏な状況に、嫌な予感を覚えた。

6

礼拝堂での虐殺が始まってからずっと、カプチノはテーブルの下に隠れていた。石壁がフェロカクタスの魔法によって燃え上がったときも、ハートランドたちが正面扉から脱出したときも、テーブルの下で震えたまま、出て行くタイミングを失っていた。

その手には、ロロに貰《もら》ったダイアウルフの爪が握られている。ロロはそれがお守りになると言った。今こそ守ってほしい。助けてほしい。震える手で、強く爪を握りしめる。

「……助けて。ロロさん……」

生き残ったキャンパスフェローの人々を追いかけ、金獅子《きんじし》の騎士《ナイト》や傭兵《ようへい》たち、そして二人の魔術師は礼拝堂を出ていく。何人かの金獅子の騎士が礼拝堂に残り、吹き上がる炎を消そうと駆け回っていた。

このままテーブルの下に隠れていても、助けが来るとは思えない。カプチノは勇気を出してテーブルの下から這《は》い出る。騎士たちに見つからないよう身を屈めながら、ハートランドの蹴《け》破った正面扉を目指した。早く、キャンパスフェローの人たちと合流しなくては。

身を潜めながら、倒れたキャンパスフェローの人々を横目に見た。背中に剣を突き立てられた者。燃えて身体《からだ》が焦げている者。どれも知った顔だった。カプチノは歯を打ち鳴らしながら、燃える礼拝堂から廊下に出る。

廊下に人はいなかったが、大声と駆ける足音が遠くに聞こえた。

金獅子の騎士や傭兵たちが、集まってきているのかもしれない。廊下の左手から向かってくる金獅子の騎士たちに気づき、カプチノは慌《あわ》てて背を向けた。彼らとは反対方向に、壁伝いに早足で歩く。

キャンパスフェローの人間である自分がレーヴェの騎士に見つかれば、おそらく殺されてしまうだろう。理由はわからないが、この虐殺はそういうものだ。金獅子の騎士や傭兵や、魔術師たちはキャンパスフェローの人々を狙っているのだ。礼拝堂を出た者たちは、無事に逃げられたのだろうか。デリリウムやロロの顔を思い浮かべ、心細さに涙がにじむ。

「……みんな、どこ……？」

進む先のほうから、男の悲鳴が聞こえた。

カプチノは恐る恐る前進した。そのまま廊下を進んで、中庭を取り囲む回廊に出る。そこは昨日《さくじつ》、ロロとフィガロがエキシビションマッチを行った場所、〈王の箱庭〉だった。

柱の並ぶ回廊に囲まれた、だだっ広い中庭だ。手入れの行き届いた芝生が敷かれ、あちらこちらに花々の咲く花壇が設置されている。中庭の中央付近に立つ立派な樫《かし》の木は、広げた枝葉に黄色い葉っぱを付けていた。

何本もある回廊の支柱には松明《たいまつ》が灯っているため、雨の降る中庭は存外に明るい。

廊下を逃げてきたキャンパスフェローの人々は、開けた中庭や回廊を、それぞれ散り散りになって駆けていた。中庭から屋内へと通ずる廊下はいくつもある。しかしそのどの廊下からも、金獅子《きんじし》の騎士《ナイト》たちが向かってくる。あっちもダメだ、こっちもダメだと引き返すうちに、キャンパスフェローの人々は、中庭へと追い詰められていた。

彼らの背後に、フェロカクタスが迫った。

鉄火の騎士が奪った剣を構え、フェロカクタスの両手に纏《まと》う炎に抵抗する。しかし振るうその剣は、素早いフェロカクタスにかすりもしない。燃やされるのも時間の問題だった。

ハートランドは、バドを引きずるようにして脇に抱えていた。回廊から雨の降りしきる中庭へと出る。その背中は、未だ燃え続けている。

中庭を突っ切って向こう側の回廊を目指したが、その背後にはラッジーニが迫っていた。

「つれねえじゃねえか、どこ行くんだよっ！」

ハートランドは咄嗟《とっさ》に振り返り、槍《やり》を盾《たて》にして、ラッジーニの手のひらを止める。その拍子に、バドを芝生の上へと落としてしまった。

「ぐっ……。バド様っ。申し訳ございませんッ！」

ハートランドは槍を振るい、ラッジーニを退かせた。

すぐに倒れたバドを抱き起こそうとするが、バドはその手を払う。

「……構うな、自分で立てる」

「…………」

バドは上体を起こす。ハートランドはその様子を見ながら必死に考える。主を生き残らせる方法を。この城から脱出させる方法を。考えながら、カツラに半裸の魔術師《ウィザード》に向かい、改めて槍を構えた。少なくとも、この男を何とかしなくては逃げ切れない。

ならばここから、別行動だ。

「……バド様。私がヤツを引きつけます。その間にどうか、お逃げください」

「……お前を盾にするつもりはない。戦うなら勝て。命令だ」

「…………」

ハートランドは応えなかった。応えることができなかった。勝てるかどうかわからない。だからこそ、盾《たて》として使ってほしいのに。槍《やり》を握る手に力を込める。負けるわけにはいかなくなった。ハートランドは穂先を下に構え、一歩、二歩とラッジーニを牽制《けんせい》して前に出る。

ラッジーニは一定の距離を保ち、ハートランドが進んだ分、後退する。真剣な顔で睨《にら》みつけるハートランドとは違い、両腕を広げ余裕の表情だ。

「お前、面白えなあ。あん？　背中ずっと燃えてんだけど。熱くないのか？」

その手のひらにまとっているのであろう魔力は見えないが、ラッジーニの手に触れる雨粒は、ジュウと蒸気を発して掻《か》き消えている。

「……この程度。熱くも何ともない」

額に脂汗を浮かべながら、ハートランドは意地を張った。中庭に降る雨に濡れ、火の勢いは小さくなっているものの、フェロカクタスの炎は、対象が燃え尽きるまで消えない。火種である魔力が付いたまま、ハートランドの背中は燃え続けている。

気がつくと、ハートランドは中庭の中央付近にまで来ていた。足元に、試合開始時の立ち位置を示す白いラインが引かれている。ここは、剣を打ち合うためのフィールドだ。

ラッジーニもまた、もう一方のラインの上に立っている。バドからラッジーニを引き離すため、ハートランドは圧《お》しているつもりだったが、どうやらここまで誘導されていたらしい。

周りの回廊や芝生の上で、まだ生き残っている鉄火の騎士《ナイト》たちが、金獅子《きんじし》の騎士や傭兵《ようへい》、そしてフェロカクタスを相手に戦っている。

喚声や悲鳴が響き渡る中庭のその中心で、ハートランドとラッジーニは向かい合う。

ラッジーニは首を回したり、軽くジャンプしたりしていた。

「あんた、名前は？」

「……〈鉄火の騎士団〉団長、ハートランド・パブロだ」

「団長だったか。なるほど……〝背中の燃えたハリネズミ《ファイヤー・ヘッジホッグ》〟だ」

ハートランドの腕に刺繍《ししゅう》された騎士団の紋章を指差し、ラッジーニは笑った。背中の燃えたハリネズミの紋章は、背を燃やす今のハートランドと似ている。

ラッジーニは両腕を広げ、腰を落として構える。

「さあ、二回戦開始と行こうぜ。ハートランド・パブロ」

「……いいだろう。かかってこい、魔術師」

応えてハートランドは槍《やり》を振り回し、タンジェリング・ツリーの刃を広げた。


一方で、中庭を駆け抜けるキャンパスフェローの一部の者たちは、回廊の角に警備の手薄な廊下を見つけた。そこから城内を抜けて、城の外まで逃げられるかもしれない。

「あっちだ！　走れっ！」

奪った剣を握る二人の騎士に護《まも》られながら、三人の文官たちは走り出す。

花壇の花を踏みつけ、真っ直《ます》ぐに中庭の隅を目指してがむしゃらに走る。背後にはフェロカクタスが迫っていた。しかし前方の廊下に金獅子《きんじし》の騎士《ナイト》や傭兵《ようへい》たちの姿はない。廊下の前に立っているのは、黒いドレスの貴婦人が一人だけ――。

「あらあら、もう始まってしまっているのね？」

ツバの広い黒い帽子に、目元を包帯で覆った貴婦人は、尋問官の一人。アネモネだった。

「そこをっ、どいてください……！」

一行を先導する鉄火の騎士は、それを知らない。貴婦人をただの貴族だと思い、走りながら剣先を向けて言った。アネモネはその位置から動かなかった。ならばと彼女を避けて、通り過ぎようとした若い騎士の足首を、何者かが鷲《わし》づかみにする。

前につんのめり、倒れる騎士。見れば足首を摑《つか》む黒々とした腕は、アネモネの足元に落ちた影から生えていた。

「……な、何だ……これは」

先導する騎士に続いていた、四人の人々も足を止めた。

「どこへ行こうというの？　あなたたち。惨劇《さんげき》はこれから始まるというのに――」

アネモネの足元に落ちた影から、もう一本の腕が出てくる。肩が出て、胸が出て、あばらの浮いた痩軀《そうく》の男のシルエットが出てくる。男は影の色と同じ、全身が黒かった。凹凸のあるその顔は作り物のようで、意思は感じられない。

その顔の鼻の上に、横一線の切れ目が入った。パカッと上下に開いた頭部には、人間と同じような歯が並んでいて、それこそがこの影の、本当の口であることがわかる。

影から生まれたその男は、手に摑んだ若い騎士の足首を持ち上げた。もう一方の手で騎士の頭を鷲づかみにし、その顔にかぶりつく。騎士の断末魔が、中庭の一角に響いた。

残された一人の騎士と三人の文官は、あまりにショッキングな光景に立ち竦《すく》む。

影の男は、若い騎士の身体《からだ》を、大きな口で飲み込んでいく。すべてを食べきり、振り返ったその顔は、今、食べられた若い騎士と同じものになっていた。

立ち上がった影の男の体つきが、みるみるうちに変わっていく。裸であったのが、騎士と同じ服装に変わり、その手には、騎士の握っていた剣が形成されていく。

ただし全身は真っ黒のまま、目の焦点は合っていなかった。

「ほほほ。若い子は肉付きがいいわねえ、タタカリ」

〝私の騎士様《マイ・デイア・ナイト》〟――自分の影が、食った騎士をコピーする。アネモネの固有魔法だ。この影をアネモネは〝タタカリ〟と名づけている。イナテラ共和国の奥地の言葉で、〝好きすぎて殺しそう〟という意味だった。

「オオオオン……。オオオオン……」

タタカリは悲壮に満ちた鳴き声を上げる。嵐の夜に聞こえる、風の音のような声で。残った騎士は、三人の文官を背に剣を構えた。彼に向かって、タタカリが飛び跳ねた。

カプチノは、中庭の隅にいた。タタカリが人々を斬《き》り殺している、その対角線上に位置する。惨劇《さんげき》は、中庭のいたるところで行われている。回廊を駆ける人々は、金獅子《きんじし》の騎士《ナイト》や傭兵《ようへい》たちに取り囲まれ、中庭の中央では、背中の燃えたハートトランドがラッジーニと対峙《たいじ》している。キャンパスフェロー人々は、もうほとんど残っていなかった。

フェロカクタスが獲物をタタカリに奪われ、足を止めていた。キョロキョロと辺りを見渡し、次の獲物を探す。そして中庭の隅で震えているカプチノを見つけ、にんまりと笑った。

カプチノは身体《からだ》を硬直させる。

――逃げなきゃ。早くどこかに隠れなきゃ。

頭ではそう考えているのに、足が震えて動かない。涙が溢《あふ》れ、鼻水をすする。お守りをぎゅっと胸に抱きしめる。カプチノは漠然と悟ってしまった。ああそうか、自分はここで死ぬのだと――。

「カプ！」

背中に聞き慣れた声を聞いて、カプチノは振り返った。礼拝堂に続く廊下から、ロロが駆けてくる。黒い暗殺者《アサシン》仕様の装束を着て、兜《かぶと》の面は上げていた。その姿を見て安堵したカプチノだったが、慌《あわ》てて首を振り、涙で顔をくしゃくしゃにしながら叫んだ。

「待って、近づかないで！　くださいっ」

ロロは回廊で足を止めた。

「……私、触られてしまいました、から」

「……？」

カプチノの後方で、フェロカクタスがその背に向かって指を差した。カプチノは礼拝堂の入り口で、フェロカクタスに触れられていた。その小さな身体に、抱きつかれていた。

「うあっ……！」

瞬間、小さな悲鳴を上げたカプチノは、ロロの目の前で、一瞬にして炎に包まれた。

「カプ……!?」

「どいて、黒犬」

驚愕《きょうがく》するロロの脇を、テレサリサがすり抜けていく。

同時に手鏡を振り上げて、鏡面から銀色の液体を発生させる。

「火を消してっ、エイプリルっ！」

液体は瞬時に、カプチノの燃える上半身を包み込んだ。発生した炎を、力任せに抑え込むように。上半身を液体に包み込まれたカプチノは、芝生の上に膝《ひざ》をつき、倒れ込む。

テレサリサはすぐに液体を回収した。手に持つ手鏡を振ると、その鏡面に銀色の液体が収束していく。液体が移動して、カプチノの顔が見えてきた。その身から発生した炎は消えている。

ロロはカプチノのそばに駆けて、ぐったりとしたその身体を腕に抱いた。

「カプ……！　しっかりしろっ」

カプチノは目を閉じたまま応えない。黒髪の毛先は熱で縮れ、メイド服は焼け焦げてしまっている。ロロはカプチノの首筋に指を当て、脈を探した。とくん、とわずかに鼓動を感じる。

「その子、生きてる?」

テレサリサは正面のフェロカクタスを警戒しながら、カプチノを横目に見る。

「大丈夫です。生きてます」

「そう。よかった」

「何が……起きたんですか?」

「その子、身体《からだ》にべったりと魔力が貼り付けられてた。たぶん、それが火種になって燃えてたんだわ。だからエイプリルでその魔力を潰したの。……火種を付けたのは、あいつね」

「あれっ。〝鏡の魔女〟?」

フェロカクタスは、きょとんとして小首を傾《かし》げた。

「牢屋にいるんじゃないの?」

テレサリサは手鏡を振った。その鏡面より再び銀色の液体が発生し、テレサリサの頭上で弧を描いて硬化する。支柱に灯る松明《たいまつ》の炎を受けて、光り輝く刃や柄に、蔓《つる》や葉の絡み合うきめ細かなレリーフが施されていく。それはまるで、死神が胸に抱くような大鎌。

「いけないいんだよ、鏡の魔女。勝手に出てきちゃ。フェロが捕まえてあげる」

フェロカクタスは両手を燃え上がらせ、テレサリサに向かって駆け出した。

「……大鎌は久しぶりだけど」

テレサリサもまた、銀の大鎌を振るい走り出す。

「修道女《シスター》に捕まるほど、鈍っちゃいないわ」

二人は雨降る中庭で激突する。フェロカクタスの炎に包まれた手が、テレサリサの身体に触れる――寸前。テレサリサはそれをステップでかわし、フェロカクタスの頭上に鎌の刃を降らせた。

「あ、わ。おっ……」

フェロカクタスは反射的に刃を避け、すばやく後退――。テレサリサは今一度大きく鎌を振り回して追撃した。フェロカクタスはその勢いに気圧《けお》され、さらに後退するが――銀の大鎌の柄やその刃は、テレサリサの意思で自在に伸びる。

「きゃあああっ……!!」

予想を超えて深く伸びてきた刃に肩口を裂かれ、フェロカクタスは悲鳴を上げた。

7

「どきなさいよ、変態、変態っ！」

ベッドの上で、馬乗りとなったオムラの尻に敷かれ、デリリウムは足をばたつかせる。

腕を胸の前で交差させ、はだけた胸元を隠していた。腕に押しつぶされた豊満な胸は、オムラの鼻息をより荒くさせるものだった。

「おほっ。なかなか早熟ですねえ、姫」

オムラは馬乗りになったまま、忙しく自身の上着のボタンを外していく。ブドウジュースで汚れた上着を脱ぎ捨て、でっぷり膨れた腹を露わにする。その目は服を脱ぎながらも、デリリウムの胸元に注がれていた。

「ほら、獅子《しし》がお好きだって言ってたじゃない。喜びなさいな。獅子王の妻として、思いっきり愛《め》でてあげようというのに」

「うるさいっ。あんた豚じゃないの！　豚っ。豚王っ！」

デリリウムは、オムラの尻に敷かれた足を力一杯引き抜いた。足をバタバタ動かして、オムラの顔や腹を蹴《け》り飛ばす。しかし、すぐに足首を摑《つか》まれてしまう。

無理に足を持ち上げられて、白い太ももが露わとなった。

「きゃあああっ！」

デリリウムは、めくれるスカートを手で押さえる。

オムラは、開いた太ももの間に身体《からだ》をねじ込むと、そのままデリリウムに覆い被《かぶ》さった。

「いいよ、いい！　ぜひ暴れておくれ。ずいぶんと盛り上がってきましたわっ」

「助けてっ。誰か、誰かっ――」

叫ぶデリリウムの鼻先に、唇を寄せてくる。

顔を背けるデリリウム。その頬《ほお》を、べろりとオムラの厚い舌が舐《な》めた。

「やだっ……んんっ!!」

そのときだ。顔を横にしたデリリウムは、ベッドの脇にあり得ないものを見た。

絨毯《じゅうたん》の上に落ちていたのは、人の手首だった。手首が、五本の指を足のようにして立っている。手首の切断面は黒く、まるで骨切り包丁でスパッと切り落としたかのようにキレイだった。血は一滴も流れていない。

――何、あれ。

目を見開いたデリリウムの前で、手首が足踏みするようにして、動いた。

「とても見ていられないな」

不意に聞こえた、オムラのではない、柔らかな男の声――。

突然、オムラが上半身を跳ね起こす。

「こっ……お……？」

唸《うな》り声を上げる彼を見ると、その太い首を、手首が絞めている。床に落ちていたのとは、また違う別の手首だ。オムラは苦しそうにもがき、手首を外そうと爪を立てていた。しかし手首は離れない。この手首の切断面もまた黒く、血は一滴も流れていなかった。

「……どうなってるの？」

オムラはいよいよ泡を吹き、白目を剝《む》いて仰向けに倒れた。デリリウムは彼の背後に、とある人物が立っていることに気がつく。

ツバのある帽子を被《かぶ》り、黒のローブを羽織っている。その顔には、まるで鳥のような大きなクチバシの付いた仮面を被っていた。手には角張った、牛革の鞄《かばん》を持っている。

デリリウムは、その異様な姿をした人物に見覚えがあった。魔女裁判のとき、テレサリサの石枷《いしかせ》に繫《つな》がる鎖を引き、先導していた者である。

「……あなた、誰?」

デリリウムはシーツをたぐり寄せ、はだけた胸元を隠した。

謎の人物は、なおもオムラの首を絞め続ける手首へ、視線を落とす。

「こら、殺してはいけないよ」

まるで、イタズラする犬を、優しく叱るような言い方だった。手首は素直に彼の言葉を聞いて、首を絞める力を緩めた。

「こんばんは、ミス・デリリウム・グレース」

謎の男はベッドのそばに立ち、デリリウムを正面から見つめた。表情は、仮面でまったく窺えない。まるで無表情のまま見つめられているようで、気もそぞろとなる。

「パルミジャーノ・レッジャーノと申します」

「……パルミ……ジャーノ」

「キャンパスフェローの姫であるあなたは、本来なら褒賞《ほうしょう》の一つとして、この男に捧げなくてはならなかったのだけれど……」

パルミジャーノは牛革の鞄を絨毯《じゅうたん》の上に置いて、左の手袋を抜いた。晒《さら》した手を、ベッドの上のデリリウムに差し出す。白く細い、綺麗《きれい》な指をしていた。

「その美しい手が、醜《みにく》いけだものに食い散らかされるのを見るのは、我慢ならなかった」

「…………」

デリリウムは警戒しながらも、ベッドから足を下ろした。得体《えたい》の知れない人物だ。しかしオムラの魔の手から救ってくれたのは事実である。

「……ありがとう」

デリリウムは礼を言った。そして自然に差し出された手を取り、立ち上がる。

パルミジャーノはデリリウムの手を、もう一方の手で包み込んだ。

「……無事でよかった、本当に」

次の瞬間、めまいを覚えたデリリウムの意識が遠のいていく。

脱力し、膝《ひざ》から崩れ落ちたその身体《からだ》を、パルミジャーノが抱きかかえた。

8

ロロは、気を失ったカプチノを回廊に寝かせたあと、中庭を見渡してバドの姿を捜した。中庭は戦場と化している。中央のグラウンドでは、ハートランドが尋問官を相手に槍《やり》を構えている。バドは、回廊の支柱に背中を預けて座っている。

「ご無事ですか、バド様」

ロロは、すぐにバドのそばへ駆け寄る。腹部と肩、そして太ももにクロスボウの矢を受けたバドは、息も絶え絶えだった。顔が青白い。

そのかたわらに膝《ひざ》をついたロロは、バドから簡単に、状況の説明を受けた。親睦《しんぼく》会は罠《わな》であったこと、キャンパスフェロー側の情報が、筒抜けになっていたということ。裏切り者がいるかもしれないということ。そしてデリリウムの姿が見えない、とバドは言った。

「デリリウムを見つけ出してくれ。必ずだ」

受けた傷が痛むのか、バドは顔を歪《ゆが》ませる。矢の突き刺さった腹部は、赤く滲《にじ》んでいた。

ロロはバドを勇気づけたく、努めて声を明るくした。

「一つだけ朗報があります。王妃テレサリサは魔女でした。俺たちに協力してくれます」

「そうか……」

「今も魔術師《ウィザード》の一人と交戦中です。我々は今すぐ城を出ましょう。バド様の安全を確保してから、デリリウム様を――」

言葉の途中で、バドは「その前に」とロロの言葉を遮る。目で指した先は中庭の中央。グラウンドのフィールドだ。迫り来るラッジーニに、ハートランドが槍を振るっている。

「……ハートランドが苦戦している。力を貸してやれ」

触れる雨粒を蒸発させながら、ラッジーニの手のひらが伸びてくる。

摑《つか》まれた愛槍タンジェリング・ツリーの柄から、ジュウと大量の蒸気が上がった。

「ぬうぅぅうっ……!!」

ハートランドは槍を回転させて、ラッジーニをはね除ける。

回廊の松明《たいまつ》に照らされたグラウンドで、ハートランドとラッジーニの一騎打ちは続いている。ハートランドの背中は、今もなお燃え続けていた。礼拝堂での戦闘時に鷲《わし》づかみにされた喉《のど》は、痛々しくただれている。

いくつもの刃を持ち、対複数戦では無類の強さを誇るタンジェリング・ツリーであったが、近接戦闘スタイルのラッジーニ相手では、思うようにその力を発揮できずにいた。

枝葉のように広がる刃は、一度の突きでたくさんの人間を貫くことができるが、枝葉が大きい分、大振りとなってしまう。懐に入られてしまったら、素早く槍を振り回すために、いちいち刃を柄の中に仕舞わなければならなかった。

「……フゥ……フゥ……」

ハートランドの呼吸は乱れている。降りしきる雨が、血の気の引いた青白い顔を濡らしていた。防戦一方となってしまうのは、望むところではない。一刻も早く、バドを連れて城を出なくてはならない。さっさとラッジーニを倒さなくてはならないのに、確実に身体《からだ》の動きは鈍くなっている。

槍《やり》を握る自分の指先が、わずかに震えていることに気づき、ハートランドは強く柄を握りしめた。魔術師《ウィザード》に対する恐怖はない。ただ、このままでは、バドを護《まも》りきれないかもしれない。それが恐ろしい。

——誰か……バド様を連れて逃げてくれれば……。

ハートランドは無意識のうちに、横目でバドの姿を捜した。それが隙《すき》を生んだ。足を踏み込んだラッジーニが、瞬時にハートランドの懐へ入る。

「主《あるじ》が心配か？　妬《や》けるじゃねえか、ハートランド。ちゃんと俺を見ろ」

「くっ……しまっ——」

ハートランドは咄嗟《とっさ》に槍を立てて、盾《たて》にする。ラッジーニはその柄を掴《つか》んだ。そしてもう一方の左手で、槍を握るハートランドの右手首を鷲《わし》づかみにする。ジュウっとハートランドの手首から、蒸気が上がる。

「ぐぁあっ……!!」

「ははは！　痛いか？　痛いだろうなあ！」

その手を振りほどこうにも、力が入らない。ハートランドは、ラッジーニの顔面に、頭突きを食らわせた。しかしラッジーニは怯《ひる》まない。弾かれた頭を戻したラッジーニの鼻からは血が垂れていたが、両手はハートランドの手首と槍の柄を、しっかりと摑んだままだ。

「ほら、どうした⁉」

ラッジーニは、ハートランドの顔をのぞき込む。唇に垂れた鼻血を舌で舐《な》める。

「もっと抵抗しねえと。お手々、もげちまうぞ？」

「……くぅ。フゥ……！」

そのとき、ラッジーニは跳ねるように迫る人影に気づく。黒い手甲《てっこう》に、黒い兜《かぶと》を被《かぶ》った黒犬――ロロは、一瞬のうちにラッジーニの懐に足を踏み込み、手甲を振るった。

ラッジーニは反射的にハートランドから両手を離し、上体を反らして手甲を避ける――と同時にその手甲を摑み、ロロの動きを止めた。

「おいおい……。なんだテメェは？」

ラッジーニに摑まれ、蒸気を上げる手甲の先からは、刃が覗《のぞ》いている。

「とんだ不粋がいたもんだな……。俺は、男同士の一対一に割り込んでくるようなヤツが、一番嫌いなんだが？」

矢継ぎ早にラッジーニは、空いた右手でロロの兜の面を摑んだ。

ロロの兜が、蒸気を上げて溶けていく。

「っ……！」

そこにハートランドが、ラッジーニの足元からえぐるようにして槍《やり》を振り上げた。ラッジーニが飛《と》び退《の》くと、ハートランドはすかさず槍の穂先を向けて牽制《けんせい》。ロロを横目に見る。

「……何をしている？　バド様を連れて逃げろ」

ダメージが蓄積されているのだろう。ハートランドは、肩で息をしていた。

ロロの面は溶けてただれ、顔の左側が露わとなっている。

「そうしたいんですけどね。バド様の命令です。協力して魔術師《ウイザード》を倒せ、と」

「倒せるか……？　あの男含めて、魔術師はおそらく三人以上はいるぞ」

「わかりません。けど……不可能ではないと思います」

ロロは横を向く。ハートランドもその視線を追った。

中庭の向こうのほうでは、テレサリサが銀の大鎌を振るっている。赤いドレスをひるがえし、炎を手にまとったフェロカクタスを翻弄《ほんろう》していた。

「俺たちには、〝鏡の魔女〟がついてますから」

〈王の箱庭〉に、次々と金獅子《きんじし》の騎士《ナイト》たちが集まってくる。魔術師たちと共闘し、キャンパスフェローの者たちを討つべく、中庭を取り囲むようにして回廊に姿を現す。

その中に、右腕を三角巾で吊ったフィガロの姿もあった。〈幽閉塔〉でロロに敗れ気絶していたが、目を覚ましてここまでやって来たのだ。

事はすでに始まっていた。キャンパスフェローの者たちは、すでにそのほとんどが息絶えていた。中庭の芝生や回廊に、多くの死体が転がっている。

一見してまだ戦っているのは、グラウンドの中央でラッジーニと対峙《たいじ》するロロとハートランド、そしてフェロカクタスと戦闘を繰り広げている、テレサリサだ。

明日、火あぶりにする予定である魔女を、ここで逃がすわけにはいかない。

「お前たち、何をぼうっと見ている！　さっさと魔女を捕らえろっ！」

フィガロは、回廊で立ち竦《すく》む金獅子の騎士たちに叫んだ。

「魔術師どもに後れを取るなッ！　斬《き》りつけてでもあの女を捕らえろ！　いいか、〝獅子王殺し〟を逃がせば、騎士の名折れと思えッ……!!」

フィガロの一喝で騎士たちは次々と剣を構え直し、喚声を上げて中庭へ飛びだした。

テレサリサは、フェロカクタスの燃える両手を避けながら、背後から切り込んできた騎士の剣身を脇目に見て、上体を反らす。頭上より振り下ろされた剣を避け、間髪容《かんはつい》れずに横から伸びてきた剣先を、身をひねってかわした。

テレサリサに向かって、次々と剣が振るわれる。テレサリサはそのすべてを避け、あるいは大鎌の柄で受け止めて、弾いた。踊るように回転して大鎌を振り回し、騎士の頭部を、大鎌の頭の部分で弾き飛ばす。

「ぐあぁっ……!!」

芝生に転がる騎士《ナイト》を飛び越えて、また別の騎士たちが襲ってくる。テレサリサは彼らの喉《のど》を大鎌の柄の尻部分――石突きで突き、あるいは鎌の頭を振り回し、叩いた。いくら襲われようが、金獅子《きんじし》の騎士たちを殺したくはない。彼らレーヴェの騎士は、プリウスの部下たちなのだから。

しかしフェロカクタスにとっては違う。

「もうっ、何っ、こいつら……!?」

テレサリサにいなされ、弾かれた騎士たちにぶつかって、フェロカクタスはテレサリサに近づけずにいた。フェロカクタスに、騎士たちと共闘する気など毛頭ない。彼らは、テレサリサとの戦闘を阻害する邪魔者でしかなかった。

「どいて、邪魔ッ……!!」

ぶつかり、触れたときに付けておいた火種を、一気に発火させる。

瞬間、二人を取り囲む騎士たちの腕や頭、肩など身体《からだ》の一部が燃え上がった。付けた火種は少量ずつだが、一斉に燃え上がった炎は、中庭を明るく照らし出す。

騎士たちはパニックに陥り、雨空に悲鳴を響かせた。

「ぅあああっ……!!」「消してくれェ!!」「熱い熱い熱いッ……!」「助けてっ!」

――と、テレサリサは、大鎌を頭上へと放り投げる。

空手となった腕を足元に振り下ろした、次の瞬間。大鎌が液体と化し、弾ける。無数に分かれた銀色の液体は、流星のように降り注ぎ、騎士たちの燃えた部分に付着していく。

中庭を明るく照らしていた炎が、一瞬のうちに掻《か》き消える。

代わりにフェロカクタスの両手にまとう炎が、その勢いを増した。

「消すなぁッ！　フェロの炎だッ。フェロの炎、勝手に消すなッ……!!」

テレサリサをキツく睨《にら》みつけ、怒りにまかせて走りだす。

手に何も持たないテレサリサに向かって、炎上する腕を振り上げる――が、その手がテレサリサの顔を燃やす直前に、フェロカクタスは、身体中を貫く痛みに足を止めた。

「……あッ」

目を見開き、血を吐き出したフェロカクタスの鼻先で、テレサリサはその顔を正面から見つめる。二人の横顔を、振り上げたフェロカクタスの腕にまとう炎が照らしている。

「……操作型の魔法使いと戦うときは、常に周りに気を配りなさい」

騎士たちに付着したままの銀色の液体が無数のトゲとなり、フェロカクタスの身体を、四方八方から突き刺していた。

テレサリサが開いた五指を握りしめると、銀色のトゲはフェロカクタスの身体から抜けて、騎士たちの元へ縮んでいく。支えをなくしたフェロカクタスは、雨で濡れた芝生の上に倒れた。

「……くそ」

回廊から騎士《ナイト》たちが燃える様子を見ていたフィガロは、舌打ちをする。悔しいが、そこらの騎士では魔女にはまったく歯が立たない。片腕を吊っている自分が出ても、捕らえることはできないだろう。どうすればいい――魔女を逃がさないため、次の手を考えるフィガロのそばに、一人の女が立った。

「あらあら……。マズいわね」

黒いドレス姿の貴婦人アネモネは、脇に黒い影の男――タタカリを引き連れていた。若い騎士の顔をコピーしたタタカリは、まるで忠実な大型犬のように、アネモネの足元に座っていた。目の焦点が合っていないタタカリの顔を愛しげに撫《な》でながら、アネモネはつぶやく。

「魔女を相手に、若い男の子一人食べたくらいじゃあ足りないわよね。タタカリ?」

「オオオン……。オオオン……」

悲しい声でタタカリは鳴いた。

「可愛《かわい》い子。もうちょっと食べて、身体《からだ》を大きくしましょうねえ」

アネモネはフィガロへと振り向く。

「あなた、ケガをしているけれど強そうね。ちょっと食べられてくださる?」

「……あ?」

瞬間、アネモネのそばに屈んでいたタタカリの顔が、鼻の上から横一線に割れていく。上下に開いた頭部の中に歯が覗《のぞ》いた。

大きく口を開いたタタカリは、フィガロの頭へと飛びかかる。

「オオオオンッ……！」

「っ……!!」

フィガロは反射的に後ろへ飛び跳ねた。隣に立っていた中年の騎士の肩を掴《つか》み、盾《たて》にする。

タタカリは、中年騎士の顔に噛《か》みついた。回廊に騎士の悲鳴が響き渡った。

テレサリサは、騎士たちに付着させていた銀の液体を、手元に集約させた。再び大鎌の形を形成し、両腕に抱く。

「まだやるつもり？」

残った騎士たちはテレサリサを取り囲むようにして、剣を構えていた。しかし誰も動かない。魔女を相手に勝てる要素がない。加えて、燃えた仲間を彼女に救われて、敵対する勢いが削《そ》がれていた。

「魔女様っ！」

グラウンドでラッジーニと対峙《たいじ》していたロロが、テレサリサを呼んだ。そばに立つハートランドの背を手で指し示す。

「彼の火も消してもらえませんか？」

「……あなた、ずっと燃えたままなの？　信じられない」

背中を燃やしたハートランドの元へ、テレサリサが一歩足を踏み出した、そのとき。背後で大きな破砕音を聞き、テレサリサは振り返った。回廊の天井と支柱を破壊し、中庭に出てきたのは、上半身の膨張した大男だ。

黒いプレートアーマーを装備して、黒い巨大な両手剣を握っている。武器も肌も全身が真っ黒の大男だった。その首は八つ。中には最初に食われたキャンパスフェローの若い騎士《ナイト》の顔や、フィガロが盾《たて》にしたレーヴェの中年騎士の顔もあった。

八人分の騎士を食ったアネモネの影、タタカリは、その体積の分だけ巨大化している。力も武器も騎士八人分。ただしその膨らんだ身体《からだ》は歪《いびつ》で、筋骨隆々というよりは、肥満体だ。

のっし、のっしとタタカリは芝生を歩き、やがてテレサリサに向かって駆けだした。走りながら、八本分の剣《つるぎ》をひとかたまりにした、巨大な両手剣を振り上げる。

「オオオオンッ……！」

「何こいつ、気持ち悪っ」

驚愕《きょうがく》して見上げたテレサリサの頭の上に、タタカリの剣が振り下ろされた。

芝生がえぐれ、土が跳ね上がる。

「魔女様ッ……!!」

「よそ見してる暇はねえぜッ……！」

ラッジーニもまた動きだした。両腕を広げ、タタカリに気を取られたロロへと迫る。

「っ……！」

ロロは右腕を振り下ろし、手甲《てっこう》に折りたたまれていた刃を伸ばして構えた。

「……へえ。仕込み刃か。面白いじゃねえか」

接近したラッジーニは、横薙《よこな》ぎに振られた刃をしゃがんで避ける。すかさず五指を広げ、ロロの首を鷲《わし》づかみにする。——ジュワッとロロが首に焼けるような痛みを覚えた次の瞬間、二人の間に槍《やり》が振り下ろされた。

割って入ったのはハートランドだ。ロロに代わり連続攻撃を繰り出す。

縦、横、斜めに振られる槍の穂を掻《か》い潜《くぐ》り、ラッジーニは、ハートランドの懐に入るための隙《すき》を探した。槍は大振り。必ず隙が生まれるはず——。槍が、一際大きく振り下ろされたそのタイミングで、ラッジーニは前へ出た。槍の先を掻い潜り、ハートランドの懐へ迫る——と、その直後、ハートランドの背を飛び越えて、ロロが現れる。

「っ……!!」

反射的に後方へ飛び跳ねたラッジーニだったが、ロロの刃によって右腕を切り裂かれている。ラッジーニは首をひねった。

「……はは。でかいのが陽動で、小さいのが斬《き》りつけてくるか。やりづれえな、お前ら」

ハートランドが追撃に走る。ロロもそれに続いた。

と、そのとき。駆けて来たテレサリサが、ハートランドの頭上で身を躍らせる。空中で身体をひねり、大鎌を放った先はハートトランドの背中――。

「火を消して、エイプリルッ……！」

瞬間、銀の大鎌が液体化し、ハートトランドの背中を包み込むようにして貼り付いた。

「ぬおっ……！　なんだ、これは」

「大丈夫です、ハートトランドさん。魔女様が火を消してくれます」

二人の頭上を、テレサリサを追ってきたタタカリの巨体が飛び越えた。

「オオオオオンッ……！」

グラウンドに着地したテレサリサは、ハートトランドに伸ばした腕を、腰のそばに引いた。その動きに呼応して、ハートトランドの背中に貼りついていた液体が、再び大鎌の形となってテレサリサの手元に戻っていく。シュルシュルシュルシュルと、回転しながら。

その軌道上には、タタカリがいる――。

「オオオンッ……!!」

肩口から背中まで大きく裂かれたタタカリは、空に向かって鳴いた。

ぱっくり割れた傷口の断面はボコボコと泡立ち、徐々に塞《ふさ》がり再生していく。

「……やっぱり。術者を見つけるしかなさそうね」

大鎌をキャッチしたテレサリサはつぶやいた。

タタカリは大きな両手剣を振り上げて、再びテレサリサを追いかけ始める。テレサリサもまた踵《きびす》を返し、タタカリを背に中庭を駆ける。

テレサリサは回廊の手前で膝《ひざ》を曲げ、大きくジャンプした。跳ねた先は、回廊のさらに上。タタカリの手が届かないであろう――城壁だ。テレサリサは魔力を足にまとい、壁を斜め上に駆け登る。しかしその背中を追って、タタカリが芝生を蹴《け》り、跳躍する。

「っ……！」

タタカリの機動力は、思いのほか高かった。広げた五指や足先で城壁の壁面を穿ち、壁面をよじ登るようにして、執拗《しつよう》にテレサリサを追い続ける。破砕音が辺りにとどろき、割れたがれきが中庭に降った。

中庭を取り囲む城壁を、テレサリサは地面と平行にひた走る。それをタタカリが鳴きながら追いかける。

異様な追いかけっこを背景に、中庭の中央では、ハートランドが槍《やり》を派手に振り回していた。その穂先をよけるラッジーニ。死角から、ロロが気配を殺して刃を伸ばしてくる。

「ちッ……っぜえな」

二人のコンビネーションに圧《お》され、ラッジーニは反撃に転じることができない。

ハートランドの背を燃やしていた炎は、すでに消えていた。

流れは二人のほうにあった――しかし。ここで思わぬ事態に見舞われる。

何度もラッジーニに握られ、溶かされ続けていたタンジェリング・ツリーの柄が、このタイミングで真っ二つに折れたのだ。

「なっ……!?」

怯《ひる》んだハートランドに生まれた隙《すき》を、ラッジーニは見逃さなかった。足を大きく踏み込み、瞬時にハートランドへと肉迫する。その左手が、蒸気を上げてハートランドの腹部へと突き刺さった。

「んぐぅッ……!!」

「ハートランドさんっ！」

ハートランドは折れた槍《やり》を放り捨て、自身の腹部に突き刺さったラッジーニの腕を摑《つか》んだ。その手を逃がさないよう握りしめながら、ロロに向かって声を上げる。

「今だっ！　こいつを殺せっ……」

ラッジーニは舌打ちし、左手をハートランドの腹部から引き抜こうとする。しかし腕をガッチリとハートランドに摑まれていて、身動きが取れない。

「ざけんな、クソがッ……！」

イラ立つラッジーニは、空いた右手でハートランドの顔面を鷲《わし》づかみにした。

「んあああああアァッ……!!」

ハートランドの顔から蒸気が上がる。

ロロは手甲《てっこう》の刃を振るった。

ラッジーニの首を落とすことも可能だった。腹を突き刺し殺すこともできた。しかしロロが刃を振るい、切り落としたのは、ハートランドの顔を掴むラッジーニの右腕だった。

「ぎゃあああっ……!!」

肘《ひじ》から先を落とされたラッジーニは、その激痛に絶叫し、ハートランドの腹部から左腕を引き抜いた。

「腕が……俺の腕がっ。許さねえぞ、テメエら。ただじゃ殺さねえ……!」

こめかみに青筋を浮かべ、目を充血させて、ラッジーニは二人を睨《にら》みつけた。

「決めたぜ。今、決めた。足の先から少しずつ溶かしてやるよう……。足首から、太もも、金玉、内臓ってゆっくり、ゆっくりとよう。ぜってえ、簡単には殺さねえぞ……」

空気がピリ、と震える。ロロは異変を覚えた。ロロの兜《かぶと》の面当ては、左部分をラッジーニ掴まれ、溶けている。空気に触れている左頰《ほお》に、刺すような痛みを感じる。

「俺はっ……!　痛いのが、一番嫌いなんだッ……!!」

ラッジーニの身に着けているパンツやブーツ、そして彼の立つ地面から、蒸気が上がっている。見ればロロの手甲や、ハートランドの着ている服からも、ジュウと蒸気が発生していた。ラッジーニの周りのものすべてが溶けているのだ。触れられてもいないのに――。

両手のみにまとわせていた魔力が、痛みのためか、コントロールを失っている。その魔力に触れたものは、みな溶ける。それがラッジーニの固有魔法――〝ただ溶かすだけ《ジャスト・メルト》〟。

「……大丈夫ですか、ハートトランドさん」

ハートトランドは、二つに折れたタンジェリング・ツリーの、穂先のほうを拾い上げた。柄が短くなってしまってはいるが、振れなくはない。無数の刃は収納されていた。

「……バカ野郎が。チャンスだったのに」

口元の血を拭い、ハートトランドはつぶやいた。

無論、敵を殺すことのできなかったロロに対してだ。

「……すみません」

「お前に、俺の騎士道を教えてやる。護《まも》りたいものがあるのなら、殺すことを躊躇《ためら》うな。それはお前の剣を鈍らせる。もったいないぞ。お前は――」

ハートトランドはロロの隣に並び立ち、槍《やり》を構えた。

「お前は、暗殺者《アサシン》なんだろう？」

「……はい」

ロロはハートトランドを横目に見る。顔面を鷲《わし》づかみにされたハートトランドの顔の半分は、赤くただれている。背を焼かれ、腹を貫かれ、とても戦える状態ではないはずだ。なぜ立っていられるのかさえ、疑問である。

「歯ァ食い縛れッ！」

ラッジーニが左腕を前に突き出し、二人に向かって走りだした。

「とびきり痛く溶かしてやるからなあッ、お前らァァアッ!!」

「俺が前に出ます」

ロロは、負傷したハートトランドをかばうように足を踏み出した。

ラッジーニとの距離が縮まると、空気に触れている左頬《ほお》に、焼かれるようなヒリつきを感じた。ラッジーニに近づくほどに、身体《からだ》中から立ち上る蒸気の量が増す。急いで片を付けなくては、すぐに戦闘不能になってしまうかもしれない——。

ラッジーニの正面に迫ったロロは、彼の左腕を手甲《てっこう》で弾き、刃を振るった。ラッジーニは左手一本でバランスを取りながら、器用にロロの刃を避ける。二手目、三手目と止まらないロロの猛攻に、後退《あとずさ》りしていく。

「あああッ……っぜえッ!!」

ラッジーニは歯を食いしばった。斬《き》られる覚悟で足を止め、ロロの刃をあえて、肩口に受けた。そうしてロロの動きを止めて、左腕でその首を摑《つか》む。

「ははっ!!　摑んだ——」その刹那《せつな》、ロロはラッジーニの腹部を蹴《け》り飛ばした。

ラッジーニはよろめき、グラウンドのそばに立つ樫《かし》の木の幹に、背中をぶつける。

「ぐうっ……!!」

身体を起こし、前に踏み出すラッジーニ。ロロはその膝《ひざ》に足を掛け、そのまま肩へと駆け上がる。肩を足場に大きくジャンプ——ラッジーニを再び木の幹に蹴り戻し、背後から猛追するハートランドの頭上で宙返りした。

「ハートランドさんっ！」

「おおおぉぉおッ……!!」

ハートランドの繰り出した槍《やり》が、ラッジーニの腹部を、木の幹に串刺しにした——瞬間、ハートランドは折れた柄をひねり、タンジェリング・ツリーの枝葉を広げる。

「ごっはッ……!!」

ザパッと槍の柄から無数に広がる刃の数々が、ラッジーニの身体《からだ》を上下真っ二つにした。

その衝撃で、枝を広げた樫《かし》の木から、たくさんの黄色い葉が舞い落ちてくる。

ロロは、ハートランドの背後に着地した。

ラッジーニの上半身は、太い幹に突き刺さったタンジェリング・ツリーの刃の上に載っていた。下半身は木の根元に転がっている。その頭はうなだれ、微動だにしない。左腕はだらんと垂れていた。

いかに摩訶不思議《まかふしぎ》な術を使う魔術師《ウィザード》とはいえ、これで生きているはずはないだろう。ロロの手甲《てっこう》や、周囲から上がっていた蒸気も消えていた。左頰《ほお》を刺す痛みもなくなっている。

「……やりましたね。ハートランドさん」

ロロはハートランドのそばに立った。彼は槍を突き出した体勢のまま、硬直している。

降りしきる雨の中、その顔は伏せられていて見えない。

「……ハートランドさん?」

魔術師との戦闘が終わったと同時に、ハートランドは絶命していた。

「オオオオオンッ……!!」

「……しつこいなあ、もう」

八つの首を持つ大男タタカリは、愚直なまでに猪突猛進し、テレサリサの後ろ姿を追いかけ続けていた。芝生の上に着地したテレサリサは、中庭を取り囲む回廊へと飛び込む。回廊にいた騎士《ナイト》たちが、迫り来るタタカリを恐れ逃げていく。

身体の大きなタタカリは、回廊の中へ入れない。その代わり回廊を走るテレサリサ目がけて、巨大な剣を横薙《よこな》ぎに振るった。その黒い剣身が、次々と回廊の支柱を松明《たいまつ》ごと破砕する。

「くっあ……」

テレサリサは、弾かれたがれきに身体を打ちつけて、床に倒れた。

タタカリは、倒れたテレサリサに手を伸ばした。八人分のその大きな黒い手で、テレサリサの胴体を握りしめ、回廊から中庭へと引きずり出す。

「オオオオオオン……」

タタカリは、手の中に握りしめたテレサリサを、八人分の顔の前に近づけた。

テレサリサは、苦悶《くもん》の表情を浮かべている。身体をひねるが、力が強すぎて逃げられない。

「ほほほッ！　いいざまね〝鏡の魔女〟ッ……！」

テレサリサが捕まったのを見て、アネモネは中庭へと姿を現した。

タタカリに握りしめられたテレサリサを見上げ、勝ち誇ったように笑う。

「私のタタカリは、このままあなたを握りつぶしたいって言ってるわ。でもダメ。あなたは明日、火あぶりになるのよ？　一瞬で握りつぶされるよりも、もっともっと苦しい方法で死ぬの。残念ねえ？　もう少しで逃げられたのにねえ？」

「くっ……」

「後悔なさいっ。魔女ごときが、この私とタタカリから逃げようなんて、百年――」

だがそこで、アネモネは言葉を切った。気づいたのだ。タタカリに握りしめられているテレサリサが、その手に何も持っていないことに。

「……あなた、大鎌はどこへやったの？」

「……やっと出てきてくれたね。魔術師《ウィザード》」

――シュパッ。

「あら……？」

突如、首をはねられたアネモネは、首の断面から血しぶきを上げて倒れる。

その背後には、銀の大鎌を振るった、銀色の人間が立っていた。女性の身体《からだ》つきに、卵のような頭部が載っているだけの人形――銀色の液体で、人の形を作ったものだ。

テレサリサは彼女を、〝エイプリル〟と呼んでいる。

「オオオオン……」

タタカリは、術者が死んだことにより消滅していく。

芝生に降り立ったテレサリサは、転がるアネモネの首を見下ろした。

「後悔なさい。魔術師ごときが、この私とエイプリルに勝とうなんて――」

その背後で、影に食われていた八人分の死体が、ぼとぼとと芝生の上に落ちる。

テレサリサは、握りしめられ圧迫されていた胸をさすった。

「百年早いわ。――けほっ」

9

ロロは動かなくなったハートランドの腕から、〝背中の燃えたハリネズミ《ファイヤー・ヘッジホッグ》〟のワッペンを切り取った。彼の誇りであったこの紋章を、故郷キャンパスフェローへ持ち帰るために。

回廊の支柱に背を預けているバドの元へ駆け戻る。バドは浅く息をしていた。

左半分が溶けた兜《かぶと》の面を上げて、ロロはバドのかたわらに片膝《かたひざ》をつく。

「……申し訳ありません。ハートランドさんを、失ってしまいました」

「お前が謝ることじゃない」

バドの顔色は、明らかに悪くなっていた。腹部に滲《にじ》む血が、大きく広がっている。

二人のそばに、テレサリサが近づいてくる。

「……キャンパスフェローの領主様ですね？」

テレサリサはバドを見下ろし、尋ねた。

バドはその姿を見上げて、薄く笑った。

「……あんたが、〝鏡の魔女〟か。会いたかった」

「黒犬の主《あるじ》はあなたなのでしょう？　私を牢から出してくれた。感謝します」

「……何、持ちつ持たれつさ。俺たちはただ、あんたの力を借りて――」

突如、バドは得体《えたい》の知れない怖気《おぞけ》を感じ、言葉を呑《の》み込んだ。

ロロとテレサリサもまた、異様に周囲の空気が張り詰めるのを感じ、同時に中庭を振り返る。向こう側の回廊に、とある人物が立っていた。

ツバのある帽子に黒いローブを羽織り、牛革の鞄《かばん》を手に提げている。その顔は、大きなクチバシのある仮面に覆われていてわからない。魔女裁判の際、入廷するテレサリサを先導していた人物だ。彼は右肩に、ドレスを着た女性を担いでいた。

「デリリウム様……！」

ロロは立ち上がる。デリリウムは気絶しているのか、ぐったりとしたまま動かない。

「……これはいったい、どうしたことでしょう？」

クチバシの男、パルミジャーノは、回廊から中庭を見渡した。ラッジーニは樫《かし》の木の前で真っ二つとなり、フェロカクタスは芝生に倒れ、そしてアネモネは首をはねられている。自分のいない間に何があったのかと、鳥の顔を傾《かし》げる。

「……何者だ、あいつは。魔術師《ウィザード》か？」

バドは支柱に背をもたせたまま、対岸の回廊を見てつぶやいた。

答えたのは、テレサリサだった。

「この異様な魔力に鳥の面……。おそらく、九使徒の一人です。第六の使徒――〝錬金術師《アルケミスト》〟」

魔術師のさらに上をいく、上位ランクの職業だ。一人で城を滅ぼせると言われる九使徒。その一人が、目の前にいる。あろうことか、デリリウムを担いで。

「……二人で、倒せるでしょうか？」

ロロはそっとテレサリサに尋ねた。

「……運がよければね」

「〝鏡の魔女〟……」

パルミジャーノのクチバシは、テレサリサへと向いている。

「君を逃がすわけにはいきません。ルーシー様に叱られてしまう」

「…………」

テレサリサは手鏡を振った。再び銀色の大鎌を発生させ、両腕に抱く。

「ロロ――」

　バドは顔を上げた。ロロは再びバドのそばに屈む。

「デリリウムを取り戻して、そのまま城から脱出しろ」

　その言葉に、ロロは戸惑った。

「バド様は?」

「俺は残る。お前らはデリリウムを連れて、今夜中にレーヴェを出るんだ」

「……いけません。バド様もご一緒に」

「ダメだ。命令だ」

　バドは強い口調で言って、ロロを見返した。

「あのクチバシ野郎が、ただ者じゃないことくらい俺にもわかる。この傷じゃ足手まといだ。俺を連れては逃げられない。だが……デリリウムだけは、連れていけ」

「……しかし」

「いいか〝黒犬〟ッ!」

　逡巡《しゅんじゅん》するロロの胸ぐらを摑《つか》み、バドはあえて黒犬と呼んだ。

「お前が護《まも》るべきは俺じゃない……! キャンパスフェローの〝未来〟だ。ここで全滅させたら許さないぞ。お前は、キャンパスフェローの存続を第一に考えろッ……」

　バドはロロの深緑色の瞳を見つめる。いつもなら「できるか?」と確認するバドが、強く命令する。

「行け……!!」

「……御意」

ロロは立ち上がり、兜《かぶと》を脱ぎ捨てた。テレサリサの横に並び立つ。

「魔女様。力を貸していただけますか」

「あなたたちには借りがある。ここで返すわ」

「今は九使徒なんかと戦う余裕がありません。姫を奪って城を脱出します」

「……わかった。隙《すき》を作る」

パルミジャーノは回廊から、芝生へと足を踏み入れた。中庭を横切るようにして歩いてくる。左手に鞄《かばん》を持ち、右肩にデリリウムを担いだまま。両手は塞《ふさ》がっているのだ。しかしその佇《たたず》まいには隙がない。仮面の向こうからその視線を感じ、気もそぞろになる。

テレサリサは銀色の大鎌を構え、ロロは両腕の手甲《てっこう》から刃を伸ばした。正念場だ。

「行きます」

気持ちを奮い立たせ、ロロは前に出た。テレサリサが応える。

「あなたがあいつと接触して、四秒で横に薙《な》ぐから」

「……了解っ」

ロロは、足を踏み込み、雨に濡れた芝生の上を駆け抜けた。

瞬時にパルミジャーノへと接近し、その左肩目がけ、右手甲《てっこう》の刃を振り下ろす。パルミジャーノはそれを、体をそらせて避ける。ロロは右腕と左腕を駆使し、連続で刃を振るった。パルミジャーノはそのすべてを避け、あるいは左手に持つ鞄《かばん》で受け流した。

相手が使っているのは片腕一本。手数はロロのほうが多い。刹那《せつな》に隙《すき》を見つけ、左腕の刃でパルミジャーノの胴を狙う。

しかしその手甲を、思わぬものが摑《つか》んで止めた——手首だ。

「……!?」

黒い断面の切り口をした手首が、宙を浮いてロロの左腕を摑んでいる。次いでパルミジャーノのローブから飛び出したもう一つの手首が、ロロの首を鷲《わし》づかみにした。

——これは、魔法……!?

しかし驚いている暇はない。ロロがパルミジャーノに接触して四秒——二人のすぐそばまで接近したテレサリサが、大鎌を大きく振りかぶっていた。パルミジャーノの胴体目がけて、真横一文字に大鎌を振るう。

ロロは飛びはね、地面と平行にきりもみ回転して鎌の軌道を外れる。

同時にパルミジャーノは反射的にしゃがみ込み、大鎌の刃を避けていた。

宙に跳ねたロロの首と左腕には、手首が付いたままだ。ロロは、二本の手首に上から押さえ込まれるようにして、芝生に背中を叩きつけられる。

「……くっ」

パルミジャーノのローブからは、次々と手首が飛び出した。それは大鎌を振り終えたテレサリサの首や手足にもまとわりつき、その身体《からだ》を、ロロと同じように芝生へと叩きつける。

わずか一瞬のうちに、二人は無数の手首に拘束されてしまった。

雨の中、立っているのはパルミジャーノだけ。——と、思いきや。

パルミジャーノの背後に、ロロの姿があった。

ロロは一瞬の隙をついて、パルミジャーノの肩に担がれたデリリウムを奪う。

パルミジャーノは、足元を見下ろした。ロロは芝生に押さえ込んでいたはずだ——そして確かに彼は、芝生の上に倒れている。ロロが——いつの間にか二人いる。

倒れているほうのロロは、手甲の刃で、左腕を摑む手首の甲を突き刺した。手首の甲から血が噴き出す。ダメージはあるようで、押さえつける力が緩んだ。ロロは首を摑む手首にも刃を振るい、その指を斬《き》り落とす。

身体を押さえつけていた手首の力が弱まったところで、ロロは立ち上がる。すぐに、駆けていくもう一人のロロを追いかけた。

デリリウムを肩に抱くそのロロの姿が、徐々にテレサリサへと変わっていく。

「重いっ……！　あなたの姫でしょ、あなたが持って」

駆けていく二人の背を見て、パルミジャーノは小首を傾《かし》げた。——では、このテレサリサは？　足元には、無数の手首に拘束されているテレサリサが倒れている。今度は、テレサリサが二人だ。

　デリリウムをロロに渡したテレサリサが、中庭の芝生を駆け抜けながら振り返った。

「時間を稼いで、エイプリルッ!!」

「……ああ、なるほど」

　つぶやいたパルミジャーノの足元で、倒れていたテレサリサの姿がぐにゃりと歪《ゆが》む。一瞬にして銀色の液体へと変わったそれは、弾けるようにしてパルミジャーノの足へとへばりつく。液体は瞬時に硬化して、パルミジャーノをその場に留める枷《かせ》となった。

「…………」

「ヤツらを逃がすなッ！　追えッ!!」

　回廊から金獅子《きんじし》の騎士《ナイト》たちに叫んだのは、フィガロだった。

　中庭から城内へ続く廊下は、どこも騎士たちで溢《あふ》れている。彼らを倒さなくては、外へは出られないだろう。デリリウムを肩に担ぎながら走るロロは、テレサリサへと振り返った。

「魔女様……！　まだ戦えますか……！」

「嫌よ、面倒っ！」

　テレサリサは、手鏡を振る。鏡面から発生した銀色の液体はロープ状に形を変えて、中庭を取り囲む城壁の上へと伸びた。テレサリサがロロを後ろから抱きかかえた瞬間、銀のロープは収縮し、三人の身体《からだ》を城壁の上へと引っ張り上げる。
城壁のてっぺんに足を乗せ、ロロは一度だけ中庭を見下ろした。
金獅子の騎士や傭兵《ようへい》たちが中庭に出てきて、ロロたちを見上げている。
バドもまた回廊の支柱に背を預けた状態のまま、ロロを見ていた。
デリリウムの無事を見届けて薄く笑い、その唇が微かに動く。
――頼んだ。
ロロの耳には、その声がはっきりと聞こえた気がした。

終章　魔女と猟犬

1

レーヴェンシュテイン城に雨は降り続いていた。

厩舎《きゅうしゃ》の軒下や城壁に灯る松明《たいまつ》が、ぼんやりと闇夜を照らしている。続々と集まってくる金《きん》獅子《じし》の騎士《ナイト》たちが、馬に跨《また》がり駆けだしていく。

「急げ！　ぐずぐずするなッ！」

フィガロは右腕を三角巾で吊ったまま、左腕一本で馬に跨がった。城門に向かって馬を繰り出す。馬がいななき、石畳を駆ける無数の蹄《ひづめ》の音が、城内に響き渡る。

「絶対に逃がすな！　逃がせば〈金獅子の騎士団〉の恥と思えッ！」

馬上で雨に打たれながら、フィガロは声を荒らげた。

軍馬に跨がった騎士たちが、ロロとテレサリサを追って城門を飛び出していく。


ロロとテレサリサは、城の厩舎で奪った二頭の馬に、それぞれ跨がっていた。

馬を走らせ、真夜中の〈凱旋《がいせん》道〉を駆け抜ける。手綱を握るロロの腕の中では、デリリウムが眠り続けていた。その身体《からだ》は、厩舎に掛けられていたロープでくるまれている。

馬上の揺れに、デリリウムの右腕が、くるんだロープからこぼれ出る。ロロはその腕を見て、顔を青ざめさせた。

「……っ!!」

手首が、斬《き》り落とされていた。しかしその切断面は不自然に黒く、血は一滴も垂れていない。

ロロは、慌《あわ》ててデリリウムの首筋に指の腹を当てる。脈は打っていた。その顔色を見ても青白いわけではなく、ただ眠っているようにしか見えない。

摩訶不思議《まかふしぎ》な現象。これはまさか――。

「魔女様……！」

ロロは、後ろを走るテレサリサへと振り返った。

「手首がっ……！　デリリウム様の手首がありません。魔法でしょうか!?」

「……死んでるの？」

ロロは首を振る。

「生きてはいます……！　けど、手首だけが消えたみたいに……血も流れていないのに」

「たぶん、魔法だと思う。奪われたのかもしれない」

手首と聞いて思い当たる魔術師《ウィザード》は一人――クチバシの仮面を付けたあの男。ロロは彼のローブから飛び出した、無数の手首を思い出す。デリリウムの手首は、彼が持っているのか。

「引き返すべきでしょうか……!?」

ロロは雨音と蹄の音に掻《か》き消されないよう、声を上げる。

「あなたが決めて！」

〈凱旋道《がいせん》〉の先に、巨大な街門が見えてきた。ロロたちキャンパスフェローの一行が、レーヴェの街を訪れたときにくぐった門だ。

その大きな門は今、重厚な音を上げて閉じようとしている。ロロは選択を迫られた。城へと引き返し、あのクチバシの男からデリリウムの手首を取り戻すか、このまま街壁の外まで駆け抜けるか──。

手首を取り戻すとなると、戦闘は避けられないだろう。せっかく城を脱出したのに、再びあの男と対峙《たいじ》しなくてはならない。勝てるのか。あの九使徒を相手に──。

手首を取り戻すどころか、今以上にデリリウムを危険に晒《さら》すことにはならないか。そしてそれを、主《あるじ》であるバドは許してくれるだろうか──。

キャンパスフェローの未来を、ロロは優先して考えた。

「…………」

街門を護《まも》る門兵たちが〈凱旋道〉に飛び出してくる。ロロたちの行く手を阻むべく、その手には各々槍を構えている。

ロロは馬上で右腕を振って、手甲《てっこう》の刃を伸ばした。

そうして馬の腹を足で叩き、閉まりゆく門に向かってスピードを上げた。

葉っぱの先から垂れるしずくを、朝日が煌《きら》めかせていた。

ロロとテレサリサは一晩中馬を走らせて、王国レーヴェから遠く離れた宿駅にいた。

旅人や行商人の利用する休憩所だ。宿屋と酒場を兼ねていて、馬屋も併設されている。昨夜は雨であったため、野宿を避けた利用客が多く、朝早くから宿駅は人で賑わっていた。

ロロたちは宿の二階にある個室を借りて、デリリウムをベッドに寝かせた。その胸は微かに上下している。そうとう疲れが溜まっているのか、デリリウムは安らかに眠り続けていた。声を掛けても揺すっても、目覚める気配がない。

「とりあえず、ここで起きるのを待ってみましょう」

テレサリサはベッドのかたわらで、デリリウムの手首の切断面に触れる。微かな魔力を感じる。この異様な切り口に、何らかの魔法が作用していることは間違いない。

「あのクチバシ男に何をされたのかを聞けば、どんな魔法を掛けられたのかも、わかるかもしれない」

「…………」

ロロはテレサリサのそばで、ベッドを見下ろしていた。

デリリウムが目覚めたとき、あの城で、キャンパスフェローの人々に何が起きたのかを知ったら、彼女は何を思うだろうか。バドが捕らえられたことを知ったら――。

「……魔女様。半日だけ、デリリウム様を見ていてもらえませんか？」

「半日？　何をするつもり？」

「レーヴェに戻って、バド様を助けます」

「……戻るの？　またあの城に？　危険だわ」

「危険、かもしれませんが――」

いてもたってもいられなかった。囚《とら》われてしまった主《あるじ》は、今どのような状況にあるのだろう。投獄されているのだろうか。傷は手当てしてもらえたのだろうか。不安で胸が締めつけられる。

バドには、置いて行けと命令された。キャンパスフェローの未来を――デリリウムの命を優先して考えろと。ロロはその命令に従った。デリリウムはもう安全だ。ここから先は、自分の意志で動いてもいいはずだ。一刻も早く、主の元へ戻りたかった。

「デリリウム様をよろしくお願いします」

「あなた……大丈夫なの？」

テレサリサは、ロロの顔を見つめる。その顔は青ざめ、疲弊しているのが見て取れる。戦闘のダメージや疲労はだいぶ蓄積されているだろうに、一晩中馬を駆けさせてきた道を、再び戻るなんて無謀だと思った。城にはまだ、九使徒だっているかもしれないのに。本当に戻って来られるのだろうか。

「大丈夫ですよ。行かせてください」

「……半日だけよ。絶対に戻ってくることを約束して。あなたが戻って来なかったら、私はこの子を見捨てて消えるから。忘れないで。この子にはあなたしかいないってこと」

「はい。ありがとうございます」

ロロは努めて微笑《ほほえ》み、急いで部屋を後にした。

2

雨上がりのレーヴェの街は、活気で溢《あふ》れていた。

市場はいつものように多くの客で賑わい、町の大浴場では、上級市民たちが朝風呂を楽しんでいた。石畳にできた水たまりが、澄み切った秋の空を映している。はしゃぎ回る子どもたちが、水たまりをジャンプして石造りの階段を駆け上っていく。

〈大聖堂前広場〉は、その先にあった。

戦神ヴァヤリースを祀《まつ》る大聖堂は、普段から市民たちにも開放されていた。

建物の前の大広場は、時々公開処刑の場としても使用される。魔女認定されたテレサリサが、火あぶりにされる予定だった場所だ。

広場の中央には、戦神ヴァヤリースの像が高々と剣を掲げていた。今はその周りに、多くの市民たちが集まっている。人々の視線は、大聖堂の脇にある舞台へと向けられていた。

舞台の中央に膝《ひざ》をつくバド・グレースは、民衆の前で糾弾を受けていた。両手首を後ろ手に拘束され、彼の両側には、金獅子《きんじし》の騎士《ナイト》たちが厳めしい顔つきで立っている。

「――我らが偉大なる前獅子王プリウス・レーヴェは、魔女テレサリサによって惨殺《ざんさつ》された。本来ならば今日、このとき。魔女は皆々の前で火あぶりとされるはずだったのだ――」

右腕を三角巾で吊っているフィガロが、集まった聴衆に声を上げている。

舞台の端にはオムラがいた。肩口にレーヴェの紋章があしらわれた、フェルト生地のケープをまとっていた。その頭には、現獅子王であることを示す王冠が光り輝いている。

「しかし今ここに、魔女はいない。なぜか。魔女はキャンパスフェローの者に奪われ、国の外に連れ出されてしまった。それを命令したのがこの男、キャンパスフェロー領主バド・グレースである」

バドは両膝をつきながら、肩で息をしている。昨夜射られた矢は取り除かれ、簡単に手当をされていた。しかし傷は熱を持ち、バドは額に脂汗を浮かべていた。

「キャンパスフェローは我々に商談を持ちかけ、味方のふりをして城内に入った。彼らを信用し、歓迎してもてなした我々を欺き、魔女を奪ったのだ。この男の行為は、亡き獅子王への冒《ぼう》瀆《とく》である……！」

静まり返った広場に、フィガロの力強い声が響き渡る。

「ではなぜ彼は魔女を奪ったのか？　その答えは〈王国アメリア〉の魔術師《ウィザード》が知っている」

前に出たのは、ツバのある帽子に黒いローブ、そしてクチバシの仮面を被《かぶ》った魔術師だ。パルミジャーノ・レッジャーノは、一度咳払いをして、声を上げた。

「彼は、魔女と我々魔術師を、戦わせようとしていました。キャンパスフェローのグレース家は、〈王国アメリア〉に対し、侵略戦争を仕掛けようと準備していたのです」

その物騒な発言に、聴衆がにわかにざわつく。

「ルーシー教において、魔女は、人々に不幸をもたらす厄災《やくさい》とされています。それらを集め、この世に戦火をもたらそうとするグレース家は、重罪に値します。新しきレーヴェの獅子王様には、安寧の世をもたらすための、正義の決断を望みます――」

パルミジャーノは、ゆっくりとオムラへ頭《こうべ》を垂れる。

フィガロもまた、オムラへと振り返った。

「獅子王様。この大罪人を、いかがいたしましょうか？」

「……判決を下す前に、みなの者に一つ発表したいことがある――」

広場中の視線を浴びながら、オムラは金色のあごひげを撫《な》でた。

「〈騎士の国レーヴェ〉は、さらなる国の発展と経済成長のため、〈竜と魔法の国アメリア〉と同盟を組むことにした。これは騎士と魔術師が互いに手を取り合い、揺るぎない平和を築いていこうというものだ」

言って大仰《おおぎょう》に両腕を広げる。

「魔女を使い、平和を乱そうとするバド・グレースの危険な思想は、我々の信条とは相反するものだ。今日、火あぶりにされるはずだった〝鏡の魔女〟の代わりに、この男の首を落とすことで、同盟国アメリアにレーヴェの正義を示そう……！」

民衆より投げられた石が、バドの額に当たった。

目の上に血を滲《にじ》ませたバドは、顔を上げた。澄み切った秋の空に目が眩《くら》む。

「第十九代獅子《しし》王の名において、キャンパスフェロー領主バド・グレースの処刑を命じる！」

瞬間、広場の民衆たちが沸き上がった。続けてオムラは叫ぶ。

「レーヴェとアメリアに平和を！」

民衆たちもまた、その声に腕を挙げた。

「平和をっ！　平和をっ！　平和をっ！」

バドの両端に立っていた騎士《ナイト》がバドの両肩を摑《つか》み、頭を下げさせた。

頭部を布のマスクで覆った死刑執行人が、斧《おの》を手にバドへと近づく。布に空いたのぞき穴からオムラを伺い、合図を待った。

オムラが腕を上げたタイミングに合わせて、死刑執行人は斧を大きく振り上げる。

「平和をっ！　平和をっ！　平和をっ！」

声をそろえる民衆たちの上空を、ハトの群れが飛んでいく。

オムラは腕を振り下ろした。

午後になり、〈大聖堂前広場〉は日常を取り戻した。ベンチでは老人たちが談笑し、戦神ヴァヤリース像の回りでは、子供たちが木の剣を打ち合い遊んでいる。仲間に入れてもらえなかった少年が一人、暇を持て余し、辺りを見渡していた。大聖堂脇の舞台の前に、人だかりができていることに気づく。

舞台の前には、槍《やり》を立てて持つ二人の騎士がいた。騎士たちはテーブルを挟んで立っている。そのロングテーブルの中央には、人の頭が置かれていた。

少年は人だかりの隙間《すきま》から、その生首を見た。目は眠っているように閉じていて、肌の色は青白い。まるで作り物のようで、不気味だ。

「……まさか」

すぐ背後に声を聞いて、少年は振り返った。黒い衣装に身を包んだ男が立っていた。黒い手甲《てっこう》と、毛先のカールした黒髪。深緑色の瞳は、テーブルの上の頭に注がれていた。

ロロは目を見開いて、その生首を見つめる。

——ああ、そんな。

緩やかにウェーブした、稲穂色の髪。あごにはよく彼が撫《な》でていた無精《ぶしょう》ひげが見て取れる。

それは確かに、バド・グレースの頭部だった。

ロロは石畳に崩れ落ち、両膝《りょうひざ》をついた。胸にこみ上げる感情が、怒りなのか嘆きなのか、自分でもわからない。ただ、とてつもなく痛い。胸が張り裂けそうだ。沸き上がる感情が大きすぎて、抑え込むことができない。

ロロは背中を丸め、自分の胸を強く鷲《わし》づかみにした。石畳に額を擦《す》りつける。――何だ、これは。ロロは戸惑った。こんなにも苦しい感情が存在するのか。このままでは、死んでしまうとさえ思えた。息が、できない――。

「……お腹痛いの？」

急に倒れ込んだロロに驚き、少年が心配そうな顔でのぞき込む。

テーブルの前にいた人たちもそれに気づいて、振り返った。

首を見張っていた騎士《ナイト》たちが、うずくまるロロを見て眉根《まゆね》を寄せる。黒髪に黒の手甲《てっこう》。全身が黒い華奢《きやしや》な男――。

「……おい。あいつ、まさか――」

その特徴は、昨夜城から逃げ出したと知らされている〝黒犬〟と酷似している。

騎士たちが人だかりを割り、近づいてくる気配を察知して、ロロは立ち上がった。

「待てッ！　貴様、黒犬だなッ……!!」

槍《やり》を振り回す騎士たちに追い立てられ、ロロはレーヴェの街並みに姿を消した。


――〝黒犬〟が出た。

その情報は、すぐにレーヴェの騎士たちの間に広まった。

キャンパスフェローの外務大臣エーデルワイスは、路地を早足に歩いていた。一刻も早く、身を隠さなくてはならないと焦っていた。いつもの灰色のローブではなく、布の服を着ている。外務大臣であることを示す羽根のバッジは外している。

路地の石階段を下るエーデルワイスは、ふとその先に、男が立っていることに気づいた。足を止めて男を見下ろす。黒い手甲を着けた見慣れた人物。ロロだ。

「……無事、だったのですね。よかった」

エーデルワイスは言ったが、その表情は緊張に強《こわ》ばっていた。

ロロは深緑色の瞳で彼を見上げている。その顔に感情の色はない。

「……考えてみれば。フィガロ・キンバリーは初めから、我々の中に〝黒犬〟の後継者がいるという情報を得ていたのですね。あなたから、後継者の身体的特徴を聞いていた。だから俺を見つけられたんでしょう?」

「…………」

「城へ移送される魔女が、黒犬によって襲撃されることも、あなたから聞いて知っていた」

エーデルワイスのすぐ脇を、バスケットを提げた婦人が二人、談笑しながら通り過ぎ、階段を下っていく。階段途中に裏戸があるパン屋では、焦げたパンでもいいからちょうだいとねだる貧困層の子どもが、店の主人にしっしっと追い払われている。

人目のある路地だ。立ち止まっているのは、ロロとエーデルワイスだけ。

「……だから私は、初めから反対だと言ったのです。魔女は厄災《やくさい》ですよ？　キャンパスフェローに厄災を迎え入れるなんて、とても正気とは思えない。だから……」

エーデルワイスは悲痛な表情を浮かべ、首を横に振った。

「だからっ、公式の密書とは別に、個人的にキンバリー氏とやり取りを行ったのです。キャンパスフェローの一部の人間は、魔女の引き渡しを望んではいないと――」

フィガロからの返事は「我々騎士《ナイト》もまた、魔女の引き渡しを望まない」というものだった。

交渉はオムラが独断で行おうとしたもの。キャンパスフェローの一部の者たちが魔女の引き渡しを望んでいないように、レーヴェの騎士たちもまた、この交渉を望んでいない。

だが安心して欲しいと、フィガロの手紙には書かれていた。必ずやオムラを説得し、魔女は火あぶりにしてみせる、と。

ロロはじっと、エーデルワイスを見つめる。

「……交渉は初めから、失敗することになっていたんですね」

「そうです。しかしすでにオムラがグレース家一行を招待してしまった以上、彼の顔を立てて招待には応じてくれと……。彼は、次期獅子《しし》王となる予定の人物でしたから……」

「……でもそれは、グレース家を招いて虐殺するための罠《わな》だった」

エーデルワイスは、両手を合わせて訴える。

「どうか信じてください。私は、虐殺のことまでは知らなかったのです！　あの尋問官たちが本物の魔術師《ウィザード》だってことも、虐殺が始まってから知ったのですから……！」

「じゃあなぜ親睦《しんぼく》会には参加しなかったのですか」

「それはっ……」

確かにエーデルワイスは、殺戮《さつりく》が行われることを知らなかった。しかし王国レーヴェが、王国アメリアと同盟を組んだことは、フィガロから聞かされていた。

キャンパスフェローは終わりだと、フィガロは言った。レーヴェとアメリアは、協力してキャンパスフェローを攻撃するだろうと——。

だからフィガロは、エーデルワイスを勧誘した。外交を担っていた外務大臣には、多くの情報網とコネがある。レーヴェは、武器貿易の盛んなキャンパスフェローの商売を根こそぎ奪おうとしているのだ。その窓口となるエーデルワイスの安全と地位を、フィガロは約束した。

その申し出にエーデルワイスが首を縦に振ると、それじゃあ親睦会には出席するなと、フィガロはそう忠告したのだった。

ロロは階段を上り始める。ゆっくりとエーデルワイスに近づいていく。

「虐殺のことを知らないとしても、親睦会で何かが起こることは、知っていたはずだ。だから出席しなかった。あなたはグレース家を見殺しにした——」

「だってっ、グレース家は、すでに詰んでいました……！　アメリアとレーヴェが組んで攻めてこられたら、キャンパスフェローは終わりです！　現に今、アメリア兵がキャンパスフェローに進軍しているはず……！」

ロロは足を止める。

「……アメリア兵が？」

「ええ、そうです。昨日、レーヴェが虐殺を行った同じタイミングで、キャンパスフェローにもアメリア兵がなだれ込んできたはずです。私はキンバリー氏からそう聞きました。キャンパスフェローは、レーヴェの属国として、オムラ公の息の掛かった者が治めることになります。キャンパグレース家に仕えていた家臣はすべて取り潰されるでしょう」

エーデルワイスは、眼下のロロへ訴え続ける。

「世はうつろうものです……！　しかし考えてもみてください。政治を担う者が総入れ替えされてレーヴェに支配されるよりも、キャンパスフェローの民を思う者が、一人でも政治の中枢にいたほうがよいでしょう？　そう考えたからこそ、私はオムラ公の下で働かないかという勧誘を受け入れたのです……！」

「………」

ロロは再び階段を上り始めた。

少しずつスピードを上げて、エーデルワイスとの距離を詰めていく。

「ロロさん……！　私の口利きであなたを幹部に招き入れることもできる。民を見殺しにしたなどと言わないでください。むしろ私はっ、キャンパスフェローの未来を思って――」

音もなく、エーデルワイスとすれ違う。黒の手甲《てっこう》からは、刃が伸びていた。

――暗殺者《アサシン》は慟哭《どうこく》より生まれる。

胸が張り裂けそうな痛みから。死んでしまうと震えるほどの悲しみから。

晒《さら》されたバドの首を見たときのあの感情を思い出し、ロロは泣いた。声を上げる代わりに、刃を振るって。

ロロの背後で、エーデルワイスの首が裂け、血しぶきが上がる。エーデルワイスは膝《ひざ》から崩れ、階段を転がり落ちた。

石畳を濡らす鮮血に、通行人たちが悲鳴を上げる。人々が次々と集まってくる。

階段の上に、ロロの姿はもうなかった。

3

ロロが宿駅に戻って来たころ、秋の空は茜色に染まっていた。

ロロは馬を馬屋に預け、宿駅の裏側にある外階段へと向かう。デリリウムの眠る部屋は、外階段を上がった二階にある。

宿駅の裏側には、馬車や荷馬車を停められる広いスペースがあった。そこでは子供たちが、麻紐を巻きつけて大きくしたボールを蹴《け》り合って遊んでいる。

ロロはその光景に足を止めた。ボールを蹴り合う子供たちの中に、テレサリサの姿があったからだ。町娘風のスカート姿に、頭にはスカーフを巻いていた。

テレサリサはボールを蹴り上げて、ぽん、ぽんと足の甲や膝《ひざ》の上で跳ねさせていた。子供たちが、はしゃいでそれを追いかけている。

テレサリサはロロの視線に気づき、ボールを地面に落とした。子供たちが、すかさずそれを足で奪い合う。テレサリサは子供たちを放って、ロロのそばへやって来た。

「……魔女様は、ボール捌《さば》きもお上手なのですね」

「子供のころ、〝放浪の民《ドリフター》〟のキャラバンでよく遊んでいたからね。汗かいちゃった。さっき湯浴みしたばかりなのに……！」

テレサリサは、ふうと息をつき、手のひらで顔を仰ぐ。

「それより、主《あるじ》様は助けられたの？」

「……いいえ。けど、大丈夫です。俺は俺のやるべきことをやりますから」

「……そう」

「姫は目を覚まされましたか？」

「ううん、さっき部屋を見たときも、まだぐっすり眠ってた」

「……そうですか」

「あのね……」とテレサリサは、何かを言いにくそうにしている。

「さっき、旅人たちが話してるのを偶然聞いちゃったんだけど、昨晩アメリアの兵たちが、キャンパスフェローに攻め入ったらしいの……」

「街で聞きました。キャンパスフェロー城は陥落したんだとか」

「…………」

「お姉ちゃん！　早く来て！」

ボールを持った子供たちが、向こうからテレサリサを呼んでいる。

「ごめんね、また今度ね！」

テレサリサは手を振った。ロロはその横顔につぶやく。

「……レーヴェを訪れた五十九名のキャンパスフェローの人々は、おそらくそのほとんどが殺されてしまったかと思われます。俺たちは、壊滅したと言っても過言じゃない」

ロロは目を伏せた。あのとき、中庭の回廊に残してきてしまったカプチノの安否もわからないままだ。連れ出す余裕がなかったことが悔やまれる。

「……けどまだ、希望はあります。デリリウム様が生きていますから」

グレース家の後継者、デリリウム・グレースは生きている。彼女を正当な領主として、アメリアやレーヴェと戦い、キャンパスフェローを取り戻す。それがロロの願い。そして主であるバドの願い――。

「俺はデリリウム様と一緒に、これからキャンパスフェローに戻ります。国に帰って、状況を確認したい。城が陥落しても、まだ戦う意志を持っている鉄火の騎士《ナイト》たちが残っているかもしれない。まだ……諦めるには早いかもしれない」

振り向いたテレサリサを、ロロは真摯《しんし》に見つめた。

「魔女様、一緒に来ていただけませんか?」

「私も? キャンパスフェローに?」

「キャンパスフェローとレーヴェの状況は似ています。王国レーヴェも今、もう一人の獅子王《しし》後継者であるスノーホワイト姫が身を隠している状態。先ほどレーヴェに戻った際、〈灰　街《アッシュタウン》〉の姫が身を隠している場所にも立ち寄ってきました。しかしスノーホワイト姫とディートヘルム氏は、すでにレーヴェを出ていました」

ドゥンドゥグによると、スノーホワイトはディートヘルムと共に、国外の森へと姿を隠すということだった。情勢が変わり、アメリアと同盟国となったレーヴェには、これからは魔術師《ウィザード》たちが出入りするようになるだろう。魔術師の魔法は計り知れない。探査能力を持つ魔術師がいてもおかしくはない。レーヴェの街に潜み続けるのは、あまりに危険が大きすぎる。

「レーヴェは、王妃である魔女様の国。もし取り戻すおつもりであれば、俺たちは協力できます」

「……私は王妃ではないよ」

テレサリサは目を伏せて、小さく首を振った。

「婚姻式を終える前に礼拝堂から連れ出されたから、私の姓は〝レーヴェ《獅子》〟じゃない。まだ〝メイデン《乙女》〟のまま。……けど、このままオムラを許しておくつもりはない――」

テレサリサの赤い瞳は、まだ怒りで燃えている。

「レーヴェは、プリウス様の愛した国だから。私が必ず、スノーホワイトの手に取り戻す」

それがオムラの謀反《むほん》のきっかけとなってしまった、自分の贖罪《しよくざい》になればいい。

テレサリサは、ロロの深緑色の瞳を見つめ返した。

「そのためなら、〝鏡の魔女〟は力を貸すわ」

「……では、一人目ですね」

ロロは息をついて、少しだけ笑った。

「一人目？　どういうこと？」

「いいえ、こちらのことです」

踵《きびす》を返し、外階段へ向かうロロは、歩きながらバスケットをテレサリサに差し出す。

「よかったらこれ、食べてください」

「何？」

テレサリサはロロの隣を歩く。バスケットを受け取り、かけてある布をめくって目を輝かせた。

「カヌレっ!!」

外はサクサク、中はしっとりとした焼き菓子、カヌレだ。ロロはスノーホワイトから、テレサリサの好物を聞いていた。レーヴェの市場で買っておいたのだ。

「食べていいの？」

「もちろんですよ」

と、そのとき。子供の一人が、ボールをテレサリサの尻に投げつけた。

「いたっ」と声を上げ、振り返るテレサリサ。子供たちが、挑発するように笑っている。

部屋へ戻ろうとするテレサリサの気を引こうとしたのだろう。「やーい」と指を差す生意気そうな少年にムッとして、テレサリサは舌を出した。

「べぇっ！」

そのあまりに毒々しい赤紫色《マゼンタ》の舌を見て、子供たちは「きゃあっ！」と驚き声を上げる。一歩、テレサリサが両腕を広げ大きく足を踏み出すと、子供たちは蜘蛛《くも》の子を散らすように逃げていった。その背中を見て、テレサリサはケラケラと笑う。

「……魔女様も痛がるんですね」

ロロは、つぶやきながら外階段を上がる。

ボールを尻に当てられて、テレサリサは確かに「いたっ」と声を上げた。

魔女は痛みを感じない――それはまったくの迷信だったらしい。

「何それ？　当たり前じゃない」

「まあ……。当たり前ですよね」

バドはその迷信を信じていただろうか。きっと彼のことだから、自分の目で見て、感じたものしか信用しないだろう。魔女にまつわる噂なんて、何一つ信じていなかったのかもしれない。そんな彼だからこそ、厄災《やくさい》である魔女を集めるなどという奇策を思いついたのだ。

夜雨の降りしきる〈王の箱庭〉で、別れ際にバドはロロを見上げ「頼んだ」と言った。キャンパスフェローの未来を、バドはロロに託したのだ。ロロの懐には、魔女たちの情報が書かれた羊皮紙が折りたたまれてある。バドに集めるよう言われた魔女は、あと六人。主《あるじ》が集めろと言うのであれば、犬はそれに従うのみだ。

大陸中に散らばる魔女を集め、必ずキャンパスフェローを取り戻すと誓う。

外階段を上りながら、テレサリサはバスケットからカヌレをつまんだ。レーヴェのカヌレには、蜜蠟《みつろう》がコーティングされている。一口かじって、その甘さにテレサリサは、満面の笑みを浮かべた。口の端から八重歯が覗《のぞ》く。

「美味《おい》しぃっ！」

先を行くロロは振り返り、テレサリサを見下ろした。魔女も人と同じように、カヌレを美味しいと感じるのだ。その屈託のない笑顔を、主にも見せたかったなとロロは思った。

あとがき

魔女と恐竜――。一番初めに組み立てたプロットのタイトルがそれでした。

夢に見たのです。ホウキに跨《また》がる魔女たちが、巨大な恐竜を取り囲み、火球を放ち、稲妻を落とし、次々と噛《か》まれていく光景を。熱いじゃないか。四年ほど前のことでした。前シリーズの連載が終わり、さあ次の新作どうするか、というタイミングです。本来なら新企画をいくつか用意するべきところ、恐竜に自信があったので、これ一本だけ持って担当さんとの打ち合わせに臨みました。神保町のロイヤルホストです。

熱弁しました。「だってほら男子って魔女が好きじゃないですか。男子って恐竜も好きじゃないですか。その二つが戦うんですよ。ヤバくないですか。ヤバいですよね」

「うーん……。恐竜は微妙。竜でもよくないですか?」

「ダメです竜じゃあ! 恐竜と竜ではまったく……いやほぼ同じか……? 夢で見たあれ、竜か……? いやでもハマったんです。タイトルのリズムが。〝魔女と恐竜〟ってキレイに。これ以上のリズムいい単語がありましょうか。はたして!」

ということで、二人してタイトルを考え直しました。〝魔女〟はまあいい、と。〝恐竜〟を変えてみようかと。魔女と郷愁……魔女を放流……魔女と猟銃……。そして卓上のコーヒーがぬるくなったころ。〝魔女と猟犬〟でいったん作ってみよう、とまとまったのです。

そう。このお話は、タイトル先行で作られたものなのです。危ない、もう少しで恐竜と戦うところだった。あれから十四本のプロット改稿を経て、担当さんも変わり、長い時を経てようやく原稿の執筆に取りかかったのですが、そこからが本当の地獄でした。

魔法関係や中世ヨーロッパの本を読みあさり、準備して書き始めたはずが、いざ原稿に向かうと様々な疑問が湧いてきます。どんな料理を出すべきか。どんな服を着せるべきか。一般家庭に窓はあるのか。トイレは？　時間の概念は？　魔法の仕組みは？　国の成り立ちは？　そして〆切には間に合うのか。三十九度の熱が出てコロナ陽性を疑ったり、自粛期間中となるも自室では集中できず車やベランダで書いたり、コロナが落ち着いてからは少しでも密にならないよう、フードコートで書いたり。つらい、終わらない、もう小説なんて書きたくないとリモート飲みで作家仲間に弱音を吐きながら、何とか書き上げたのが今作です。恐竜どころか、竜とも戦ってないいや！

今回はいつも以上に、編集部をはじめ多くの人に迷惑を掛けてしまいました。LAM《ラム》さんとデザイナーの加藤《かとう》さんには最高の世界観を描いていただき、感謝の念に堪えません。

次はどんなおとぎ話モチーフの魔女が出てくるのか。僕も気になるところですが、このあとがきでさえ三時間弱も掛かっているんです。二巻を書くことは許されるのか。いつか夢で見た光景を――魔女ＶＳティラノサウルスを書ける日は来るのか。はたして！

本が売れないと嘆かれる昨今、読者の皆さまには、是非とも感想ツイートなどして応援していただけたらと願うばかりです。

カミツキレイニー

GAGAGA

ガガガ文庫

魔女と猟犬

カミツキレイニー

発行　2020年10月26日　初版第1刷発行
　　　2024年 6 月20日　第5刷発行

発行人　鳥光 裕

編集人　星野博規

編集　濱田廣幸

発行所　株式会社小学館
〒101-8001 東京都千代田区一ツ橋2-3-1
[編集] 03-3230-9343　[販売] 03-5281-3556

カバー印刷　株式会社美松堂

印刷・製本　図書印刷株式会社

Printed in Japan　ISBN978-4-09-451864-1